董晓萍 李国英 主编
"教育援青"人文学科基础建设系列

俄罗斯文学新视角

程正民 著

The Commercial Press

图书在版编目(CIP)数据

俄罗斯文学新视角/程正民著. —北京：商务印书馆，2022
ISBN 978-7-100-20972-4

Ⅰ.①俄… Ⅱ.①程… Ⅲ.①俄罗斯文学—文学研究 Ⅳ.①I512.06

中国版本图书馆 CIP 数据核字（2022）第 053309 号

权利保留，侵权必究。

俄罗斯文学新视角
程正民　著

商　务　印　书　馆　出　版
（北京王府井大街36号　邮政编码100710）
商　务　印　书　馆　发　行
北京新华印刷有限公司印刷
ISBN 978-7-100-20972-4

2022年6月第1版　　开本 880×1230　1/32
2022年6月北京第1次印刷　印张 9⁵⁄₈
定价：48.00元

教育部人文社会科学重点研究基地重大项目
"跨文化视野下的民俗文化研究"

青海省人民政府－北京师范大学高原科学与可持续发展研究院与
北京师范大学跨文化研究院"丝路跨文化研究"重大项目
（项目批准号：19JJD750003）
综合性研究成果

教育部人文社会科学重点研究基地
北京师范大学民俗典籍文字研究中心
青海省人民政府－北京师范大学高原科学与可持续发展研究院与
北京师范大学跨文化研究院"丝路跨文化研究"重大项目组
资 助 出 版

"教育援青"人文学科基础建设系列

编辑委员会

乐黛云 〔法〕汪德迈（Léon Vandermeersch） 王 宁 程正民
〔法〕金丝燕 陈越光 董晓萍 王邦维 王一川 王 宾
李 强 周 宪 宋永伦 李国英 李正荣 汪 明

总序 "教育援青"国家战略与人文学科基础建设

近年国家推进"教育援青"战略，加强中国特色社会主义高等教育体系建设，高度重视多民族共同发展的高等教育事业，这项举措意义重大。西部高等教育与国家发展战略的关系，从来没有像今天这样关系密切。跨文化学对外研究世界各国多元文化，对内研究本国多民族优秀文化，可以在"教育援青"中发挥特殊作用。北京师范大学是我国高等师范教育的最高学府，在这次"教育援青"中与青海师范大学携手，责无旁贷，编写人文学科基础建设用书是实际行动之一。近期建立的青海省人民政府-北京师范大学高原科学与可持续发展研究院与北京师范大学跨文化研究院合作从事"丝路跨文化研究"的重大项目，正是诸项落实措施中的一种。这项工作的目标，是要着眼高端、立足长远、繁荣西部文化生态，认真总结西部多民族跨文化协同发展的历史经验，重视从西部高校培养具备跨文化对话能力的新型人才，促进西部高校教育的内生型发展，具体有三：一是服务于党和国家的"十四五"规划大局，辅助青海高原可持续社会建设；二是开拓内地重点高校与西部高校对口支援学科建设的新基地，实现优势教育资源共享；三是纳入双赢机制，建设青海多民族凝聚力教育事业，满足西部高校师资队伍建设与人才培养的需求。

一、建立落实国家战略的"长效机制"

我国多民族千百年来和睦相处，建设中华文明，共同创造了极为宝贵的国家文化财富，这是我国的独特历史。在中国共产党的百年党史中，始终以人民利益为最高利益，促进各民族互相尊重与平等发展，这是中国共产党创造的先进经验。在高等教育方面，20世纪以来，自五四运动、战争年代，至和平建设时期，北京多所高校专家学者投入民族社会调查和全国各民族民间文学搜集运动中，与西部高校师生携手，为今天国家大力开展的非物质文化遗产保护工作打下了基础。新中国成立七十余年来，特别是改革开放后的四十余年中，我国经济社会迅速发展，多民族高等教育蒸蒸日上，取得了众所瞩目的成就。这引来西方霸权国家的恐慌，他们挑衅我国的主权，侵犯中华民族共同体的文化权利，引起我国和世界一切爱好和平的国家与人民的强烈不满。面对世界格局的变动，我们要头脑清醒，坚持中国的道路自信、理论自信、制度自信和文化自信，同时也要认识到"教育援青"国家战略不是短期行动，而是长期任务。

北京师范大学党委书记程建平教授在2021年3月发表《构建中西部教育"结伴成长"机制》一文，明确提出了"长效机制"

的理念。他总结高校党建工作的历史经验,从正在启动的高校"十四五"规划现实任务着手,指出"长效机制"应包括:第一,把西部高校建设当作国家重点高校自身建设的一部分,共建双赢;第二,选拔"学术水平要高、办学能力要强,而且还要肯干、投入"的优秀校长,派驻西部高校,带领当地领导班子携手创建共赢局面;第三,勤奋深耕,促进内外双循环发展,"深层次的帮扶,是要帮助西部高校实现由'外部输血'到'自我造血'的转变"。总体说,这项重要的国家任务要重视吸引社会公益力量,加强内地重点高校与西部高校联手建设的对内影响力和对外辐射力,"青海师范大学高原科学与可持续发展研究院与北京师范大学跨文化研究院正式签署战略协议,标志着双方的对口支援工作再结硕果"①。

"长效机制"理念的另一层深意,是建设中国特色社会主义高等教育体系中多民族凝聚力教育的长期稳定模式,高校学者对此也有长期的认同和社会实践的传承。20世纪一批留学归国的学术大师,包括清华大学的费孝通先生、北京大学的季羡林先生、北京师范大学的周廷儒先生和钟敬文先生等,都曾为西部留下宝贵的精神遗产。费孝通先生留英归来,是西部社会人类学调研和高校民族教育的早期开拓者。季羡林先生留德归来,曾发表专题文章《少数民族文学应纳入比较文学研究的轨道》,指出:"我们对国内

---

① 程建平:《构建中西部教育"结伴成长"机制》,《中国教育报》2021年3月15日第5版。另见毛学荣、史培军《西部高校如何走好高质量跨越发展路》,《中国教育报》2021年3月15日第5版。

少数民族文学,包括民间文学在内,虽然进行了一些研究,但是总起来看是非常不够的,而且也非常不平衡。"①周廷儒先生留美归来,是青海高原地理科学考察与研究的先驱,并培养了门下第一位博士,即现由北京师范大学派往青海师范大学的史培军校长。钟敬文先生留日归来,是我国民俗学高等教育的奠基人。他与费孝通、季羡林和周廷儒的看法相同,多年支持西部民间文学事业的发展,还曾亲自致力于西部高校民族民俗学人才的培养工作②。这些学术大师都是钟情于祖国西部的"海归",是广大后学景仰的名师楷模。现在他们的大学问需要转型,这就要求今人能够继承和发展。我国比较文学学科的创建人乐黛云先生、法国汉学家汪德迈先生、法国跨文化学领军人物金丝燕教授、我国传统语言文字学家王宁先生和李国英教授、现代公益文化学开拓者陈越光先生、印度学和东方学学者王邦维教授、俄罗斯文艺学学者程正民先生和李正荣教授、文艺学和艺术学学者王一川教授、跨文化民俗学学者董晓萍教授等,都为此做出了贡献。他们也都高度重视西部高等教育③。

---

① 季羡林:《比较文学与民间文学》,北京大学出版社1991年版,第333页。
② 参见董晓萍《钟敬文先生对新时期民俗学科的重大建树——兼谈〈北京师范大学学报〉与民俗学科的发展》,《北京师范大学学报》2012年第5期,第30—39页。
③ 参见曹昱源《青海师范大学与北京师范大学合作启动"青海高原丝路跨文化研究"重大项目》,乐黛云、〔法〕李比雄主编《跨文化对话》第44辑,商务印书馆2021年版,第260—261页。

二、跨文化学在文化内部多民族相处与对外文化交流两端发挥作用

在我国,跨文化学不可替代的功能是,对外研究人类命运共同体文化,对内研究中华民族凝聚力文化,在高校培养具备跨文化能力的新型人才,这对于在世界百年未有之大变局中,在"教育援青"国家战略的背景下,加强西部高等教育,是一种必要的助力。

此时特别要提到语言学、民俗学、民族学、历史学、东方学和社会学的贡献。五四以后,在我国传统国学中,从文史哲三门,发展出上述现代人文社会科学。在新中国时期,在社会主义新文化建设中,建成了相应的高等教育人才培养机制。自20世纪60年代人文思潮革命后,国际上出现跨文化历史学的研究倾向。我国在扩大改革开放和深化对外交流后,转向文明互鉴视野下的人文社会科学研究,再转向跨文化中国学教育[①],这是一个逐步发展的过程。

在这次实施"教育援青"的国家战略中,跨文化学的介入,可以对西部高等教育带来以下促进发展的新视点:

一是纳入多元文化交流机制,提升健康文化生态的建设水平,补充多民族凝聚力教育事业的新个案。在中华文明长期发展的过程中,中央与地方、上层与民间、汉族与兄弟民族、中国与外部世

---

① 参见董晓萍《文化主体性与跨文化》,《西北民族研究》2019年第2期,第66—69页。

界,彼此互动,形成了和而不同、和平共处的中国模式。这是一种中国模式,它在世界四大古老文明中独立呈现,并友好共享。今后还要在新的层面上建设,并将之综合运用到跨文化对话之中,以便更加有利于向世界提供中国经验。

二是纳入文化生态平衡机制,筑牢内地高校与西部高校对口支援的基础。文化生态资源的差异化,与国家教育事业多元统一的格局,在某种程度上说,这是一个矛盾统一体。但当今世界变局又说明,在捍卫国家文化主权的前提下,重新认识这个矛盾统一体,建立平等、尊重和优势共享的教育机制,是十分必要的。它有利于搞好世界治理、国家治理和社会治理。中国历经数千年而稳定发展的奥秘,就在于用心构筑和创新维护这个矛盾统一体。当然,世界发展到今天,我们还要补充建设跨文化知识体系,耐心观察和认真建设单一文化与多边文化的接触点与交流点,精准发力,营造新时代的优秀人文文化,用现代汉语说叫"对口"。具体到北京师范大学与青海师范大学的合力共建、扎实落地的一步,就要进行学科"对口"建设支援,这样才能掌握差异中的平衡点,打造共赢空间。

三是纳入未来价值机制,辅助青海可持续发展,提升服务于"十四五"规划的大局意识。内地高校与西部高校虽不乏差异,但双方也长期拥有共享价值,即中华民族共同体价值观。中国儒家文化最早揭示了人际关系中的价值文化,而这种古老的关系价值还要依靠充分吸收我国多民族跨文化相处的历史智慧和现代经验,并提炼新思想,才能构建未来价值观。

在高等教育方面,跨文化学教育的特点,就是强调跨文化中国学教育,高度重视我国多民族文化资源、教育经验及其社会功能。当代内地高校与西部高校的共建活动,已不再是少数精英的单边意愿和单向的教学输出活动,而是多边行动。跨文化中国学教育要通人脉、爱和平,教育各民族新一代大学生和研究生,在现代社会中掌握跨文化学的理论与方法,做到文化间的互相欣赏、忍耐差异、宽容彼此和尊重他者,成为新型国际化人才。今日求学,明天放飞。

三、西部高校"人文学科基础建设系列"著作的特征

自2018年起,随着"教育援青"工作的推进,在青海师范大学方面,已将青海地区的社会发展、多民族高等师范教育与"两弹一星"精神教育三位一体进行建设。2021年以来,青海师范大学高原科学与可持续发展研究院与北京师范大学跨文化研究院携手合作,共同从事"丝路跨文化研究"重大项目。在该项目的教学科研成果中,专门设立"人文学科基础建设系列",拟于2021年年内完成,交由商务印书馆出版,于2022年春季和秋季学期投入使用。

"人文学科基础建设系列"的定位是,促进建设中华民族共同体格局下的跨文化中国学教育事业。

这套"人文学科基础建设系列"的理念是,服务于"长效机制"

总　序

的基础学科建设，而不是编制短期支教的培训班方案。作者都是人文科学领域有代表性的学者、教授和博士生导师，具有几十年指导本科生和研究生的经验。他们以无私奉献的情怀投入这项工作，针对西部高校学科建设的实际需求，提供跨文化中国学的教育成果，同时输入国际前沿学术信息，做到高端教育与对口帮扶相结合，专业需求与交叉研究相结合，以及内地高校优势教育资源与青海多民族特色资源保护吸收相结合，人人争取在"教育援青"中多出一份力。

"人文学科基础建设系列"的适用学科，包括汉语言文字学、民俗学、民间文学、民族学、文艺理论、古代文学、现代文学、中印比较佛学、东方学、比较文学与世界文学，以及其他相邻学科和注意吸收人文学科研究成果的自然科学学科。

"人文学科基础建设系列"的使用范围，适合高校的基础课、专业课和选修课使用，也为西部高校利用这套教学用书再去培养下一代人才做好准备。

"人文学科基础建设系列"的撰写和出版，得到北京师范大学和青海师范大学领导的大力支持，商务印书馆学术编辑中心做了大量实际工作，北京师范大学-青海师范大学高原科学与可持续发展研究院、北京师范大学跨文化研究院给予充分重视，在此一并郑重致谢！

董晓萍　李国英

2021年6月25日

目 录

19世纪俄罗斯文学高峰的启示（代前言）……………………………1

上编　从文学形象画廊的新视角探寻俄罗斯文学的魅力

导　语……………………………………………………………13
第一章　俄罗斯文学中的小人物形象……………………………15
第二章　俄罗斯文学中的多余人形象……………………………32
第三章　俄罗斯文学中的少女形象………………………………60
第四章　俄罗斯文学中宗教蕴含类的文学形象…………………80

下编　从作家个性心理的新视角探寻俄罗斯文学的魅力

导　语……………………………………………………………103
第五章　普希金：创作个性和艺术思维特征……………………106
第六章　果戈理：气质、生命力和创作…………………………130
第七章　屠格涅夫："特殊音调"和"特殊构造的喉咙"………151
第八章　陀思妥耶夫斯基：探索人类心灵奥秘的艺术…………180
第九章　托尔斯泰：情感的世界…………………………………218
第十章　契诃夫：童年经验、客观性和分析型艺术思维………260

后　记……………………………………………………………293

19世纪俄罗斯文学高峰的启示(代前言)

19世纪俄罗斯文学毫无疑问是一座文学的高峰。高尔基写道:"在欧洲文学的发展史上,年轻的俄国文学是一种惊人的现象……没有一个国家象俄国这样在不到一百年的时间里就出现了灿若群星的伟大名字。"① 从普希金、果戈理、屠格涅夫到陀思妥耶夫斯基、托尔斯泰、契诃夫,俄罗斯文学以其独特的社会批判激情、深厚的人道情怀和迷人的艺术魅力,对世界文学和中国文学产生了独特的影响。今天,当我们努力实现中华民族伟大复兴的时候,人们热切期盼中国文化繁荣的到来。此时,认真研究19世纪俄罗斯文学独特的品格和价值,深入探索其繁荣的原因,对于推进我国文学艺术的繁荣,也许会提供一些有益的启示。

一

在19世纪,同欧洲其他先进的国家相比,俄罗斯仍然是一个十分落后的农奴制国家,这样一个专制、贫穷的国家为什么能开出灿烂的文学艺术之花?这还得回到俄罗斯文学本身。俄罗斯文学

---

① 〔苏〕高尔基:《论文学》(续集),冰夷等译,人民文学出版社1979年版,第100页。

的主调是深沉、忧郁，用别林斯基的话说，俄罗斯文学始终散布着一种"销魂而广漠的哀愁"。是俄罗斯人民的辛酸、苦难、挣扎、抗争，孕育了世界文学中这朵奇葩。赫尔岑有一句名言："凡是失去政治自由的人民，文学是唯一的论坛，可以从这个论坛上向民众倾诉自己愤怒的呐喊和良心的呼声。"①这句话是解开俄罗斯文学魅力之谜的一把钥匙。文学的生命力源于现实生活，它一旦离开了时代，离开了人民，那肯定是要枯萎的。俄罗斯文学的伟大和魅力正在于它同时代、人民的血肉联系。受沙皇专制压迫的俄罗斯人民灾难深重，没有任何民主自由可言，没有任何表达自己思想感情的场所，于是文学就成为人民表达思想感情的唯一场所，文学艺术家自然成为人民的代言人。在某种意义上，俄罗斯文学成了社会的"气门"，"憋足了气"的所有社会激情都通过这个气门直冲出来。

从普希金到托尔斯泰，俄罗斯作家不怕监禁、流放和其他一切形式的压迫，他们在作品中深刻揭露和批判专制社会的黑暗，对被侮辱、被损害的下层人民寄予深切的同情，不仅尖锐地体现"谁之罪"的问题，而且苦苦探索"怎么办"的出路，真正成了时代前进的号角和人民的良心。

托尔斯泰是19世纪俄罗斯文学中最伟大的作家，他的创作是19世纪俄罗斯文学的高峰，在他身上我们最集中看到伟大作家的成功在于同时代和人民的联系。列宁深刻指出，托尔斯泰的创作反映了19世纪最后30年俄国社会的矛盾，反映了这个时期千百万俄国农民的思想情绪和心理矛盾，托尔斯泰创作的动力都是来自这个时代、这个阶级。托尔斯泰创作最大的特色是真诚和诚恳，是

---

① 《赫尔岑文集》第7卷，莫斯科科学出版社1956年版，第198页。

撕下一切假面的最清醒的现实主义。在他的作品中，无论是对专制制度和官方教会的无情揭露，对资本主义制度的激烈抗议，还是对下层劳动群众的深切同情，都非常真诚。在《复活》中，他透过华丽辉煌、温文尔雅、道貌岸然的外表，无情揭露法官和检察官的虚伪和丑恶、他们的草菅人命和内心的龌龊。他描写受侮辱、受损害的玛丝洛娃，不仅表现她的善良纯朴，而且着力表现她的愤怒和仇恨，她对聂赫留朵夫的态度是十分决绝的，绝不受欺骗，绝不存幻想。托尔斯泰这种最清醒的现实主义所达到的批判力度和深度，是贵族作家和资产阶级作家所达不到的。用列宁的话说，"托尔斯泰是用宗法式的天真的农民的观点进行批判的，托尔斯泰把农民的心理放到自己的批判、自己的学说当中"。托尔斯泰的创作确实"反映了一直到最深的底层都在汹涌激荡的伟大的人民的海洋"。[①]

俄罗斯作家在他们的时代不把自己关在象牙塔里，不"为艺术而艺术"，而是始终和时代、人民同呼吸共命运，努力打造艺术精品，攀登艺术高峰，反过来又用自己的作品推动社会的进步。事实证明，文艺只有扎根生活，紧跟时代潮流，才能繁荣发展；只有面向人民，反映人民的生活，才能充满生机活力。

二

文学是人学，文学既要表现人，又要有社会担当。文学要表现人性和人的价值，但人性和人的价值，又是有其具体的历史内容

[①] 中国社会科学院文学研究所文艺理论研究室编：《列宁　论文学与艺术》，人民文学出版社1983年版，第218页。

的。如何处理好两者的关系并加以艺术表现，是各个时代文学发展不容回避的尖锐问题。谁也无法否认俄罗斯文学是最富有社会批判激情的，同时谁也无法否认俄罗斯文学是最富有人道主义精神的，它充满对人、人的内心、人的价值、人的命运的关注。在俄罗斯作家的笔下，反农奴制的激情、人道的情怀，以及俄罗斯的白桦、草原和伏尔加河是完全可以水乳交融的。俄罗斯文学留下的宝贵传统正是关注社会和关注个人的一致性：俄罗斯作家在关注人的价值和人的命运时，始终没有离开社会历史的迫切问题；在关注社会历史的迫切问题时，又始终以关注人和人的命运为中心。在俄罗斯作家看来，人的被侮辱和被损害完全是农奴制造成的，只有砸烂这个黑暗王国，才能拥有人的尊严和价值，才能给个性、自由和发展带来光明。正是这种社会理想和人道理想的融合、社会批判精神和人文精神的融合，才使得俄罗斯文学在世界文学中独放异彩，并且具有永久的艺术魅力。

更值得称道的是，俄罗斯文学的经典之作还特别善于表现个人与社会、个人价值和历史必然的冲突，并善于表现两者之间存在的张力。例如，普希金的《青铜骑士》（1833）就表现了个人命运和历史必然的冲突和张力。长诗描写了1824年袭击彼得堡的一场可怕的水灾、一个小人物的爱情和他在这场水灾中的悲惨遭遇，而这场水灾是同彼得大帝在芬兰湾海岸建立彼得堡这座滨海城市相关联的。面对彼得大帝伟大的历史功绩和小人物的悲惨遭遇，普希金高明之处就在于没有把两者对立起来。站在历史进步的立场，他勇敢地、毫不含糊地歌颂了彼得大帝的历史功绩；站在人道的立场上，他倾注满腔的同情和哀伤，为普通的小人物唱了一曲哀歌。历史进步的必然要求同普通人正当的生活愿望、国家的整体利益和个人的局部利益,的确存在不可回避的尖锐矛盾。作家无法解决这个矛盾,但作家可以用艺术的方法和力量深刻而动人地揭示这一矛盾,表现两者存在的张力,并且坚定地站在人道的立场上,绝不因为历史的必然而放弃作家的人道立场。这样,在诗中形成了别林斯基所称道的"诗的弹性、力量、坚毅和宏伟"。别林斯基对这首诗所表现的弹性和张力,进一步做了动人的阐释:"我们凭着温和的心灵承认整体是超过局部的,但是我们并不会拒绝对这个局部所受的苦难表示同情……当一眼看到这个巨人骄傲而毫不动摇地耸立在普遍的灾难和破坏之中,仿佛象征般地体现他自己的创造的坚不可摧,我们的内心虽然不是没有颤抖,但是我们意识到,这个裹着铜甲的巨人虽然不能保护个别人的命运,可是却能保障民族和国家的安全;历史的必然性站在他这一边。"[①]在普希金的长诗中,对历史必然性的勇敢肯定和对小人物命运的内心颤抖,构成了历史的弹性和张力,产生了打动人心的力量,自然也就形成了独特的艺术魅力。

艺术地表现个人与社会、人的价值和历史必然的尖锐冲突,以及在两者痛苦纠结中艺术地呈现思想的张力,这是俄罗斯文学发展的内在动力,也是俄罗斯文学的经典作品固有的特质与魅力。

三

文学创作的主体是作家,文学的繁荣是同作家强大的主体相

[①] 《别林斯基选集》第4卷,满涛、辛未艾译,上海译文出版社1991年版,第697页。

联系的,19世纪俄罗斯文学的繁荣是同俄罗斯作家强大的艺术个性分不开的。俄罗斯作家有崇高的人生理想,有很高的艺术素养和不懈的艺术追求,他们是思想的殉道者,也是艺术的殉道者,他们为理想和艺术献身的精神,是俄罗斯文学发展的力量源泉。

俄罗斯作家有独立的人格和自由的精神。面对专制的暴政,面对金钱的诱惑,为了崇高的理想和信念,他们宁可牺牲自己,绝不动摇、屈服。普希金就说过,"我的声音是不可收买的人民的声音"。俄罗斯作家为捍卫理想和自由而遭受监禁、流放和迫害,是人们所难以想象的。十二月党人作家有被绞死的,有被流放的。普希金被宫廷集团假手杀害。别林斯基和杜勃罗留波夫因贫困、病痛和劳累,过早结束生命。车尔尼雪夫斯基一生中有整整21年是在监禁和流放中度过的。陀思妥耶夫斯基被判死刑,直到临刑时改为苦役,在精神上受到极大的折磨。赫尔岑终生流亡国外。连托尔斯泰也被俄国东正教大公会议开除教籍。实际上没有任何国家像俄罗斯一样出现这么多为理想、为自由而殉难的作家。迫害和苦难激发了俄罗斯作家的创作激情,他们用笔,也用血,写出名传千古的杰作。

俄罗斯作家也是艺术的殉道者,他们不功利、不浮躁,几十年来孜孜以求,精益求精,打造出传世的精品。果戈理总是不断修改自己的作品,他主张作品要改八遍,他的《钦差大臣》有六种修改稿,《死魂灵》有五种修改稿。他不满意《死魂灵》的第二部,勇敢地将手稿投入熊熊烈火中,法国诗人贝朗瑞对此评论说:"再没有什么东西能比勇敢地投入壁炉中的手稿的火焰更能启发一个作家的了。"俄罗斯作家魏列萨耶夫也感叹道:"果戈理的全部创作生涯都被这种崇高的火焰所照亮。"①托尔斯泰为了寻找理想的艺术表现形式,常常废寝忘食,日夜不眠,他把作品看作自己心血的凝聚,是自己生命的流溢,他曾说过:"只有当你每次浸下笔,就像把一块肉浸到墨水瓶里的时候,你才应该写作。"②

　　创新是文学的生命,是文学繁荣的保证。俄罗斯作家苦行僧式的不懈追求,就是为了达到思想和艺术的深度创新。普希金的《叶甫盖尼·奥涅金》既不是传统意义上的叙事诗,也不是传统意义上的小说,他把平凡的日常生活带进诗歌,把诗歌和散文结合起来,形成独特的"诗体小说"。果戈理的讽刺也有极高的独创性,它是悲喜剧的高度融合,别林斯基称之为"含泪的喜剧",他说:"果戈理君的这种独创性,表现在那总是被深刻的悲哀之感所压倒的喜剧性的兴奋里面。"③陀思妥耶夫斯基的创作特色是对人性大胆、深刻的剖析,"用完全的现实主义在人身上发现人",描绘"人的内心的全部奥秘"。托尔斯泰以善于表现"纯洁的道德情感"和"心灵辩证法"两大特色走上文坛,他的《战争与和平》更是敢于冲破一切文学传统,把史诗、历史小说和编年史诸种体裁巧妙地融为一体,广泛而自如地反映了错综复杂的生活,达到了俄罗斯文学的高峰。

　　19世纪俄罗斯文学这座五彩缤纷的大花园,正是由俄罗斯作家的血和泪浇灌的,是由他们不懈的艺术追求和艺术创新打造的。

---

① 〔苏〕魏列萨耶夫:《果戈理是怎样写作的》,蓝英年译,天津人民出版社1980年版,第10页。
② 〔苏〕古德济:《托尔斯泰评传》,朱笋译,时代出版社1954年版,第160页。
③ 《别林斯基选集》第1卷,满涛译,上海译文出版社1979年版,第193页。

四

　　文学是一种文化现象,文化是文学的根基和血脉,是文学艺术家的精神家园。19世纪俄罗斯文学也从欧洲文学汲取养料,但归根到底是由俄罗斯文化传统哺育的,离开俄罗斯文化传统就谈不上俄罗斯文学的繁荣。对俄罗斯作家来说,对俄罗斯的爱和对文学艺术的爱是合二为一的,他们一旦流亡异国他乡,就有一种被连根拔起的感觉。

　　俄罗斯文化首先是以其民族文化精神、以其价值观影响俄罗斯文学的发展。鲁迅曾指出,俄罗斯文学的主流是"为人生",别林斯基也谈到,"销魂而广漠的哀愁"构成俄罗斯"民族诗歌的基本因素、亲如血肉的力量、主要的调子"。① 俄罗斯文学的这种价值观和艺术品格正是源于俄罗斯民族文化精神、俄罗斯的思想文化传统:一是同农奴制专制压迫作长期斗争而形成的"为人生"的思想文化传统;另一是浓厚的东正教宗教情怀所体现的人道精神和救世思想。别尔嘉耶夫就指出,"俄罗斯人民的灵魂是由东正教教会培育的,它具有纯粹的宗教形式"②。这种宗教精神渗透到俄罗斯文学中,就表现为一种对人类命运的深切关怀,一种浓厚的人道情怀,一种深沉的忧患意识和淡淡的哀愁。

　　其次,如果把俄罗斯文化传统具体化、形态化,俄罗斯文化中

---

① 《别林斯基选集》第2卷,满涛译,上海译文出版社1979年版,第485页。
② 〔俄〕别尔嘉耶夫:《俄国共产主义的由来和意义》,莫斯科科学出版社1990年版,第8页。

的审美文化（音乐、绘画、戏剧）和非审美文化（哲学、科学、宗教）对俄罗斯文学发展的影响都是不可低估的。文化艺术是一个整体，各种艺术门类之间的互动和对话，是文化艺术发展的动力。俄罗斯作家都有很高的艺术素养，他们常同艺术家一起举办文化沙龙，举办音乐会，共同交流创作，探索问题。许多作家的创作深受俄罗斯艺术的影响。屠格涅夫就是一个音乐超级爱好者，柴可夫斯基、鲁宾斯坦都是他的座上客。他善于通过特别敏锐的听觉来捕捉生活和大自然的诗意，这就使他的作品自然带有浓郁的抒情色彩。在19世纪，俄罗斯不仅出现一大批文学大师，也出现柴可夫斯基、列宾、斯坦尼斯拉夫斯基等一大批艺术大师，俄罗斯文学与艺术在那个时代是共存共荣的。

仅就文学内部而言，19世纪俄罗斯文学批评对文学创作的推动也十分明显。从某种意义上讲，没有以别林斯基为代表的俄罗斯文学批评，就不可能有俄罗斯文学的繁荣。别林斯基总结了普希金、果戈理的创作经验，提出了现实主义和人民性理论，反过来又深刻影响了俄罗斯文学的发展，像陀思妥耶夫斯基这样的大家也是别林斯基最早发现的。科学的、有见地的文学批评对文学创作的影响是不能低估的。俄罗斯著名的文学批评家卢那察尔斯基指出，作家是受现实生活直接影响的敏感的人，但缺乏抽象的科学思维，需要批评家的帮助，批评家也要向作家学习，热情对待作家，两者不应相互指责，而要相互学习，共同促进文学事业的繁荣。他说："实际上，历来的情况是：恰恰由于著名作家和卓有才华的批评家的通力合作，过去曾经产生过，今后将继续产生真正伟大的文学。"①

---

① 《卢那察尔斯基文集》第8卷，莫斯科艺术文学出版社1967年版，第16页。

上编

从文学形象画廊的新视角探寻俄罗斯文学的魅力

导　语

　　文学形象是文学作品的核心，它推动文学作品情节的发展，集中体现作家的思想倾向和价值观，体现作家的美学理想和艺术追求。要了解一部作品首先要把握它所创造的文学形象，一部作品是否成功首先也在于它是否塑造了成功的文学形象，如林黛玉之于《红楼梦》，阿Q之于《阿Q正传》，哈姆雷特之于《哈姆雷特》，堂吉诃德之于《堂吉诃德》。就俄罗斯文学而言，它不朽的艺术魅力正在于它塑造了一系列成功的文学形象，如普希金的奥涅金和达吉雅娜，莱蒙托夫的皮却林，冈察洛夫的奥勃洛莫夫，托尔斯泰的娜塔莎。然而俄罗斯文学在文学形象塑造方面，又有其独特之处，它不但有单个的、成功的文学形象，而且出现了其他国家文学中少见的文学形象系列，又称"人物形象画廊"，其中如小人物文学形象系列、多余人文学形象系列、少女文学形象系列。这些形象系列虽有共同之处，但在不同作家的作品中都得到了不同的艺术表现，而且在不同历史时期有不同的变化，不仅有很高的艺术价值，而且有深厚的社会历史文化内涵。艺术形象系列这种独特文学现象的出现，以往也被关注到，但一直缺乏系统深入的研究。以人物形象系列研究为中心、切入点，可以从一个独特的角度深入探索俄罗斯文学独特的艺术魅力和深厚的思想蕴含。从小人物形象身上可以看到，俄罗斯底层人民的苦难、屈辱和俄罗斯作家的人主义情怀；从多余人形象身上可以看到，俄罗斯上层知识分子的痛苦思想、探索和俄罗斯作家的批判精神；从少女形象身上可以看到，俄罗斯人民的美好心灵和俄罗斯作家所寄寓的美学理想。总之，在这些形象系列中，有苦难，有探索，有追求，有动人的人道主义情怀，既有理性的批判精神，又有美好的理想追求，当我们将这些形象汇集在一起，融合在一起，就可以清晰地看到俄罗斯文学绚烂的图景和深沉的底蕴，可以感受到俄罗斯文学的魅力。

第一章 俄罗斯文学中的小人物形象

小人物系列是俄罗斯文学中出现比较早的、最打动人的形象系列,从普希金《驿站长》(1830)中的维林、果戈理《外套》(1840)中的巴什马奇金,到陀思妥耶夫斯基《穷人》(1846)中的杰武什金,在这些小人物形象身上,表现了被侮辱、被损害的俄罗斯底层人物的苦难、屈辱和逐渐觉醒,体现了俄罗斯作家对底层小人物的深切关怀和人道主义情怀。在俄罗斯文学史上,这些小人物形象又是一脉相承的,构成一种人物形象系列,无论是思想上还是艺术上都有紧密的联系。

第一节 普希金《驿站长》中的维林:俄罗斯文学中第一个成功的小人物形象

《驿站长》是普希金《别尔金小说集》(1831)中最优秀的作品,它塑造了受侮辱、受损害的小人物形象,真实反映了俄罗斯残酷的现实,充满人道主义激情。高尔基认为,《驿站长》开创了俄罗斯文学现实主义的传统,也是1840年代自然派创作的"宣言"。

小说写的是驿站长的女儿被人拐走,他寻女被驱,最后潦倒至死的故事。小说核心人物维林是乡间驿站长,最低级的十四等文官。他久居乡间,作为地位低下的小人物,终日忍受种种斥责、辱骂。他生活中唯一的慰藉以及仅有的欢乐和希望来自他聪明、勤快、美丽的女儿杜尼娅。他与女儿相依为命,过着清苦、安宁的生活。只要女儿在身边,什么侮辱和不幸他都可以忍受。可是有一天过路的骠骑兵大尉、贵族明斯基拐走了杜尼娅。维林万念俱灰,他到彼得堡寻找女儿,却被明斯基撵出家门。维林投告无门,只能忍辱回家,从此以酒消愁,生活潦倒,终于忧伤成疾,郁郁而死。

贵族花花公子诱骗天真无邪乡间少女,最后将其遗弃,这是普希金以前俄罗斯感伤主义小说就涉及过的题材。感伤主义作家卡拉姆辛(1766—1826)的中篇小说《苦命的丽莎》就是一个有代表性的作品。小说讲述贵族青年埃拉斯特爱上温柔美丽的农家姑娘丽莎,丽莎对他也是一片痴情,但埃拉斯特背弃丽莎和一个富有的寡妇结婚,丽莎痛不欲生,跳湖自尽。小说把卑贱者的形象引进文学,歌颂农家姑娘有比贵族青年更纯洁的心灵,谴责上层贵族的薄情、轻浮。但作者把重点放在对爱情的描写上,把不幸爱情仅归结于男女主人公性格的缺陷,只是从道德层面谴责负心的公子,没有挖掘不幸爱情的社会根源,这样就把读者从尖锐的社会矛盾引开,掩盖了社会矛盾,同时人物形象也显得单薄,有矫揉造作之处。

普希金的《驿站长》和卡拉姆辛的《苦命的丽莎》在题材上有相似之处,但前者无论在思想上还是艺术上的成就都远超后者。普希金在俄国文学史上成功地塑造了第一个小人物的形象,通过小人物悲惨的命运揭示了悲剧的社会根源,表现了深厚的人道情怀。小说在题材和人物处理上达到高度的艺术真实,形成"朴素、简明、明晰"的艺术风格,受到一致赞扬。

小说塑造了驿站长维林这个小人物的形象,展现了他一生悲惨的命运。小说开头描写了驿站长的屈辱地位，谁都可以向他发火，谁都可以咒骂他，打他，"驿站长是何许人？就是一个十四级的真正的受难者，他的职位仅仅能使他免遭殴打，而且还不能保证他永远不挨打……其职责是什么呢？难道不是真正的苦役吗？无论白天，还是黑夜，都不得安宁。"① 尽管他们地位低下，常受屈辱，作家却极力表现他们所具有的美好品质和金子般的内心世界，"这些遭人唾骂的驿站长，都是些谦和的人，他们天生一副热心肠，爱跟人交往，既不求名，也不太追逐钱财。从他们的谈话（可惜常被过路的先生们所忽略）中，可以得到许多有趣的、有教益的东西。"维林也像当时俄国许多乡间驿站长一样，工作勤勉，忠于职守；他秉性温良，乐于助人；他爱自己的女儿，充满温情；他顺从命运，怨而不发。就是这样一个地位低下、安分守己、逆来顺受的小驿站长，原本指望与女儿相依为命，过着清苦、安宁的生活，却由于女儿被贵族青年明斯基拐走，生活发生灾难性变故，陷入悲惨的命运之中。作者在展示驿站长维林的悲惨命运时，重点不是放在生活的变故、物质生活的变化，而是放在心灵遭到的巨大打击和创伤，放在相依为命的女儿被拐走、他的欢乐和希望被无情剥夺之后，精神的巨大变化。而这种命运的变化、精神的变化，是通过叙述者三访驿站展示出来的。第一次造访驿站是5月的春雨时节，站里一切整洁有序，站长女儿聪明美丽，神清气爽，站长"50岁上下的年纪，脸色很好，精神矍铄"。第二次造访驿站，站长女儿已被拐走，这时站里的一切让人觉得陈旧、凌乱，站长已经变成另外一个人了，"我看着他

---

① 本节所引《驿站长》译文见王立业主编：《俄罗斯文学名著赏析》（小说篇），刘文飞译，外语教学与研究出版社2015年版。

花白的头发,满是胡须的脸上那一道道深深的皱纹和他佝偻的脊背——我惊讶不已,三四年的时光竟能将一个精神抖擞的男人变成这样一个羸弱不堪的老头儿。"第三次造访是落叶飘零的深秋时节,日落西山的黄昏,这时驿站长已经去世,在空旷的野地里只剩一座荒凉的孤坟。三次造访,作家通过景色和人物的变化,以强烈的对比渲染出浓重的悲剧气氛,展示了小人物悲惨的一生,渗透了作者真挚的同情和人道的情怀。

当然,普希金并不满足于塑造一个小人物的形象和展示他悲剧的一生,更重要的是,他要让读者深入思考,究竟是谁侮辱和损害了维林,是谁造成了小人物的悲剧命运。以往的评论基本上一致认为,造成小人物悲剧命运的是他低下的社会地位,是贵族和平民深刻的对立,普希金正是通过小人物悲惨的命运表达了社会性的主题,这也是《驿站长》区别于先前作品的价值之所在。有意思的是,近些年出现了一种新的看法,认为社会地位低下固然是维林悲剧的缘由之一,但"他的不幸更多是因为他用自身框定的伦理信条将自己推向了人性的尴尬、爱的偏狭,直至由此窒息而亡",这指的是"父母在,不远游"、一定要把"迷途羔羊"领回身边的传统观念,指的是维林对女儿偏狭的爱。这种"新论"固然有一定道理,但把小人物悲剧命运更多归于人物性格的缺陷,而不是社会原因,这是很难令人苟同的。一切应当回到作家的创作意图,回到作家在作品中的艺术表现上。"新论"认为,驿站长家里四幅"浪子离家"的画是小说的轴心之笔,暗示女儿"迷途羔羊"的人生命运,折射了维林所谓"浪子必然回头"、"父母在,不远游"的道德伦理观和人生观。普希金固然借用了传统的"迷途羔羊"和"浪子回头"的故事形式,但加进了完全不同的内容,他突出的不是浪子的迷误和回头，而是小人物的悲惨命运，是浪子故事所蕴含的社会对立，追寻的是小人物悲惨命运的社会原因。是谁剥夺了维林对女儿的爱？是谁造成了维林的悲惨命运？作品突出的是阶级地位的悬殊和阶级的对立。首先，贵族青年明斯基仗着权势拐走维林的女儿，他采用的是装病的手段，在大夫看来是一个"恶毒的主意"。其次，当维林到城里寻找女儿时，明斯基先是拿钱打发他，后来又露出凶相，咬牙切齿地对他说："你想干什么？你为什么像强盗一样老跟着我？你是想杀了我吗？快滚！"最后，小人物对贵族阶级是不存在幻想的，在找不回女儿之后，维林是完全失望的，他看透了贵族青年的"善心"，他说，"什么样的事都可能发生。被过路的花花公子拐骗的姑娘，她不是第一个，也不是最后一个，他把姑娘养上一阵，就扔掉了。在彼得堡这样的小傻瓜很多，今天还披着缎子和天鹅绒，第二天就和穷光蛋一道去扫马路了"。

普希金的《驿站长》之所以被称为开创了俄罗斯文学小人物形象的先河，除了在于它所达到的思想深度，也在于它在艺术上所达到的高度。首先，它以一种朴素、简洁、明快的艺术风格开创了俄国现实主义文学的传统，不同于以往古典主义的固守规约、感伤主义的矫揉造作、浪漫主义的个人崇尚，它敢于面对残酷的、复杂的现实，从而达到了高度的艺术真实。在小说人物命运的描写上，他不回避，不粉饰，真实展现小人物的悲惨命运。在小人物形象塑造上，他善于表现人物性格的多样、复杂和矛盾，从而达到人物描写的真实性。在小人物维林身上虽有勤勉、温良的一面，但也不完全是逆来顺受的，他也要对命运进行抗争，虽然这种抗争的结局是无奈的。他的勤劳、善良，他的无奈和抗争，给人一种非常真实的感觉。其次，它善于调动一切艺术手段来表现小人物的性格和命运,比如用四季景色的变化来烘托小人物的悲剧命运,用细致的心理描写表现人物的性格。最为人称道的,还有叙事结构方面独具的特色。整个作品中有两个"我"来叙事,是一种双重的叙事结构,一个是驿站长在讲女儿杜尼娅的故事,一个是叙事者以第一人称叙述三次造访驿站的所见、所闻、所感,而且这两种叙述又是交叉的,叙述者的叙述中有叙述者对小人物维林的看法和同他的对话,而小人物维林的故事又是由叙述者来转述,其中也有叙述者插进去的感慨和评价。如果说驿站长的叙述是客观的,那么叙述者的叙述在很大程度上体现了作者对小人物命运的主观感情,体现了作者的人道情怀。

第二节 果戈理《外套》中的巴什马奇金:俄罗斯文学中小人物形象的进一步发展

果戈理的《外套》是他的以彼得堡生活为题材的《彼得堡故事》中最著名的一篇小说。小说主人公九品小官吏阿卡基·阿卡基耶维奇·巴什马奇金地位低下,受尽欺凌屈辱,身上的外套破烂不堪,为了抵御彼得堡的严寒,他历尽千辛万苦,省吃俭用,做了一件聊以过冬的新外套,不料在第二天赴宴回家途中,外套被人从身上剥下夺走。巴什马奇金又急又恼,告到警察局,但不予理睬;告到官府大人那里,结果反遭一顿严厉斥责。回家后一病不起,最后终于悲惨死去。死后他化为鬼魂在彼得堡广场寻找被抢劫的外套,从斥骂过他的大人物身上剥下外套,为自己报了仇。

果戈理所塑造的巴什马奇金同普希金所塑造的维林这两个小

人物有共同之处,他们都是年龄相仿的小官,都是受屈辱的底层小人物。在果戈理笔下,巴什马奇金这个小人物形象又有了新的变化、新的特征。首先,作家极力表现巴什马奇金的极度卑微。从外形看,突出他的矮和丑:"他是个小矮个儿,稍许有点麻子,头发微红,表面看去甚至还有点瞎目合眼的,脑门微秃,两颊布满皱纹,面色则是所谓的痔疮色。"①从同事的反应看,他们对他毫无尊重之意,极力取笑他,奚落他,"当他从一旁走过,门卫不仅不从原地起立,甚至连正眼也不瞧他,好像一只普普通通的苍蝇飞过接待室似的。"果戈理把小人物写到了极致,难怪美国学者爱普施坦指出:"阿卡基·阿卡基耶维奇是'小人物',也可以说是整个俄罗斯文学中最卑微的、再也找不到比他更卑微的小人物。"②其次,作家极力表现他的温顺,而且把这种温顺的性格的表现同他抄写员的职业紧密结合起来。巴什马奇金对自己的抄写工作勤勤恳恳,兢兢业业,可以说是忠于职守,鞠躬尽瘁。要知道抄写员需要按照原件抄写,不能有一丝一毫的改动,顺从就是他的职业最基本的和最高的要求。小人物就是在这日复一日、年复一年的工作中形成一种病态的逆来顺受,逐渐消磨自己的个性,丧失人的尊严。最后,也是最重要的是,作家还极力深入表现小人物性格的孤僻、僵化,人性的扭曲和灵魂的残缺。如果说普希金在《驿站长》中刻画的小人物维林除了工作,还要同来往客人打交道,维系同自己女儿的感情世界,那么巴什马奇金则对抄写工作达到了刻板、痴愚的地

---

① 本节所引《外套》译文见王立业主编:《俄罗斯文学名著赏析》(小说篇),臧仲伦译,外语教学与研究出版社2015年版。
② 〔美〕米·爱普施坦:《从小人物走向美好的光明——果戈理与陀思妥耶夫斯基笔下的抄写员》,韩万舟译,《俄罗斯文艺》2009年第3期。

步,"除了这种抄抄写写以外,仿佛对他不存在任何东西似的。"除了抄写,他的生活毫无色彩,毫无生气,与外界完全疏离。他没有朋友,没有爱人,惧怕进入任何友情、爱情的人际交往领域,"唯一愿意同他共度人生"的就是那份抄写工作,唯一愿意同他共走人生路的"女朋友"就是那件外套。在果戈理笔下,小人物只是同物——字母打交道的机器,而不是活生生的人。深入小人物的灵魂世界,表现小人物性格的僵化、扭曲和灵魂的残缺,是果戈理塑造小人物形象最深刻和最成功之处。

在揭示巴什马奇金卑微、僵化和扭曲的性格形成的原因时,果戈理突出了它的社会因素,他比普希金更加强调这个题材的社会意义,更加有力地指出社会的阶级矛盾和阶级之间的不平等是造成小人物悲剧命运的根源。小人物在等级森严的彼得堡官场毫无地位,他的同僚以为他软弱可欺,以嘲笑他为乐,他只能发出"让我安静一下吧,你们干吗要欺负人呢?"的无奈叹息。当他的新外套被抢走后去求助警察局长和"要人"时,却被冷酷地对待。警察局长对他的投诉不予理睬,反而问他为什么那么晚才回家,是否光顾过什么不规矩的地方,弄得他落荒而逃。官僚社会那位"要人"也是一路货色,他向巴什马奇金跺脚,声嘶力竭地向他大吼,他被吓得"大惊失色,身子晃了晃,浑身发起抖来,怎么也站不住脚,要不是警卫立刻一个箭步跑上前来扶住他,他非得扑通一声摔到地上不可;他几乎一动不动地让人扶了出去"。"他有生以来还从来没有受过将军这样严厉的训斥。"之后,他卧床不起,发起高烧,很快就咽了气。从果戈理的描写来看,巴什马奇金的死因,与其说是歹人抢走了他的外套,不如说是上层官僚冷酷无情地击碎了他找回外套的希望,进而完全剥夺了他生的权利。果戈理在探究造成这个小人物悲惨命运的原因时,极大地加强了小说的社会批判力量。

　　果戈理在塑造小人物形象和揭露社会现实方面的成功,还得力于这部作品独特的艺术表现力和艺术风格。如果说普希金在《驿站长》中是以正剧、悲剧的笔法表现了小人物维林的性格和命运,那么果戈理则是以悲喜剧相结合的笔调,以讽刺、夸张、荒诞的艺术风格和感同身受的叙述态度,表现出小人物卑微、僵化、扭曲的性格和悲惨的命运。所谓笔调又称语调、音调、声调、语气,它是小说叙述的重要因素。俄国形式主义的代表人物艾亨鲍姆在他的重要文章《果戈理的〈外套〉是怎样写成的》(1918)①一文中,专门谈到了《外套》独特的语调,以及独特的叙述风格对于表现小说的人道主义情感的重要作用,认为果戈理对小人物的人道主义情怀就是通过一种独特的叙述语调表现出来的。他认为,小说是由两种叙述语调构成的,一种是纯滑稽的叙述,一种是具有感情色彩的夸张的叙述。后者指的是被称为"小说精华"的那段人道主义情调十足的叙述。小说中,作家借着"可怜的年轻人"的口述表达自己对小人物巴什马奇金的心痛和悲悯:"只有在玩笑开得过分了,推他的胳膊,妨碍他做自己工作的时候,他才忍无可忍地说,'让我安静一下吧,你们干吗要欺负人呢?'在这些话里和说这些话的声音里似乎包含着一种奇怪的声调,其中仿佛能听到某种乞求怜悯的调子,……在这句令人心碎的话里又回响着另一句话:'我是你的兄弟。'每念及此,这位可怜的年轻人就以手掩面,后来他在自己的一生中都看到,人身上有多少没有人性的东西啊,在风流倜傥、教

---

　　① 〔法〕托多罗夫编:《俄苏形式主义文论选》,蔡鸿滨译,中国社会科学出版社1989年版,第185—207页。

养有素的上流人士中又掩盖着多少凶残和粗野啊！"①这段哀伤的叙述"闯进"喜剧气氛的叙述中，仿佛成了喜剧气氛的潜台词。这样两种叙述语调、两种叙述风格的相互交替，"发笑的怪相和痛苦的蹙眉相交替"，形成作品特殊的布局，给小说那种幽默、讽刺带来新的色彩和含义，构成作品独特的艺术魅力，表现了作家一种"含泪的笑"，一种深沉动人的人道主义情怀。果戈理的《外套》和普希金的《驿站长》，同样都是写小人物的悲惨命运，都塑造了现实生活中小人物的艺术典型，深刻体现了俄罗斯现实主义文学所固有的民主精神和人道精神，如果拿《外套》同《驿站长》相比较，可以看出《外套》在揭示人物性格的深度方面，在社会批判的力度方面，在作者同人物的贴近方面，都有新的开拓和进展，对后来的作家写作表现小人物题材的作品产生直接的、深刻的影响。从这个意义上讲，陀思妥耶夫斯基认为，"我们所有的人都是从果戈理的《外套》中孕育出来的。"②

第三节　陀思妥耶夫斯基《穷人》中的杰武什金：俄罗斯文学中小人物形象塑造的新高度

陀思妥耶夫斯基的《穷人》写于1845年，在未发表之前，就受到别林斯基等人的赞誉。涅克拉索夫带着稿子去见别林斯基时就喊道："新的果戈理诞生了。"别林斯基见到年轻的陀思妥耶夫斯

---

① 《外套》，《俄罗斯文学名著赏析》（小说篇），第65页。
② 〔苏〕布罗茨基主编，波斯彼洛夫、沙布略夫斯基等合著：《俄国文学史》（中卷），蒋路、孙玮译，作家出版社1957年版，第526页。

基非常激动,对他说:"您知道不知道,您写了些什么……您只能像艺术家那样,凭着直觉写出这种东西,可是您自己能够领会您给我们显示的这一切可怕的真实吗?您只有二十来岁,是不可能理解这些的。您写的这个不幸官吏——他勤勤恳恳工作到这种地步,甚至由于屈辱感,都不敢认为自己有权做一个不幸的人,……当好心肠的将军赏赐给他一百卢布的时候,他神魂颠倒,受宠若惊,不懂'大人'怎么能怜惜像他这样一个人!……这简直不是对不幸的人的怜悯,而是悲惨,悲惨!在他这种感激中,包含着悲惨!这是一出悲剧!您触到了事物的本质,一下子就把最主要的东西写出来了,……真理展示并宣告在艺术家您的面前,像天禀一样落在您的身上,您得珍视您的天禀,对它忠诚不渝,您就会成为伟大的作家!"[①]

陀思妥耶夫斯基的《穷人》是用书信体的形式讲述彼得堡一个年轻的公务员马卡尔·阿列克谢耶维奇·杰武什金和年轻姑娘瓦莲卡·陀勃罗肖洛娃相互爱怜,相依为命,最后又迫于生计,两人不得不分离的悲惨故事。作家笔下的小人物同普希金和果戈理笔下的小人物有明显的继承关系,但又不是对他们的模仿。别林斯基当年在《祖国纪事》(1846年第3期)发表的文章中,一方面指出陀思妥耶夫斯基的小说受到果戈理的强大影响,另一方面又指出年轻作家具有"不同凡响的独特才能"[②]。

作家在杰武什金身上表现了他地位低下、生活孤寂、清苦和受

[①] 转引自〔俄〕叶尔米洛夫:《陀思妥耶夫斯基论》,满涛译,上海译文出版社1985年版,第22页。

[②] 《别林斯基选集》第6卷,辛未艾译,上海译文出版社2006年版,第201—202页。

人凌辱的悲惨命运。他住厨房,啃硬面包,勤勤恳恳工作,但总是债台高筑,一贫如洗。他安分守己,谨小慎微,但仍然遭到造谣、诽谤。人们只把他当作一块抹布,他甚至不敢承认自己是一个不幸的人。杰武什金的悲剧命运同他的先辈维林和巴什马奇金何其相似,但同他们相比,杰武什金这个小人物形象在作家笔下却是大大往前推进了,这主要是在这个最渺小的小人物身上表现出他们丰富的、美好的内心世界,正如别林斯基所说:"许多人可能认为,作者要在杰武什金身上描写一个智力和才能都被生活压瘪砸扁的人。这样的想法是极大的错误。作者的思想要深刻得多;他通过马卡尔·阿列克谢耶维奇·杰武什金这个人物向我们表明,在一个最有局限的人的天性里,有多少美好、高贵和神圣的东西。"①什么是杰武什金身上"美好、高贵和神圣的东西"呢?这是一种深厚的人道主义情怀,他钟爱住在地下室和阁楼的人们,并告诉住在豪宅里的居民:"这也是人,是你们的兄弟。"他对所有穷苦人都充满感情,他同情大学生彼克罗夫斯基和他父亲的遭遇,他穷得当当响,还把自己仅有的20戈比铜币给了同自己一样穷困的戈尔希科夫。更为动人的是他对瓦莲卡的爱,他以想象出来的远亲关系为借口,把她从邪恶的女贩子手里拯救出来,为了帮助她而预支薪金、向人借债,为了帮助她就剥夺自己的一切,但他没有要求回报,没有要求她做出牺牲,"他爱她不是为了自己,而是为了她本人,为了她牺牲一切——这对他来说就是幸福。"②除了极力表现杰武什金身上的人道主义情怀,更重要和更突出的是,作家极力表现小人

---

① 《别林斯基选集》第6卷,辛未艾译,第205页。
② 同上书,第205页。

物的自觉,小人物自我意识的成长。杰武什金再也不像他的前辈那样只是被侮辱、被损害,即使在他这个连一块破布都不如的人身上,也开始有了人的自尊和自觉。人家说他吃的是块干硬的面包,他反驳说:"我这块面包是我自己的;虽然是一块普普通通的面包,有时甚至是又干又硬,然而它是靠劳动得来的,我吃它是合法的,是问心无愧的。"人家说他只是一个抄抄写写的公务员,他反驳说:"我做的事情不多,无非是抄抄写写;可我还是因此而自豪:我是在工作,我在流汗。事实上,抄抄写写又有什么不好!"①这两种声音持续的对话表现出小人物性格的变化,小人物自我意识的增强,杰武什金也开始觉得自己是一个人,他对瓦莲卡说:"当您在我面前一出现,您就照亮了我整个黑暗的生活,连我的心和我的灵魂都发亮了,使我得到精神上的平静,知道我并不比别人差,只是我没有什么可炫耀的,我没有气派,没有风度,然而我仍然是一个人,从心灵和思想上来说,我是一个人。"②评论认为,"从心灵和思想上来说,我是一个人"这句话是"俄国文学的人道主义的新的宣言"③。在杰武什金出现之前,俄国文学中的小人物形象确实没有达到这种人的自觉的高度,这也是杰武什金这个小人物形象最富创新和最有价值之处。

值得指出的是,作家在《穷人》中不只是成功地塑造了杰武什金这个小人物的艺术形象,把小人物形象的塑造提到了新的高度,而且塑造了无数穷人的群像,无数穷人的综合形象,他写的不是一

---

① 《费·陀思妥耶夫斯基全集》第1卷,磊然、郭家申译,河北教育出版社2010年版,第54页。
② 同上书,第109页。
③ 〔俄〕叶尔米洛夫:《陀思妥耶夫斯基论》,满涛译,第39页。

个穷人，而是一群穷人，并且通过穷人群像的描写，把整个城市下层贫民世界引到作品中，这就极大提升了作品的社会主题和社会批判力量。作家没有把人物同他们所处的生活环境割裂开来，他们的故事是在彼得堡的底层展开的，呈现在我们面前的是一个个被侮辱和被损害的穷人，是他们悲惨的命运。其中除了杰武什金，还有靠卖针线活挣钱、被人欺骗、几乎落入卖笑火坑的瓦莲卡，有贫病交加的彼克罗夫斯基父子，有一家五口无法过活、死去六岁小女儿的戈尔希科夫。同时还描写了侮辱瓦莲卡的地主贝科夫、老鸨安娜·菲陀罗芙娜、威严的上司大人、高利贷者，以及街头流浪的乞丐、大厦守门人。这样有点有面的描写，既有广度又有深度，极大提高了作品的现实主义水平和批判力度。

《穷人》能在塑造小人物形象和表现社会生活深度方面取得成就，还得力于作家的艺术表现力，这主要体现在心理描写和作者叙述方面的新突破。

小说在最渺小的人物身上揭示出最美好的内心世界，杰武什金的内心世界比他的前辈维林和巴什马奇金要丰富得多，他的精神生活从内部被深入挖掘，达到表现人类情感的新水平。小说用书信体写成，这可以最大限度地揭示人物的内心世界，避免作者以自己的面目来表明对事物的态度，大大增强了作品的真实感和感染力。陀思妥耶夫斯基在心理描写方面的新特点，当年就被俄国评论界关注，迈科夫就指出他主要是一个心理诗人。他说："果戈理主要是一位社会诗人，而陀思妥耶夫斯基则主要是一位心理诗人。对前者来说，个体的重要在于作为某种社会或某种群体的代表；而对后者来说，社会本身之所以让人感兴趣，是因为它对个体的个性起影响作用……果戈理的文集可以坚定地称为俄罗斯的艺术统计学。而在陀思妥耶夫斯基君那里同样常看到对社会的动人的艺术描述,然而这些描述在他的笔下只是图画的背景,更多的情况下不过是那么几笔细微的勾勒,以至为巨大的心理兴趣所湮没。"①

陀思妥耶夫斯基在塑造小人物形象、表现小人物的命运和心理世界方面,一个重要的特点是贴近自己的人物,同他们打成一片,融为一体。如果说普希金和果戈理在描写小人物的作品中,只是抱着同情的态度来展开叙述,那么陀思妥耶夫斯基的《穷人》则不同,作家感到小人物是他灵魂的一部分,他们悲惨的经历,他们被扭曲的心理状态,他们心灵惨痛的呼号,他都有极其敏锐的感受和深刻的理解。在他讲述他们的苦难和挣扎,为他们申诉和抗议的时候,作品的艺术感染力达到震撼人心的程度。作家这种叙述特点不仅是写作方法的问题,更是作者同自己的人物有一种血缘关系。他自己就过着苦役般的生活,他也一贫如洗,债台高筑,他也感受到被人折磨、被人侮辱的滋味,因此他能和自己的人物感同身受。卢那察尔斯基指出:"陀思妥耶夫斯基同他所有的主角相联系。他的血在他们的血管中奔流,他的心在他所创造的一切形象里面跳动着,他吃力地喘息着。"因此,他认为"陀思妥耶夫斯基是抒情的艺术家。他的所有的中篇小说和长篇小说,都是一道倾泻他的亲身感受的火热的河流。这是他的灵魂奥秘的连续自白,这是披肝沥胆的热烈渴望。……在其他抒情诗人身上都没

---

① 迈科夫的评论文章载于《祖国纪事》1847年第1期,此处转引自《费·陀思妥耶夫斯基全集》第1卷,磊然、郭家申译,第521页。

有表现得如此强烈,如果所谓抒情是指一个被激动的灵魂的呼吁的话"①。

从普希金《驿站长》的维林、果戈理《外套》的巴什马奇金,到陀思妥耶夫斯基《穷人》的杰武什金,我们看到在俄罗斯文学中形成了一个小人物形象系列,这些小人物形象是相互关联的,他们有相同的命运和性格,作家在他们身上寄予了同样的人道主义情怀,然而这些小人物形象又不是一成不变的,他们在不同时期,在不同作家作品中得到不同的艺术表现,他们的性格和思想内涵不断得到丰富和深化。

从人物形象的塑造来看,不同作家都共同表现了小人物地位的低下,他们的谦卑、温顺,他们的纯朴善良,以及被侮辱、被损害的悲惨命运,当然也有他们的不满和抗争。后来随着作家对生活和人物认识的深入和提高,他们开始表现小人物人性的自觉,小人物自我意识的增强。在他们笔下,小人物开始认识到自己存在的价值,劳动的价值,认识到自己是一个人,在心灵上和思想上是个人。这是俄罗斯文学中的小人物形象最光辉之处,也是俄罗斯文学中的小人物形象为世界文学中的小人物形象的塑造做出的独特贡献。

从所反映的生活来看,作家很重视小人物同他们所生存的社会环境的关系。一开始,作家表现的社会环境是比较"狭窄"的,《驿站长》只限于驿站来往的人,《外套》主要是官场的人物和环境。到了《穷人》,小人物所处的社会环境明显扩大了,其中有上层社

---

① 《卢那察尔斯基论文学》,蒋路译,第213—214页。

会,有下层社会,有上层官僚、高利贷者、地主,更有各种各样的在死亡线上挣扎的穷人家庭,并形成系列的穷人群像。小说所反映的社会生活既有广度又有深度,这就大大提高了作品现实主义的深度和批判力量。

从艺术表现力来看,这些表现小人物形象的作品风格各异,有正剧,有悲剧,也有悲喜剧相互融合的。尽管风格各异,作家采用的各种艺术手段都服务于表现小人物的悲剧命运和作家的人道主义情怀。随着作家对生活认识的不断提高和人道思想的不断加深,作家所采用的艺术手段也不断变化。首先是人物心理描写的不断丰富和深入,其次是作家和人物逐渐贴近,由开始的同情、怜悯,到后来的同人物融为一体。这些艺术手段的运用,把作品的人道主义精神提到新的高度。

小人物形象是俄罗斯文学中的一种征兆性的形象,也可以说是俄罗斯文学的母题、内核。这些小人物形象从一开始就奠定了俄罗斯文学关注下层人民的基调,奠定了俄罗斯文学的人道主义、现实主义基调。不管俄罗斯文学后来如何发展,这个母题、内核、基调是没有改变的,而且是随着时代的发展不断深化的。通过这些小人物形象,我们可以认识俄罗斯文学的重要特质以及俄罗斯民族文化精神的特质。

第二章 俄罗斯文学中的多余人形象

多余人形象画廊同小人物形象画廊一样，是最受关注的俄罗斯文学形象画廊。

"多余人"这个说法，在1850年屠格涅夫小说《多余人日记》问世后才广泛流行，可是这种人物类型在19世纪初已经形成，俄罗斯第一个多余人形象是奥涅金（普希金《叶甫盖尼·奥涅金》，1823—1831），后来是皮却林（莱蒙托夫《当代英雄》，1840）、别里托夫（赫尔岑《谁之罪？》，1841—1846）、罗亭（屠格涅夫《罗亭》，1856）、拉夫列茨基（屠格涅夫《贵族之家》，1859）、奥勃洛莫夫（冈察洛夫《奥勃洛莫夫》，1859）等。俄罗斯文学这些多余人形象虽然生活在不同的历史年代，在每个作家笔下都有独特的艺术表现，他们也都有自己鲜明的个性和思想追求，但他们之间都有前后的继承关系，他们每个人都是多余人形象画廊的一个节点，都是一根链条上的一个环节。这些多余人是觉醒了的贵族知识分子，是俄国第一代知识分子的代表，他们才学出众、思想敏锐，他们不愿过饱食终日、花天酒地的贵族生活，他们都有自己的抱负，希望干一番事业。但由于农奴制的腐朽和对人创造性的压抑，再加上阶级的局限，他们脱离实际，脱离人民，犹如无根的浮萍。于是他们苦恼，彷徨，怀疑一切，愤世嫉俗，对生活感到厌倦，对前途失去信心。他们只会空谈理论，夸夸其谈，到处寻找刺激，猎奇冒险，而不能像十二月党人那样积极采取行动，对社会来说，他们成了多余的人。多余人的命运与其说是个人的悲剧，不如说是落后的、腐朽的专制制度的产物。多余人活跃于1820—1850年代的文学舞台，到了1850年代末，随着俄国平民知识分子的崛起，他们就自然而然地退出了历史舞台和文学舞台。之后，在俄罗斯文学中还出现了一些类似多余人的形象，但他们只有多余人的某些特征，少有1830—1840年代多余人身上的一些正面、值得肯定的方面，已经不是原来意义上的多余人形象，而只是传统多余人形象的余声。

多余人是一种文学现象，也是一种社会现象。如果说透过小人物形象，可以帮助我们理解俄罗斯社会下层人民的悲惨命运和俄罗斯文学的人道主义情怀，那么透过多余人的文学形象，他们的思考和追求、痛苦和挣扎，可以帮助我们了解作为俄罗斯社会上层精英的知识分子的思想探索、思想矛盾和思想追求，了解俄罗斯文学固有的重视思想、哲理思考的特质。俄罗斯文学正是通过这些多余人形象，通过俄罗斯精英的矛盾和追求，表现俄罗斯作家对知识分子的命运、对社会的命运的深入思考。

第一节　奥涅金——俄罗斯文学第一个多余人形象

奥涅金是俄罗斯文学中第一个多余人形象，他开启了俄罗斯文学多余人形象的先河。他是普希金的诗体小说《叶甫盖尼·奥涅金》中的主人公。普希金这部小说是俄国现实主义文学的奠基之作，它在真实而全面地描绘俄国社会生活的基础上，塑造了鲜明生动的艺术典型——俄国贵族社会中的"多余人"的形象，从而深刻反映了1820年代的社会心理——人们对专制农奴制度的怀疑和社会意识的觉醒。别林斯基称这部作品为"俄国生活的百科全书",普希金认为它是"我最好的作品"。

如果拿普希金的《叶甫盖尼·奥涅金》同格里鲍耶陀夫的《智慧的痛苦》相比较,人们自然会提出一个问题:同是反映1820年代的社会心理,这两部作品有什么不同?同是塑造贵族阶级中的先进青年形象,奥涅金同恰茨基有什么不同?这里首先应注意写作时间。格里鲍耶陀夫的《智慧的痛苦》写于1823—1825年,这部作品是在十二月党人起义的前夕,在革命斗争高涨的气氛中完成的,作品的主人公恰茨基作为先进贵族青年的代表,虽然有智慧的痛苦、智慧的忧伤,但更多的是智慧的愤怒、智慧的觉醒,他痛恨专制农奴制度,并且与专制农奴制度的代表展开正面冲突,他绝不是无所事事的人。而普希金的《叶甫盖尼·奥涅金》写于1823—1831年,时间跨度相当大,基本上横跨了整个1820年代,其间经历了十二月党人起义的酝酿准备时期、十二月党人起义、十二月党人失败后的黑暗时期。因此,普希金的《叶甫盖尼·奥涅金》表现了作家对一个历史转折时期的沉思,从而也就蕴含了1820年代更为丰富的社会心理内容。他笔下的奥涅金虽然和恰茨基同属贵族先进青年,但这位奥涅金已经不能像恰茨基那样同专制制度的代表正面交锋了,他已经沦为一个"多余的人"。

别林斯基精彩地概括了这部小说的内容:"《奥涅金》的内容是人所共知的,用不着把它细述。但为了理解横亘在它根底里的思想起见,我们将用几句话把它讲一讲。一个在穷乡僻壤教养出来的、年轻的、耽于梦想的姑娘,爱上了一个年轻的、彼得堡的——用现在的流行话说——阔少,这人是厌倦了上流社会的生活,到自己村子里来消遣解闷的。她决定写一封充满着天真热情的信给他;他当面回答她说,他不能够爱她,认为自己不是为了'家庭生活的幸福'而生的。后来,为了一点细故,我们多情的女主人公的未婚妹夫连斯基叫奥涅金去决斗,被奥涅金打死了。连斯基的死使达吉雅娜和奥涅金分离了许久。幻梦破灭了的可怜的少女,经不起老母亲的哭泣和哀求,嫁给了一位将军,因为如果非嫁人不可,那么无论嫁给谁,在她都是一样的。奥涅金在彼得堡又遇见达吉雅娜,简直认不出她了;她变得这么多,朴素的乡下姑娘和雍容华贵的彼得堡贵妇人之间一点相似之处也没有。奥涅金心里燃起了对达吉雅娜的热情;他写了一封信给她,可是这一回轮着她当面回答他说,她虽然爱他,但已不能属于他——这是为了贞洁而自豪。这便是奥涅金的全部内容。"[1]

在别林斯基看来,奥涅金既不是十恶不赦的坏蛋,也不是十全十美的英雄,而只是一个属于他的时代的普通人。奥涅金这一形象首先是时代的产物。18世纪末19世纪初,俄国沙皇开始重视国民教育,设立大学、中学和一般学校,其中直接受益者仍是贵族青年。随着贵族青年受到教育,接受了欧洲先进的思想和文化,也随着1812年卫国战争唤起民族觉醒,这些青年产生了对反人道的、僵死的、停滞的专制农奴制度的强烈不满,进而反对沙皇统治。但是,我们也看到了贵族青年中出现的两种情况:他们当中最有觉悟的、最先进的一部分人,有明确的政治目的,敢于采取行动,这就是十二月党人;他们当中另一些人虽然不满专制统治,不甘沉沦,但又无力行动,这就是普希金所描写的奥涅金。高尔基曾经指出:

---

[1] 《别林斯基选集》第4卷,满涛、辛未艾译,第536—537页。

"作为典型,奥涅金在20年代刚形成起来,但诗人马上便看出这种心理状态,对它们进行研究,了解之后便写成了俄罗斯第一部现实主义长篇小说。"①别林斯基也特别欣赏普希金这种善于正确抓住社会生活中特别瞬间的现实的能力。

以往有关小说的评论更多强调奥涅金是"多余人",是"聪明的废物",强调普希金对他持批判态度。实际上,普希金对待奥涅金是既有批判又有同情,把奥涅金当作自己的好朋友来描写的。奥涅金出身于贵族家庭,天资聪敏,但他从小受到的是脱离人民和民族文化传统的教育,思想空虚,精神贫乏,成年后便进入喧闹的上流社会,成为社交界的宠儿,整天沉溺于舞会、剧院、恋爱、饮宴,生活在一个同人民隔绝的社会环境中,但西欧启蒙主义思想和1820年代初俄国的社会意识逐渐使他从醉生梦死中醒悟过来。他对纸醉金迷的物质享受开始感到厌倦,看透了贵族社会中人情关系的虚伪,既不想在仕途上飞黄腾达,也不愿进入军界光宗耀祖。因此,他患上了时代的"忧郁症",变得忧郁孤僻,他开始用怀疑、批判的目光看待周围的世界,并痛苦地寻找出路。这是奥涅金所代表的1820年代贵族青年的觉醒。然而奥涅金又受本阶级的局限,他渴望行动但又缺乏毅力。他试图以读书和写作来填补自己心灵的空虚,但由于自幼缺乏"艰苦劳作"的习惯,浅尝辄止,一事无成。他为继承遗产来到乡村,对乡村地主的庸俗无聊感到厌恶,并进行了以代役制代替徭役制的自由主义改革。他的改革引起了乡村贵族地主的嫉恨,他被他们认为是"最危险的怪物",结果仍

---

① 转引自〔苏〕季莫菲耶夫主编:《俄罗斯苏维埃文学简史》,殷涵译,上海文艺出版社1959年版,第157页。

然是一事无成。

普希金通过奥涅金同连斯基以及同达吉雅娜的关系，通过友谊和爱情这两个重要的情感领域，更进一步揭示了奥涅金的精神世界和情感世界。

奥涅金和连斯基是两种不同的人。虽然他们俩是好朋友，同样受过启蒙教育，同样向往自由，厌恶现实，他们还一起热烈讨论各种社会、政治、哲学、伦理问题，但是相比起来，奥涅金是个现实主义者，他对现实和人生有更为清醒的认识，而连斯基则是一个浪漫主义者，往往把幻想当作现实。正如别林斯基所说："奥涅金是一个现实的性格，由于他没有丝毫空想的、梦似的东西，他只有在现实中，并且也只有通过现实才能够快乐或者悲哀……连斯基无论就天性，就时代精神来说，都是一个浪漫主义者。不用说，这是一个能够理解一切优美而崇高的事物的人，是一个纯洁而高贵的灵魂。但同时，'他在心灵上却是一个可爱的无知者'，永远谈论着生活，却始终不理解生活。"[1]因此，奥涅金对待连斯基常常持几分温和的嘲讽。在决斗的问题上，奥涅金由于小小的误会而伤害了连斯基。他虽然看清了贵族道德原则的虚伪，却无力摆脱它。他屈服于"社会舆论"的压力，接受连斯基的挑战，一枪打死了自己的好朋友。事后又深受良心谴责，不能自已。在同连斯基的关系上，我们看到奥涅金的清醒和善良，也看出他始终不能摆脱贵族的局限。

奥涅金同连斯基的友谊是一场悲剧，他同达吉雅娜的爱情也是一场悲剧。奥涅金同达吉雅娜有共同之处，两人都善良，都同自

---

[1] 《别林斯基选集》第4卷，满涛、辛未艾译，第576—578页。

己的环境格格不入,都讨厌虚伪,都患上了忧郁症。因此,达吉雅娜不顾一切主动表白了爱情。对于上流社会的爱情已经厌倦了的奥涅金,虽然想到达吉雅娜的可爱,但无意改变自己"自由"的生活,也不想玩弄一个天真的姑娘的爱情,于是他拒绝了她的求爱。这固然有其冷酷的一面,但从中也可看出他的善良。奥涅金后来重返彼得堡,这时他虽然已经26岁,依然"没有公职,没有妻室,没有立业"。奥涅金在极度孤独和绝望中同已是将军夫人的达吉雅娜重逢,"像孩子一样"爱上达吉雅娜,结果遭到拒绝。达吉雅娜在表面上对奥涅金的追求无动于衷,而在无人处却为自己、为奥涅金的不幸潸然泪下,对此读者不能不为那一代已经觉醒却又无法摆脱自己命运的贵族青年男女感到悲伤。

普希金所塑造的奥涅金形象对我们了解俄国1820年代的社会心理,了解那个转折年代的贵族青年的社会心理,有重要意义。人们把奥涅金称为"多余人","多余人"一词是《叶甫盖尼·奥涅金》发表十几年后因屠格涅夫的小说《多余人日记》(1850)问世才开始在俄国流行的。赫尔岑把奥涅金称为"多余人"是在1851年,他说:"只要我们不愿做官和地主,就多少有点奥涅金的成分。"他又说:"奥涅金是个无所事事的人,因为他从来什么事也不做,他在他所处的那个环境中是个多余的人,而又没有足够的性格力量从这个环境中挣脱出来。"① 显然,奥涅金体现了多余人的两个心理特征,一是他们不满于专制农奴制度,他们对贵族阶级的道德原则和生活理想产生怀疑并力求探索新的出路;二是他们由于贵族阶级的局限、贵族阶级心理结构的不良,脱离了人民而成为无根的浮

---

① 《赫尔岑论文学》,辛未艾译,上海文艺出版社1962年版,第63—64页。

萍。但是不管怎么说,奥涅金形象的出现是具有积极意义的,如果说十二月党人是从行动上第一次向专制制度发起进攻,那么奥涅金则是从思想上第一次对专制制度的永世长存的可能提出怀疑。正因为如此,别林斯基认为,普希金用这部作品证明自己"不仅表现为诗人,并且是初次觉醒的社会自觉的代表:这是一种无法估量的功绩"①。而《叶甫盖尼·奥涅金》"对于俄国社会是一个自觉的过程,它几乎是向前迈出的第一步,但却是多么伟大的一步!……这一步具有巨人似的规模,从此以后,要停留在一个地方就成为不可能了……尽管让时间前进,随带来新的要求,新的观念,尽管让俄国社会成长起来,超过奥涅金好了:可是无论走得多么远,俄国社会永远都会爱好这部长诗,用充满爱和感激的眼光凝视着它"②。

第二节 皮却林——1830年代的多余人形象

皮却林是莱蒙托夫的长篇小说《当代英雄》中的主人公。作家通过这个人物反映了19世纪30年代先进贵族知识分子的心理,他们的矛盾和痛苦、苦闷和绝望,以及他们的悲剧性命运。皮却林和奥涅金同是"多余人",他们都是贵族阶级的叛逆者、先进知识分子,也都是找不到出路的"无根的浮萍"。然而,奥涅金是1820年代的"多余人",皮却林却是1830年代的"多余人",他的性格明

---

① 《别林斯基选集》第4卷,满涛、辛未艾译,第521页。
② 同上书,第628页。

显体现了1830年代的社会心理特征。由于十二月党人起义失败，1830年代沙皇尼古拉一世加紧了反动统治，1830年代的知识分子更加痛苦和失望，更加愤世嫉俗。同时，在被剥夺从事正当社会活动的情况下，他们也更多地潜入内心世界，进行自我分析、自我反省，自我中心意识明显增强。正是从这个意义上讲，别林斯基深刻指出："奥涅金不是模仿，而是反映，不过，这不是诗人幻想的反映，而是诗人通过诗情长篇小说主人公加以描绘的那个现代社会的反映。"同时，他也指出："奥涅金对于我们来说已经是过去了，而过去的东西是一去不复返了。"他认为"莱蒙托夫笔下的皮却林……是当代的奥涅金，当代英雄"。①别林斯基这段话是理解莱蒙托夫小说《当代英雄》的关键，也就是说，必须把皮却林这个人物看成时代的产物，看成1830年代先进贵族知识分子精神悲剧的产物。

《当代英雄》的结构是独特的。它由五个中篇小说组成，由主人公皮却林把它们串联成一部完整的长篇小说。小说写的是俄国军官的几段经历。《贝拉》和《马克西姆·马克西梅奇》描绘了皮却林非凡的外表，初步呈现了他的性格以及他同周围人的反常关系，引起读者了解他的内心世界的兴趣。在后三部中篇小说《塔曼》《公爵小姐梅丽》和《宿命论者》中，作者以日记的形式，通过皮却林心灵的自我曝光和忏悔，把人物的性格和心理充分揭示了出来。

皮却林是一个先进的贵族青年，他的性格和精神处处充满矛盾。他出身贵族世家，从小受良好的教育，他相貌英俊，才智过人，

---

① 《别林斯基选集》第2卷，满涛译，第361页。

体魄健壮,精力充沛,并具有不达目的誓不罢休的坚强意志。然而他的才智和精力同他的行动完全不符,他把自己的聪明才智和过人精力完全消耗在无谓的行为之中了。在高加索服役期间,他煞费苦心地赢得契尔克斯少女贝拉的心,很快却又对她变了心,他的薄情间接导致贝拉的惨死;在温泉疗养地,他追求自己并不爱的梅丽小姐,并以同梅丽的交往掩护同旧情人维拉的交往,结果使两个真诚的心灵都受到伤害;皮却林对别人冷漠、自私,对自己的生命也毫不顾惜,他介入别人的恋爱生活,挑起朋友格鲁什尼茨基的虚荣心,结果使自己的朋友在同自己的决斗中死于非命;他受好奇心驱使,跟踪走私犯,害得其中一老一少失去依靠,自己也险些葬身大海。

皮却林看似冷酷、自私,犯下种种恶作剧,确实令人厌恶,不过他并不是天生如此,他也有善良的天性。当格鲁什尼茨基散布谣言,说他同梅丽小姐关系暧昧,并要求同他决斗时,他首先表示愿意和解,直到格鲁什尼茨基面临死亡关头,还给对方一次请求宽恕的机会,以挽救他的生命。别林斯基就此指出,皮却林不是利己主义者。他说:"利己主义是不会感觉痛苦,不会责备自己,却会对自己感到满意,感到高兴的。利己主义不知道有苦恼这回事:痛苦是仅仅有爱心的人才会感受到的。"①

皮却林看似看破红尘,玩世不恭,然而他也曾有过抱负,也曾不懈地追求人生崇高目标,希望像拜伦和亚历山大大帝那样度过一生。他羡慕自己的前辈十二月党人能有机会"为人类幸福作出巨大的牺牲",他自叹自己生不逢时,只能在上流社会消磨自己的

---

① 《别林斯基选集》第2卷,满涛译,第357页。

一生，最后丧失美好的理想和感情。他痛心地承认"我的心已经被上流社会毁掉了"。于是他学会欺骗，学会冒险，学会追求刺激，以此来填补心灵的空虚，发泄过人的精力。然而结果并没有减轻他的痛苦，反而增加了他的痛苦。可以说，玩世不恭的皮却林有着一颗痛苦的灵魂，这点在皮却林的外貌描写中充分体现了出来。作者十分强调他的衰老："当他坐在板凳上时，他那挺直的躯干弯了下来，仿佛背上没有骨头似的；他全身的姿态现出神经衰弱的样子。"同时也强调他的忧郁："当他笑的时候，他的眼睛并不笑！……这是脾气很坏或者经常抑郁寡欢的标志。"①

  应当说皮却林的形象十分真实地反映了1830年代先进贵族的心态，然而却招来许多指责，沙皇攻击作家是追求时髦，"夸张地描写当今外国小说里常见的那种卑鄙性格"，让人觉得"世界就是由这些个人主义者构成的"，有人认为不该"把一个那么不道德的人标榜为当代英雄"，有人指责作家"在描绘自己的肖像和自己熟人的肖像"。对此，莱蒙托夫在小说再版时加了一篇序言，一一给予回应，并且再三强调皮却林形象的典型性和真实性。他写道："当代英雄的确是一幅肖像，但不是一个人的；这是一幅由我们整整一代人的充分发展的缺点构成的画像。你们又会对我说，一个人不可能是那样邪恶的，而我却要对你们说：你们既然相信悲剧和恋爱故事中的一切恶人有存在的可能，那么为何不相信皮却林的现实性呢？如果你们欣赏远较可怕的和荒谬的凭空臆造，为什么这个人物，纵然是向壁虚构的，在你们心中就得不到怜悯呢？是不是因

---

  ① 本节所引译文见〔俄〕莱蒙托夫：《当代英雄》，翟松年译，人民文学出版社1962年版。

为他的真实性超过了你们的希望？"在这里，莱蒙托夫说到了两个重要问题，一是皮却林是有缺点的，然而他不是独立于这个时代的人，他的一切都是属于时代的；二是皮却林的性格是真实的，是有现实性的，而不是作者的向壁虚构。也就是说，皮却林的形象既是真实的，又是典型的。

那么，我们怎样进一步理解皮却林形象的典型性？莱蒙托夫为什么把这么一位自私、冷酷的人，一位所谓"不道德的人"称为"当代英雄"呢？作者对此曾这样说过："也许，有些读者想知道我对于皮却林的性格的意见吧？我的回答便是这本书的题名。'可是这是一种恶毒的讽刺呢！'他们将会这样说。——我哪知道。"对这点，莱蒙托夫其实是很清楚的。历史地看，1830年代俄国社会的真正英雄是十二月党人的继承人，是在沙皇尼古拉一世更加反动、专制的统治下不屈不挠地进行斗争的赫尔岑和别林斯基。同时我们也应当看到，皮却林作为1830年代贵族知识分子心理的反映者，作为1830年代时代心理的负载者，也有不亚于这些真正英雄的典型意义。皮却林的天性是善良的、真诚的，又才智过人，然而他又是属于阶级的和时代的。作为贵族阶级的知识分子，他的自私、冷酷，他对普通人的高傲，他的找不到出路，这些都打上了阶级的烙印。作为1830年代的知识分子，在更加专制的沙皇统治下，他看不到革命前景，他的痛苦和失望更甚于他的先辈奥涅金，然而他不像奥涅金那么冷漠，在被剥夺从事一切社会活动和社会斗争的情况下，皮却林更加面向个人内心世界，他的自我中心意识增强了，他更严厉地审视自己，否定自己，批判自己。这种精神是属于时代的，也代表了时代的进步精神。也许是从这个意义上讲，莱蒙托夫把自己心爱的主人公称为"当代英雄"。

应当说，高度发展和不断增强的自我中心意识，对自己的无情解剖和批判是皮却林性格的核心。如果缺了这一性格特征，皮却林充其量也就是一个奥涅金，而不是1830年代的"当代英雄"。让我们先来看看作者和主人公对自己的看法。

莱蒙托夫在皮却林日记的"序言"中说："阅过这些杂记，我信服此人的诚实，他是那么无情地暴露出本身的弱点和缺点。人的心灵的历史，哪怕是最渺小的心灵的，也不见得比整个民族的历史来得少兴味和少用处，特别如果它是一个成熟的理性对自己观察的结果，并且在写的时候毫未存着唤起同情或惊异的奢望。卢梭的《忏悔录》就有这种缺憾，因为他是把它读给自己的朋友们听呢。"这里，莱蒙托夫强调了皮却林自我分析、自我批判的两个特点，一是真诚，不是说给别人听的，不是装给别人看的；二是理性，理性就是成熟，理性就是自觉，这也就是皮却林高于奥涅金之处。

在作品中，皮却林对自己的朋友魏涅尔医生也是这样说的："我很久以来就不是用心，而是用头脑生活着。我带着深切的好奇心，但没有同情心来衡量、分析自己的热情和行为。我有两重人格：一个存在于'生活'这个字的完全意义里，另一个思索并裁判它。"

皮却林冷静的、理性的自我解剖和自我批判在作品中被表现得非常充分。他批判自己行为的利己主义本质："我看别人的痛苦和欢乐只基于它们对我的关系，把它们当作维持我精神力量的食粮……我的爱没有给任何人带来幸福，因为我从来没有为自己所爱的人牺牲过什么东西；我是为了自己，为了快活才去爱的。"他坦诚地说了自己精神幻灭的过程:"我的没有光彩的青春在我同我和社会的斗争中流逝过去了;因为怕嘲笑,我反把最好的感情埋葬在内心深处,它们就死在那里。我说真话——人们不相信我,我于是开始欺骗,在深深地懂得人情世故之后,我终于熟悉了人生的学问,并且看见那些傻里傻气的人是怎样幸福……于是我的心中产生绝望的情绪。我成了一个在道德上有缺陷的人。"他追思生活的目的,并为失去它而慨叹:"我在脑海中追溯我的全部经历,我不禁问自己:我活着为了什么?我生下来有什么目的?目的一定是有的,我一定负有崇高的使命,因为我感觉到我的灵魂里充满无限的力量。可是我猜不透这使命是什么,我迷恋于空虚而无聊的情欲;饱经情欲的磨炼,我变得铁一样又硬又冷。"

皮却林这种充满理性和真诚的自我解剖和自我分析,标志着1830年代先进贵族青年的自我中心意识的增强,他们已经不仅仅是把批判锋芒指向周围的环境和社会,而是开始指向自己,这是1830年代多余人社会心理的重要变化。应当看到,积极的反省和紧张的探索是专制社会中发达的个性进行自我认识的重要形式,也是社会斗争的必要前提。对此,别林斯基曾经给予积极的评价。他认为皮却林"是当代的奥涅金,当代英雄"。他指出,奥涅金"是这样一个人:教养和社交界的生活把他摧毁了,他对什么都厌倦了,腻烦了,欣赏够了,他的全部生活就是:'他在时髦的或是古老的客厅里,同样是呵欠连连'"。但是皮却林不同于奥涅金,"皮却林却不是如此。这个人不是冷淡地、漠不关心地忍受着自己的痛苦:他疯狂地追逐生活,到处寻找它;他痛苦地谴责自己的迷误。在他的心里,连续不断地发生许多内在的问题,这些问题烦扰着他,折磨着他,他在反省中寻求对这些问题的解答:他窥探着自己心灵的每一个活动,考察着自己的每一个思想"①。

第三节　别里托夫、罗亭——1840年代的多余人形象

　　1840年代是俄国社会生活的复杂时期,一方面是社会自我意识的急剧增强,西欧各种理论学说传到俄国,社会关注俄国向何处去的问题;另一方面是十二月党人起义后沙皇加紧反动统治,1848—1855年俄国社会进入最反动的"黑暗的七年",整个社会停滞不前。在1820年代普希金的奥涅金和1830年代莱蒙托夫的皮却林之后,在赫尔岑和屠格涅夫的笔下又先后出现了1840年代的多余人形象,他们依然是对现实不满,但又找不到出路。

　　最后描写1840年代多余人形象的作品是赫尔岑的《谁之罪?》。这部作品的创作始于1841年,1846年在莫斯科完成。1840年代,俄国社会反农奴制的斗争日益高涨,一切社会问题都归结于同农奴制做斗争,小说以其反农奴制的倾向和提出"谁之罪?"的呼告,引起了强烈的反响。小说写了三个年轻人:平民知识分子克鲁齐菲尔斯基在地主家当家庭教师,农奴和地主的私生女柳邦加在地主家受尽侮辱,而富家子弟别里托夫空有抱负,一事无成。作家描写了三个年轻人之间错综复杂的爱情悲剧,指出主人公的爱情悲剧是社会造成的。他们的生活环境是专横、庸俗、死气沉沉的,他们的意志、才能和精力都被生活中的悲剧所吞噬、摧毁,他们的生活都以苦闷、消沉而告终。

---

①《别林斯基选集》第2卷,满涛译,第362页。

小说主人公别里托夫是作家塑造的1840年代的多余人典型。他出身贵族，是进步的贵族青年。他聪明过人、学识渊博，有抱负、有理想，也在努力做事，但一生一事无成。他从小接受的是脱离社会实际的教育，母亲和家庭教师给他描述美好的生活理想，都不让他去接触现实，了解社会。结果他一旦走上社会，在现实面前就显得无能为力。大学毕业后他也有过官职，研究过医学和绘画，"什么事都做过"，但一事无成。后来，他对大城市生活感到厌倦，回到故乡参加选举，但当地贵族认为这无异于发疯，极力阻挠。于是他害怕了，觉得斗不过他们。终其一生，他觉得是一份"全部失败"的记录，他感慨："我简直像……我国民间故事中的人物，一走到十字路口就大声喊道：'战场上还有人吗！'但是没有人回应……这是我的不幸！孤身不成军，独木不成林呀……"① 俄罗斯评论界对别里托夫这个多余人形象做了深刻的分析。别林斯基在《一八四七年俄国文学一瞥》（第二篇）中指出，赫尔岑是一个有思想的作家，"他的主要力量不是在创作，不是在艺术性，而是在于深刻地感受的、充分地认识并加以发挥的思想。"② 他认为不应该在主人公爱情悲剧中找寻长篇小说的价值。在他看来，别里托夫"天性是非常丰富的，而且是多方面的，然而在这种丰富性和多面性中并没有什么扎得很深的根……这样的人一直想投入什么活动，尝试寻找自己的出路，但当然，永远找不到它"③。他把主人公的悲剧归于社会环境，认为他们"都不是坏人，甚至大多数是好人……甚至是他的那些由于情感的下流和行为的卑鄙而受到人们疏远的人

---

① 〔俄〕赫尔岑：《谁之罪？》，郭家申译，人民文学出版社2019年版，第240页。
② 《别林斯基选集》第6卷，辛未艾译，第608页。
③ 同上书，第614页。

物，在作者的心目中，主要也是他们本身的无知以及他们所生存其中的环境的牺牲品，而不是因为他们的邪恶的天性"①。卢那察尔斯基在《赫尔岑和四十年代的人》（1937）中认为，别里托夫有1830年代皮却林不具备的东西，不能笼统地加以否定。他说："赫尔岑写了他著名的长篇小说《谁的罪过？》，它很容易令人想起《当代英雄》，赫尔岑笔下的别尔托夫是像皮却林一样的多余的人。可是赫尔岑希望再给皮却林增添一点什么，希望能说：'请看，对这些多余的人完全不应该笼笼统统地加以指责'。既然别林斯基能够说连皮却林都有革命的可能，那末别里托夫简直是一个十足的好人、真正高尚的性格和先进的分子了，不过他没有用武之地，因此他才觉得痛苦，因此他才有些不正常。"②这里说的别里托夫不同于皮却林，指的是他虽然没有用武之地，虽然不能获得成功，但他还是作为活动家，积极参加了各种活动。

1840年代，除了赫尔岑塑造的别里托夫这个多余人的形象，屠格涅夫先是在他的《多余人日记》，后来在《罗亭》《贵族之家》中塑造了罗亭等一系列多余人的形象。《罗亭》是屠格涅夫第一部长篇小说，它写于1855年，1856年发表于《现代人》杂志，它虽然写于1850年代，反映的却是1840年代的社会生活，小说的主人公是1840年代先进贵族的代表，也是1840年代的多余人。

罗亭偶然有一次机会来到女地主拉松斯卡娅家，他的丰富学识、高超见解、犀利辩才很快语惊四座。罗亭谈到科学和文化，谈到真理和人生目的，一切思想似乎都投向未来。他的热情奔放、朝

---

① 《别林斯基选集》第6卷，辛未艾译，第619页。
② 〔苏〕卢那察尔斯基：《论俄罗斯古典作家》，蒋路译，人民文学出版社1958年版，第55页。

气蓬勃很快吸引了拉松斯卡娅年方17的女儿娜塔丽娅，点燃了她心中追求真理的火焰。她很快爱上他，准备跟他出走，为他牺牲一切。但他们的爱情遭到母亲的反对。这时，娜塔丽娅不改初衷，坚决要跟他走，而罗亭却退却了，意外地劝她"屈服，当然，只有屈服"。①娜塔丽娅非常失望，觉得罗亭原来只是"言语的巨人，行动的矮子"。之后，罗亭过着漂泊无定的生活，他曾有过办企业，兴教育，从事水利、公益事业的计划，但这些计划全都失败了，一生一事无成。不过，作家在1860年新版的《罗亭》中，加了一个结尾：1846年6月26日的一个酷热的下午，在巴黎工人起义的广场上，一个高举红旗的高大汉子，在攀上街垒时，被敌人开枪击中，这个汉子就是罗亭。

罗亭作为1840年代的多余人，他与他的前辈奥涅金、皮却林有一样的特点，他一方面接受了良好的教育，通晓西方思想，思想丰富又富辩才，有一颗追求真理并愿为信念而献身的心；另一方面，他不了解俄国，不了解人民，善于辞令而不敏于行动，正如他在写给娜塔丽娅的信中所说："我始终将是一个半途而废的人，正如从前一样……只要碰到第一个阻碍……我就完全粉碎了；我和您之间的经过就是证明。"②他一生没做成一件事，这是专制农奴制造成的，但他始终没有同环境妥协，不追求个人财富、金钱和地位。作家在小说最后给他加上了"光明的尾巴"，说明作家对他是既有否定又有肯定的。

虽然罗亭同奥涅金、皮却林有多余人的一些共同特征，但毕竟

---

① 〔俄〕屠格涅夫：《罗亭》，陆蠡译，丽尼校，人民文学出版社1957年版，第106页。

② 同上书，第124页。

时代不同了,1840年代的罗亭和1820年代的奥涅金、1830年代的皮却林相比出现了一些新的特征。罗亭一生虽然一事无成,但他也想有所作为,试图办教育,兴水利,办企业,从事公益事业,但更重要的是,他开始自觉宣扬先进思想,宣扬崇高的理想,起着思想启蒙的作用。在反动黑暗的年代,能用热情勇敢的言辞在青年一代心中播下先进思想的种子,激起他们行动和斗争的愿望。正如高尔基所说:"假如注意到当时的一切条件——政府压迫,社会智慧的贫乏,以及农民大众之没有认识自己的任务——我们便应该承认:在那个时代,理想家罗亭比实践家和行动者是更有用处的人物……不,罗亭不是可怜虫,如通常对他这样看法:他是一个不幸者,但他是当代人物而且会做出不少好事来。"①

第四节　奥勃洛莫夫——末代多余人形象

奥勃洛莫夫是冈察洛夫(1812—1891)长篇小说《奥勃洛莫夫》中的主人公。小说发表在俄国农奴制改革的前夕,俄国废除农奴制呼声最高的年代,而小说描写的却是1840年代的生活,它塑造了一个腐朽没落的典型地主——奥勃洛莫夫,一个末代多余人的形象。作家通过揭示奥勃洛莫夫性格和心理及其形成的社会条件,旨在揭示农奴制及其生活原则和道德原则的必然灭亡。

如前所述,1840年代是俄国社会生活的复杂时期,整个社会

---

① 〔苏〕高尔基:《俄国文学史》,缪灵珠译,上海译文出版社1979年版,第305—306页。

生活停滞不前。冈察洛夫所塑造的奥勃洛莫夫形象就体现了停滞时期的社会心理,他只会空想,不会也不愿行动,他既体现1840年代俄国地主阶级的腐朽,也反映俄国民族心理的扭曲。

小说《奥勃洛莫夫》共分四部分,以主人公奥勃洛莫夫的一生为主要线索。小说第一部分写了奥勃洛莫夫的一天,他是一个三十二三岁的年轻地主,早晨仍然穿着宽大的睡衣懒洋洋地躺在长沙发上。尽管管家来信报告收成不好,房东催他尽快搬家,他也感到事情迫在眉睫,不容拖延,但他的四肢和双眼仍不听使唤,仍然眷恋柔软的沙发,还是卧躺和昏睡。办事需要本领和行动,他既起不来又不会干,只好以空想代替实干。一天过去了,他依然穿着睡衣躺在沙发上。

小说第二、三部分写了奥勃洛莫夫一段不了了之的爱情故事,作家把主人公放在友谊和爱情中进行考验,进一步揭示他的性格和心理。如果说作者在第一部分是通过静态的生活展示奥勃洛莫夫性格的本质,那么在第二、三部分,作家则是在动态中更深入地揭示奥勃洛莫夫的顽固。奥勃洛莫夫的朋友希托尔兹是一名工艺师,惯于独立工作,很有行动能力,两人性格截然不同。希托尔兹不忍看着奥勃洛莫夫沉沦下去,极力挽救他。在朋友的带动下,奥勃洛莫夫开始扔下睡衣,走出庄园。通过希托尔兹的介绍,奥勃洛莫夫结识了既温柔又刚毅,同时充满生活热情的少女奥尔迦。奥尔迦对他爱得真诚、热烈,他也曾体验到爱情的美好,好似恢复了青春。但是他从骨子里惧怕爱情和婚姻会带来不安和动乱,于是便逃避会面,最后葬送了爱情。

小说第四部分写奥勃洛莫夫的后半生和最后归宿,继续强化奥勃洛莫夫的性格。奥勃洛莫夫和奥尔迦分手之后,从女房东普希尼钦娜寡妇在厨房、贮藏室和地窖的忙碌中，看到儿时十分熟悉的生活方式，找到自己追求的理想生活，于是娶了这位既无思想又无性格的小市民主妇为妻，在她为自己布置的安乐窝里度过了后半生。奥勃洛莫夫长年卧躺不动，因营养过剩而发胖，中风，最后安息在一块僻静的墓地里，好像实现了自己的理想——长眠不醒。奥勃洛莫夫与房东太太的婚事和他最后的死，构成了奥勃洛莫夫性格历程，他看来生无怨恨、死无痛苦，在悄无声息中自生自灭，"就像人们忘记上发条的一座钟停止不走动一样"①。这一结局深刻说明，奥勃洛莫夫的性格是扼杀社会生活中一切生机的腐蚀力量。

奥勃洛莫夫首先是一个贵族地主，他有一套地主阶级的人生哲学和心理。他虽然十分无能，什么事情也做不来，但仍以老爷自居。仆人给他穿袜子穿靴子，稍不如意，他就会踢到仆人的鼻子上去。他忌讳把他同"别人"相提并论，只要触犯贵族自尊心，他就大为发火，称"别人"是吃马铃薯、住房顶楼、干脏活的"粗人"，而自己是从小被伺候的"老爷"。

奥勃洛莫夫的性格特征首先是懒惰，他的一生是寄生虫的一生，不但什么事情也不做，连鞋子也要仆人给他穿，他的生活就是躺卧和昏睡，就连做梦都是睡觉，杜勃罗留波夫指出："奥勃洛莫夫性格的主要特征，是在于什么呢？是在于一种彻头彻尾的惰性，这种惰性是由于对一切世界上所进行的东西，都表示冷淡而发生的。"②第二是保守。他一生蝇营狗苟，墨守成规，害怕任何微小的变动，

---

① 〔俄〕冈察洛夫：《奥勃洛莫夫》(名著名译插图本·精华版)，陈馥译，人民文学出版社2008年版，第529页。
② 《杜勃罗留波夫文学论文选》，辛未艾译，上海译文出版社1984年版，第12页。

写一封信,搬一次家,对别人来说不算什么,对他来说就要了命,因为这要求他下床,要惊动他死水一潭的生活,于是他就无限烦恼,甚而气急败坏。第三是耽于幻想,他虽然上过名牌大学,但碰到实际问题就无所适从,常常只能用幻想来逃避实际问题的解决,结果只能被别人左右,成为上当受骗的可怜虫。

性格是环境的产物。冈察洛夫的艺术才能不仅在于塑造了奥勃洛莫夫的性格,还在于深入揭示了产生这一性格的社会环境,把奥勃洛莫夫的性格当作腐朽的农奴制度的产物来加以表现。正如杜勃罗留波夫所指出的:"奥勃洛莫夫并不是一个在天性上已经完全失去自由活动能力的人。他的懒惰,他的冷淡,正是教育和周围环境的产物。"[1]

在小说中,冈察洛夫通过第一部分插入的《奥勃洛莫夫的梦》,向读者介绍了奥勃洛莫夫的故乡、童年和身世,深入揭示了奥勃洛莫夫性格形成的典型环境。奥勃洛莫夫从小生活在一个偏僻的、与世隔绝的庄园,这是一个愚昧的、停滞的、封闭的、死寂的世界。童年的奥勃洛莫夫-伊留沙活泼好动,有孩子特有的感受力和好奇心,然而这些美好的天性都受到环境的压抑,受到母亲溺爱的压抑。他想自己动手做事,有人制止,他想外出,有人制止,于是他"心情忧郁地坐在家中,像暖房里一朵珍奇的小花似的,让人精心照管着,也像那朵花一样,开得既慢,又缺少生气。他的精力不能向外施展,便转而向内,一天天蔫下去,渐渐衰败"。[2] 念中学时他常因怕冷怕热而旷课;读大学时他对学习没有兴趣,认为读书是白浪

---

[1] 《杜勃罗留波夫文学论文选》,辛未艾译,第22页。
[2] 〔俄〕冈察洛夫:《奥勃洛莫夫》,第146页。

费时间；当十品文官时，他受不了衙门的纷乱、嘈杂，最后称病辞职。终其一生，奥勃洛莫夫性格发展的各个阶段皆与衰颓相联系，而他的衰颓又是环境所致：第一，庄园300个农奴的劳动和伺候，使他养成懒惰的天性，成了什么事都不会做的废物。第二，由于长期过着衣来伸手、饭来张口的生活，既不动手也不动脑，奥勃洛莫夫逐渐患上了心智衰弱症，直到50岁还是一个老小孩。看来，奥勃洛莫夫性格的形成既有外因也有内因，而他的内部的心智衰弱归根到底还是由外部农奴主的环境决定的。

冈察洛夫的小说写的是1840年代的人物，但在1850年代创作发表是有重要的社会意义的，它深刻反映了1861年农奴制改革前夕俄国社会强烈要求废除农奴制的社会心理。当时的文学史家斯卡彼切夫斯基说："在改革前三年，当整个文学界宣传着反沉睡、反消极、反停滞的十字军东征时，它像一颗炸弹一样落在知识分子阶层中。"[①] 批评家杜勃罗留波夫也发表长篇论文《什么是奥勃洛莫夫的性格？》，论述了奥勃洛莫夫性格的特征、实质、产生的内因外因和它的社会作用。他敏锐地感受到奥勃洛莫夫性格"是解开俄罗斯生活中许多现象之谜的关键"，认为从这一性格中"我们看到了一种比出于强大才能之手的成功作品更要巨大的东西；我们发现了这是俄罗斯生活的产物，这是时代的征兆"[②]。这种时代的征兆、这种时代的心理是什么呢？这就是强烈地反对奥勃洛莫夫式的停滞、衰颓，强烈要求废除它所植根的腐朽的农奴制度，这是一种"新生活的微风"，这是"在社会本身之中，已经出现了对于

---

① 《奥勃洛莫夫》，俄文版，俄罗斯联邦教育部国立师范教育出版社1960年版，第43页。

② 《杜勃罗留波夫文学论文选》，辛未艾译，第11页。

真正工作的要求"①。如果说在普希金的奥涅金、莱蒙托夫的皮却林身上所反映的这种要求"还只是朦胧不明的片言断语,嚅嚅低语",那么现在"已经采取确定而强固的形式、公开而大声地诉说出来了"②。

　　这里值得深思的问题是,奥勃洛莫夫同他的先辈奥涅金、皮却林、别里托夫、罗亭等人有什么异同?这些形象所传达的时代信息和社会心理有何不同?杜勃罗留波夫在他的论文中,曾拿奥勃洛莫夫同奥涅金、皮却林、别里托夫和罗亭做比较,指出"在他们中间的每一个人身上,你都能寻到几乎和奥勃洛莫夫的性格一模一样的特征",这就是,他们"都为了看不见生活中的目的,又不能给自己找到合适的事业而痛苦着。就为了这个缘故,他们就对一切工作都感觉厌烦和憎恶,因而他们就跟奥勃洛莫夫显得极其相象"③。然而,我们也应当看到,随着时代的变化,随着社会心理的变化,奥涅金、皮却林、别里托夫、罗亭和奥勃洛莫夫之间还是有着重要的差别的。如果说奥涅金、皮却林们是贵族中的优秀青年,他们有很高的天赋和智力,那么奥勃洛莫夫虽然也上过大学,却更像个心智衰颓的地主;如果说比较容易冲动的奥涅金和肝火旺盛的皮却林还试图对环境做出反抗,试图超出他们周围的环境,试图改变一下环境,那么奥勃洛莫夫则太萎靡了,他总是被动地受自己所在的环境的支配,他对一切变动都表示保守性的嫌恶,他的性格完全缺乏内在的反应能力,他已经完全丧失多余人前辈所共有的一些正面价值,只是一个末代多余人形象。这一切差异说明,1840

---

①　《杜勃罗留波夫文学论文选》,辛未艾译,第39—40页。
②　同上书,第40页。
③　同上书,第22—23页。

年代的俄国社会心理已不同于1820年代的社会心理，社会的停滞已代替了社会的自觉，奥勃洛莫夫形象的意义就在于强烈要求结束俄国社会的停滞状态，呼吁进行社会改革。也正是在这之后，俄罗斯文学迎来了1860年代的新人——巴扎罗夫。

第五节 多余人形象的时代性和民族性

从普希金的奥涅金、莱蒙托夫的皮却林、赫尔岑的别里托夫，到屠格涅夫的罗亭、冈察洛夫的奥勃洛莫夫，从1820年代到1840年代，在俄罗斯文学中不断出现多余人的形象。在世界文学中，这是一个少见的、独特的文学现象，究其根源，这里有时代原因，也同俄罗斯民族文化特点相联系。

俄罗斯文学中的多余人形象虽有共同的特点，但也是随时代的变化而不断变化的。多余人形象一方面反映在西方先进思想影响下俄罗斯先进知识分子的觉醒；另一方面也反映了这些知识分子脱离社会、脱离人民，找不到出路，以至苦闷、彷徨、挣扎。多余人是先进思想出现后的时代产物，是当时沙皇高压统治环境下的时代产物。从这个意义上讲，多余人的出现是属于那个时代的。在那个时代的知识分子中，他们是有典型意义的。赫尔岑就说过："奥涅金，这不是哈姆雷特……这是俄国人，他只有在俄国才能产生；他在俄国是必然的，你在俄国到处都可以看见他。"在他看来，格里鲍耶多夫《智慧的痛苦》中的恰茨基是奥涅金的"长兄"，而莱蒙托夫《当代英雄》中的皮却林是奥涅金的"小兄弟"。他由此得出结论："我们只要不是被选拔做官或者地主，或多或少总有点奥涅金的成分。"① 杜勃罗留波夫也认为,多余人是"俄罗斯生活的产物",是"时代的征兆"。他在《什么是奥勃洛莫夫的性格?》一文中指出:"奥勃洛莫夫型的同类特征,在奥涅金身上就已经找得到了,后来我们又在我们那些最好的文学作品中,好几次碰到他们的再现。问题在这里:因为这是我们的土生的民族的典型,所以我们那些严肃的艺术家,没有一个能够避开这种典型。然而跟着时序的流逝,跟着社会意识的发展,这个典型也在改变它的形式,对于生活形成了另外一种关系,获得了新的意义。指出这种典型之所以存在的新姿态,阐明它的新的意义的本质——这在任何时候都是一项巨大任务,而能够完成这一工作的天才,也任何时候都是在我们文学史中,完成了最重要一步的前进。"② 杜勃罗留波夫的这段话非常重要,他既深刻阐明俄罗斯文学中多余人形象的典型意义、它的时代性和民族性,也特别强调多余人形象是随着时代的变化而不断变化的。俄罗斯的优秀作家,从普希金、莱蒙托夫到赫尔岑、屠格涅夫、冈察洛夫,绝不是简单重复先辈所塑造的多余人形象,而是随着时代的发展,给多余人形象不断增添新的内涵、新姿态,阐明它的"新意义的本质"。在皮却林那里,我们看到多余人自我意识、自我批判和自我剖析意识的增强,他不仅把批判锋芒指向社会,也指向自我,指向内心。在罗亭那里,我们看到多余人也不完全是无所事事,一事无成,他也试图参与教育、水利、企业、公益事业,也多少对年轻一代做了一些思想启蒙的工作,他身上有了一些正面的因素。而在奥勃洛莫夫身上,随着时代的变化、时代的严重

---

① 《赫尔岑论文学》,辛未艾译,第64页。
② 《杜勃罗留波夫文学论文选》,辛未艾译,第11—12页。

停滞，多余人身上那些正面的因素完全不见了，而只是个废物，他是多余人的末代人。至此，"多余人"完全退出历史舞台，在他身上已经可以看到"时代的征兆"，看到新的时代即将到来。到1850年代，平民知识分子取代贵族知识分子的地位，也取代了多余人的地位，在部分作家的作品中虽然还有一些人物具有多余人的部分特征，但已经不具有俄罗斯文学中传统的多余人的根本特征。

我们在多余人形象上不仅看到了时代性，在他们身上也可以看到民族性，看到俄罗斯文学中俄罗斯民族文化精神的一些表现。如果我们通过小人物形象可以看到俄罗斯文学对被压迫、被侮辱、被损害的下层人民的同情，看到它的人道主义情怀，那么通过多余人形象，我们也可以看到俄罗斯文学所体现的俄罗斯民族文化精神的重要特征，这就是一种深刻的自我解剖、自我反省的精神，它不仅指向外部世界，也向自己的内心世界开刀。赫尔岑在《谈谈描写俄国人民生活的长篇小说》（1857）一文中，在谈到俄罗斯民族文化精神时就指出，与法国人那种"老是自满"和德国人那种"太容易否定一切"不同，"在俄罗斯精神中有一种特征，能够把俄国与其他斯拉夫民族区别开来，这就是能够时不时进行自我反省，否定自己的过去，能够以深刻、真诚、铁面无私的嘲讽眼光来观察它，有勇气公开承认这一点，没有那种顽固不化的恶棍的自私，也没有为了获得别人的谅解而归咎自己的伪善态度。"[①] 这种自我批判精神是俄罗斯民族文化精神的特征，也是俄罗斯文学具有思想深度和思想追求的重要体现。俄罗斯作家除了深刻揭露现实，总有一种动人的思想探索和思想追求，他们提出了"谁之罪"、"怎么办"的

[①] 《赫尔岑论文学》，辛未艾译，第78页。

问题。在多余人身上,也可以看出这种思想追求。这些贵族阶级出身的青年并不满足于过着优裕的生活,不满足于自己的物质享受,他们总在思考人生,总想有所作为,虽然受时代的局限,他们一事无成,但他们一直在思索、挣扎,不断自我反省。在奥涅金、皮却林、罗亭等人身上都可以看到这种自我反省、自我批判的精神。皮却林就指责自己:"我看别人的痛苦和快乐只基于它们对于我的关系……我的爱没有给任何人带来幸福……我是为了自己,为了快乐才去爱的。"罗亭也批判自己"始终是一个半途而废的人",一生"将碌碌无为而死,连一桩相称的事也做不出"。俄罗斯作家在多余人身上表现的自我反省、自我批判精神,是一种动人的道德情感,它是内在的而不是外在的,是自觉的而不是被强制的,是无私的而不是功利的,是真诚的而不是虚伪的,它体现出俄罗斯文学精神上的丰富和深刻,体现出俄罗斯文学一种强大的道德力量。同时,从艺术上讲,它也使俄罗斯文学的心理描写得到了很大的发展和深化,俄罗斯文学出色的心理描写是同俄罗斯文学自我反省、自我批判的道德力量联系在一起的。

第三章 俄罗斯文学中的少女形象

俄罗斯文学中动人的女性形象是独树一帜、丰富多彩的。在她们身上寄托了俄罗斯作家的道德理想和美学理想。以普希金的达吉雅娜(《叶甫盖尼·奥涅金》)为先河,之后有莱蒙托夫的维拉(《当代英雄》),赫尔岑的柳邦加(《谁之罪?》),屠格涅夫的娜塔丽娅(《罗亭》)、丽莎(《贵族之家》)、叶琳娜(《前夜》),奥斯特洛夫斯基的卡捷琳娜(《大雷雨》),陀思妥耶夫斯基的索尼娅(《罪与罚》)、娜斯塔西娅(《白痴》),托尔斯泰的娜塔莎(《战争与和平》)、安娜(《安娜·卡列尼娜》)、玛丝洛娃(《复活》)。她们之中有贵族妇女和少女,也有被侮辱和被损害的下层妇女。

俄罗斯文学中的少女形象是俄罗斯文学女性形象中最为动人的、最有光彩的部分。她们具有俄罗斯文学女性形象的共同特征,又有独特的思想魅力和艺术魅力。在女性形象身上,俄罗斯作家以男性形象为背景,表现俄罗斯妇女的圣洁、善良、温柔和自我牺牲精神,体现了俄罗斯民族精神文化中纯朴的道德感和精神理想。而在少女形象身上,俄罗斯作家更突出她们的青春活力、青春激情和理想追求。她们的心灵成长是与对新生活的追求同步的,她们的情感和憧憬是同大自然融为一体的。俄罗斯文学的少女形象是既有社会激情,又富有诗情画意,既有思想深度,又有诗意的艺术形象。

俄罗斯文学中的少女形象贯穿于整个俄罗斯文学历史发展,

但每个作家笔下的少女形象又极具个性,这里以普希金、屠格涅夫和托尔斯泰作品中的少女形象为重点,探寻俄罗斯文学少女形象的一些共同思想蕴含和美学品格。

第一节 普希金的达吉雅娜——俄罗斯文学中第一个富有诗意的少女形象

达吉雅娜是普希金叙事长诗《叶甫盖尼·奥涅金》中的少女形象。作品中的主人公奥涅金是俄罗斯文学中第一个多余人形象。普希金在这个人物身上表现那个时代俄罗斯知识分子的智慧、忧郁、苦闷、挣扎和毫无出路,他们是社会上无根的浮萍,反映了农奴制度下一代知识分子的悲剧。奥涅金虽然是小说的主人公,但不是普希金的理想,普希金在作品中称达吉雅娜是"我的忠贞不渝的理想"。普希金在达吉雅娜身上寄托了自己全部情感、热爱和理想。在他看来,奥涅金是"毫无诗意的性格"①。这指的是贵族青年那种"对生活及其中种种享乐的淡漠和未老先衰"。相反,在普希金笔下,达吉雅娜却是富有诗意的形象。正如别林斯基所指出的,普希金的伟大功绩不仅在于"是他首先第一个在这部长篇小说里诗意地再现了当时的俄国社会",而且更大功绩在于他首先以达吉雅娜为代表,"诗意地再现了俄国妇女"②。如果说奥涅金是俄罗斯文学中第一个多余人形象,那么达吉雅娜就是俄罗斯文学中第一

---

① 《普希金全集》第4卷,文学出版社1962年版,第451页。
② 《别林斯基选集》第4卷,满涛、辛未艾译,第582页。

个富有诗意的少女形象。在她身上，可以看出俄罗斯妇女，特别是俄罗斯少女诗一般的性格，她们的纯朴、真诚、善良、坚强，她们同俄罗斯人民、俄罗斯民族精神文化传统的血肉联系。在这个形象身上，也有作家的生活、灵魂和爱情，有作家的感情、观念和理想。达吉雅娜作为俄罗斯文学第一个富有诗意的少女形象，对于后来俄罗斯文学出现的少女形象也产生了深刻的影响，从某种意义上讲，她们都是从达吉雅娜这里走出来的。

普希金在达吉雅娜身上表现了俄罗斯少女诗一般的性格。他首先展现的是达吉雅娜的天真、纯朴、善良的形象。她出身于乡间的贵族，但更像是个村姑，她的名字是乡下人的名字，她从小在大自然怀抱中长大，在农村奶妈和仆人中间生活。她在乡间的、大自然的环境中成长，深受民间文学和卢梭思想的影响，这造就了她清新、纯朴的性格。她不喜欢社交，不喜欢逢场作戏、玩弄感情，不喜欢装腔作势、扭捏作态，她喜欢在家中独处，正如普希金所描写的："她忧郁、沉默、孤傲不群，象只林中小鹿，怕见生人，她在自己爹妈身边，仿佛领来的养女一般。"①

同时，普希金又为我们展示达吉雅娜真诚、大胆、富有个性的一面。她不同于一般恪守封建礼教的所谓理想的女性，她虽然缄默、羞涩、不迷恋任何东西，也没有任何东西能使她感到兴奋，但当她看出奥涅金的不同凡俗，并置贵族社会一切虚伪和礼教于不顾，她便不顾一切，不计后果，大胆地主动向他表白爱情。达吉雅娜那封写给奥涅金的信，是俄罗斯文学中最动人的诗篇，其中充满

---

① 《普希金选集》第五卷《叶甫盖尼·奥涅金》，智量译，人民文学出版社1985年版，第76页。

少女的羞涩、柔情和勇敢大胆的追求。正如别林斯基所说："达吉雅娜是一个特殊的人,一个深刻、充满爱心的、具有热情的天性的人,爱情对她来说,如果不是生命的最大的幸福,就一定是生命的最大的灾难,没有任何妥协的中庸之道。"①

在普希金笔下,达吉雅娜又是一个好学深思、富有理性思考的少女。她不同于一般村姑,从小喜欢读书,喜欢沉思默想。在求爱遭到奥涅金拒绝和奥涅金与连斯基决斗后,她感到痛苦和迷惑,来到奥涅金人去屋空的旧居,长时间阅读那些引起奥涅金深沉思考的书籍,进入了她以往不了解的精神领域。诗中写道:"达吉雅娜以一颗饥渴的心,专心读起书来:于是她的面前展开了另外一个世界。"别林斯基认为,"达吉雅娜之探访奥涅金荒无人迹的老屋(在第七章里)以及她对于这幢房屋连同屋内留刻着离去的主人的精神与性格的鲜明烙印的所有一切东西的感情,是这部长诗里最精彩的章节,也是俄国诗歌中最可贵的宝藏。"②在他看来,通过探访奥涅金的故居和阅读他的藏书,"在达吉雅娜身上终于完成了自觉的过程;她的理智觉醒了,她终于懂得一个人除了苦难的乐趣和爱情的悲哀之外,还有别的乐趣、别的苦难和悲伤。"③这种理性认识使达吉雅娜思想得到升华,也为她应对将来的生活做好了准备。

达吉雅娜后来到了彼得堡,嫁给了她所不爱的将军,也拒绝了奥涅金的求爱。评论对此有很大争论,认为有前后两个达吉雅娜。她对命运屈服,忠实于自己的丈夫,有人认为这是宣扬封建的"顺从观念",必须加以斥责;有人则认为这是一种自我牺牲精神,

---

① 《别林斯基选集》第4卷,满涛、辛未艾译,第599页。
② 同上书,第618页。
③ 同上书,第519页。

称她是"俄国妇女的圣像"。实际上并不存在两个达吉雅娜,在普希金笔下,前后的达吉雅娜是一致的。她最后嫁给将军并拒绝奥涅金,一是因为遵从母命,命不可违。在当时的历史条件下无法做到婚姻自由,不得不屈从命运的压力。二是对奥涅金完全失去信心。尽管如此,达吉雅娜并没有向上流社会妥协,同上流社会同流合污。最终她还是"讨厌上流社会的生活",甘愿舍弃"一切豪华、纷乱和乌烟瘴气"。她仍然向往乡下的自然风光,怀念死去的奶妈,怀念同奥涅金在乡下的美好时光。达吉雅娜前后性格是一致的、统一的。别林斯基深刻指出,"达吉雅娜的天性并不复杂,但却深沉,坚强。在达吉雅娜身上,没有那种折磨着过分复杂的天性的病态的矛盾;达吉雅娜好象是整个儿用一块材料做成的,没有丝毫拼凑和夹杂。她的全部生活渗透着一种完整性,一种统一性,这在艺术世界里是足以构成作品的最大的优点的。达吉雅娜先是一个热恋的、心地单纯的乡下姑娘,后来是上流社会一位贵妇人,她在她一生的一切境遇中始终都是同一个人。"①

普希金向我们展示了达吉雅娜纯朴、真诚、大胆和理性的性格,同时也向我们揭示了达吉雅娜性格形成的环境和土壤。达吉雅娜是俄罗斯文学中具有高度人民性的形象,她不像连斯基那样完全脱离现实生活而沉溺于理想之中,也不像奥涅金那样虽然经历了生活但脱离真正的人民的生活。在普希金笔下,她深深植根于俄罗斯大自然,植根于俄罗斯人民的土壤,她的性格同俄罗斯民族文化精神有深刻的内在联系。她虽然也通过阅读卢梭的著作和感伤主义的小说吸收先进的思想养分,但普希金更强调的是,俄罗

---

① 《别林斯基选集》第4卷,满涛、辛未艾译,第595页。

斯的大自然和俄罗斯的民间文化哺育了她健全的、独立的性格,滋养了她美好的感情和崇高的品性。在乡下,她从小不喜欢轻浮、喧嚣的打闹,喜欢在阳台上迎接朝霞和黎明,喜欢从大自然得到安宁。在城里,她不喜欢上流社会的豪华、纷乱和乌烟瘴气,想念乡下"荒芜的花园"和"可怜的奶妈"。当年是奶妈给她讲民间故事,同她说悄悄话,用朴素的话语教她如何对待爱情和生活。达吉雅娜从俄罗斯大自然和俄罗斯人民那里得到俄罗斯民族文化精神的滋养,这种精神教会她不去追求物质享受,而重在道德精神的完善。

别林斯基认为,普希金的《叶甫盖尼·奥涅金》"可以说是俄国生活的百科全书和高度人民性的作品",对于当时以及之后的俄国文学将产生"巨大的影响",对于俄国社会"是一个自觉的过程,它几乎是向前迈出的第一步,但却是多么伟大的一步"①。同样,普希金在《叶甫盖尼·奥涅金》中所塑造的达吉雅娜形象不仅呈现了她的美丽、纯朴、真诚,也突出了她对独立个性的自觉追求,可以说是俄罗斯文学中成功的少女形象第一人。之后俄罗斯文学中出现的一系列少女形象都是以达吉雅娜为先河,都是同达吉雅娜形象密切相关的。

第二节　屠格涅夫的娜塔丽娅、丽莎、叶琳娜
——俄罗斯文学中少女形象的集中展现

屠格涅夫善于塑造少女形象,在普希金的达吉雅娜之后,他在

---

① 《别林斯基选集》第4卷,满涛、辛未艾译,第628页。

自己的作品中集中地展现了一系列俄罗斯女性形象,特别是俄罗斯少女形象,犹如一个女性形象的画廊,就其数量和所达到的艺术成就而言,在俄罗斯文学乃至世界文学中都是少见的。人们把屠格涅夫的少女形象称为"屠格涅夫家的姑娘",杜勃罗留波夫称他为"理想女性之爱的歌唱家"。

屠格涅夫小说中的少女形象有长篇小说《罗亭》中的娜塔丽娅、《贵族之家》中的丽莎、《前夜》(1866)中的叶琳娜、《烟》(1867)中的伊丽娜、《处女地》(1876)中的玛利安娜;有中篇小说《阿霞》(1858)中的阿霞、《初恋》(1860)中的瑞娜伊达、《春潮》(1871)中的杰玛。

屠格涅夫小说的女性形象是多种多样的,有命运悲惨的农奴,有普通平民,更多的是上流社会的贵族,其中最动人、最成功、最有影响的女性形象是上述少女形象。这些少女形象虽然所处的时代不同(从1830年代到1870年代),个性也各不相同,但屠格涅夫往往是把她们同贵族知识分子的多余人形象加以对照描写的,往往是透过她们同主人公的爱情关系,来展示俄罗斯少女纯洁的爱情、独立的个性和崇高的理想,并在其中寄托自己的社会理想和美学理想,同时也反映了1830—1870年代俄国的社会生活。

这里不可能全面涉及屠格涅夫小说的少女形象,只能重点分析娜塔丽娅(《罗亭》)、丽莎(《贵族之家》)、叶琳娜(《前夜》)这三个形象。

《罗亭》中的娜塔丽娅形象

《罗亭》是屠格涅夫第一部长篇小说,它写于1855年,发表于1856年。小说的主人公罗亭是1840年代具有先进思想的贵族知识分子，在反动势力肆虐的年代善于用热烈的言辞在青年中传播先进思想，但他不了解人民，脱离人民，虽然也试图做一番事业，但结果是一事无成，成了在现实生活中找不到位置的多余人。屠格涅夫在罗亭和娜塔丽娅的恋爱中呈现两人的性格，在塑造罗亭这个多余人形象的同时，也塑造了娜塔丽娅这个少女形象。娜塔丽娅是女地主拉松斯卡娅家的女儿，她从小爱读书，善于思考，拒绝家庭教师的温室教育，避开各种清规戒律的约束，智力远高于周围的贵族青年。她在家里第一次见到罗亭，就被他的辩才和言辞所吸引，视罗亭为崇高理想的化身，在心中燃起追求真理的火焰。她同时对罗亭产生好感，并爱上他。这种爱情开始是内在的、羞涩的，后来变得十分强烈，她准备牺牲个人的一切，离家出走，跟罗亭去实现他所宣扬的崇高理想，但遭到母亲的反对。这时，罗亭却屈服了，劝她"屈服，当然，只有屈服"。娜塔丽娅对此非常失望，有力地揭穿了他的高谈阔论："您的第一句就是屈服……屈服！您就是这样来实践您所高谈的什么自由呀，牺牲呀……"①在这里娜塔丽娅性格中坚强的品质完全表现了出来，连罗亭也感到羞愧，他不得不承认，"她真是一个奇特的女孩子，多么坚强的意志力！……在她面前我是多么可怜而又渺小啊！"②娜塔丽娅作为屠格涅夫第一个成功的少女形象，除了表现俄罗斯少女的美丽、纯朴、真诚，她在爱情上表现出来的坚强、果断和对理想的追求，充分反映了俄罗斯少女精神上的自觉。普希金在达吉雅娜身上所表现的对独立个性的追求，在屠格涅夫的娜塔丽娅身上表现得更为充分、强烈。

---

① 〔俄〕屠格涅夫：《罗亭》，陆蠡译，丽尼校，第106页。
② 同上书，第110页。

《贵族之家》中的丽莎形象

小说《贵族之家》完成于1858年,1859年出版,这是屠格涅夫第二部长篇小说。主人公拉夫列茨基是作家笔下继罗亭之后的另一个多余人形象。他出身贵族,自幼接受古板、畸形的教育,他诚实热情,却被将军女儿、美貌的妻子华尔华拉欺骗。他在国外待到35岁才回国。在乡下爱上纯洁、虔诚、信教的丽莎。他从报上得到华尔华拉猝死的消息后,准备同丽莎结婚。可是不久,华尔华拉又意外带着女儿回来。这时,丽莎严格遵守宗教道德原则,坚决要求拉夫列茨基收留、挽救妻子,而自己痛苦地到了远方的修道院。小说中,拉夫列茨基同罗亭一样,虽然热情,对现实不满,想干一番事业,但缺乏行动能力,没有勇气和力量同环境决裂,最后既没有干出什么事业,也没有找到幸福,当他快45岁的时候,怀着惆怅的心情对自己说:"毁掉吧,无用的生命!"[①] 与他相对照的是丽莎,她在农奴出身的乳母熏陶下,从小虔信上帝,有沉重的义务感,唯恐伤害别人。她不明白拉夫列茨基怎么可以同妻子分手,反对他辱骂不忠的妻子,她的直率、纯洁深深触动了他。最后,当得知华尔华拉归来,她毅然到了远方修道院。小说充满个人幸福和社会道德义务的冲突,而正是在这种尖锐的冲突中,作家展示了丽莎动人的内心世界,在紧要时刻,她勇于承担道德义务,做出牺牲。她的行为看似是对宗教道德信仰的虔诚,实际上她那种纯洁的道德感,也正是俄罗斯民族文化精神的显现,它寄托了作家的道德理想和审美理想。

---

① 〔俄〕屠格涅夫:《贵族之家》,丽尼译,人民文学出版社1955年版,第225页。

《前夜》中的叶琳娜形象

《前夜》发表于1860年，是屠格涅夫小说中最早歌颂英沙罗夫这种"新人"的作品，也是作家力图表现叶琳娜这种"俄罗斯生活中的新典型"的作品。作品中叶琳娜的形象是屠格涅夫作品中最崇高、最感人的少女形象。同先前的娜塔丽娅、丽莎相比，她们都有俄罗斯少女的美丽、纯朴、真诚和对独立个性的追求，都有自我牺牲精神，但叶琳娜所追求的理想显得更加具体、明确，其性格也更为坚强，更重要的是她开始投入积极的社会行动。叶琳娜生活在一个贵族家庭，父亲专横浪荡，毫无远见，对母亲毫无感情，母亲善良、温柔，顺从地忍受自己的处境。叶琳娜从小同情母亲，从她身上看到被压迫、受痛苦的人的不幸。她从小就善于思考，富有同情心，渴望积极行善，她常常梦见受苦人，同情和周济求乞的孩子，甚至对一切受虐的小动物都极力保护。她为生活在庸俗无聊的家庭中感到苦闷，内心向往崇高的理想，渴望积极行动。在同周围人的接触中，他进行积极的思考和选择。艺术家苏宾热情、善良、富有才华，但华而不实；哲学家伯尔森涅夫性情温厚，好学不倦，学识渊博，但理想平庸。而当伯尔森涅夫引来充满革命理想且又有严肃实践精神的保加利亚爱国者英沙罗夫时，她立即爱上他，并不顾父母阻挠，毅然同他结婚，决心跟他到天涯海角。她跟英沙罗夫离开俄罗斯到保加利亚参加革命活动，途中英沙罗夫因积劳成疾不幸去世，但她并未因丈夫去世而放弃理想，而是继续投身英沙罗夫未竟的事业。叶琳娜对英沙罗夫的爱不是一般的男女之情，而是一种志同道合的爱，一种对理想的共同追求。杜勃罗留波夫在《真正的白天何时到来》（1860）一文中，充分肯定了叶琳娜这一艺术形象。他指出,"在她的身上表现出一种为了一件什么事而引起的朦胧的忧郁,一种几乎是不自觉的、但却是新的生活、新的人们的不可阻挡的要求。这种要求现在几乎笼罩着整个俄国社会,甚至不光是限于所谓有教养的社会。在叶琳娜身上是这样明白地反映着我们的现代生活的最好愿望。"①叶琳娜的形象以其对生活理想执着追求、积极的社会行动,展现了俄罗斯少女形象新的一面。

屠格涅夫除了在《罗亭》《贵族之家》和《前夜》塑造了娜塔丽娅、丽莎、叶琳娜等出色的俄罗斯少女形象外,他还在《阿霞》《初恋》《春潮》中塑造了阿霞、瑞娜伊达、杰玛等另一种类型的少女形象。这些少女形象同样具有美丽、纯朴、富有个性和追求自由的特征,但作家在她们身上更强调爱情是一种不可抗拒的大自然的力量,爱情能给人带来愉悦、满足,也能给人带来痛苦和不幸,充满悲剧性。也就是说,在这种类型的少女形象身上,作家更强调爱情的自然性,而忽略其社会性。

从娜塔丽娅、丽莎到叶琳娜,屠格涅夫所塑造的动人的少女形象虽然在每个人身上都有各自的时代内容,各自独特的个性特征,但总的来说也有一些共同的特征。一是,她们是有社会理想的形象。在作家笔下,她们的爱情是真挚的、纯洁的、动人的,但也都具有社会生活和社会理想。在她们身上,青春的活力、爱情的欢愉和悲剧,都同一定的社会生活和社会理想相联系。她们虽然不能个个都像叶琳娜那样有自觉的理想并积极投入斗争,但作家通过她们对爱情的态度、对男主人公的选择和审视,表现了她们的理想和追求,她们既有少女的温柔,但在紧要关头又能做出勇敢的决

---

① 《杜勃罗留波夫文学论文选》,辛未艾译,第287页。

断。二是,她们是富有诗意的形象。这种诗意既体现在对爱情的真诚、对穷苦人的同情,也体现在对大自然的深情。作家最善于借助大自然的景物来表达少女的情怀,使她们的爱情带上一种朦胧的悲伤的色彩,一种无言的诗情。

第三节 托尔斯泰的娜塔莎——俄罗斯文学中少女形象最后的诗意再现

托尔斯泰于1863—1869年创作了伟大的史诗《战争与和平》,他在这部巨著中表现了1812年俄国人民反抗拿破仑侵略的伟大卫国战争,其中描写了战争生活,也描写了和平生活,塑造了热爱祖国、接近人民的庄园贵族形象,其中最为迷人的是娜塔莎的少女形象。她是俄罗斯文学中最为成功的少女形象,她继承了自普希金的达吉雅娜以来俄罗斯少女形象里一切美好的特质,同时又有新的历史内容和新的艺术创造,她使俄罗斯文学的少女形象变得更为丰满、深刻和动人。

娜塔莎是爱国的、接近人民的庄园贵族罗斯托夫的小女儿,是托尔斯泰在小说中最心爱的人物,他称她为"一个姿态优美的富有诗意的小鬼"。① 他在小说中写道:"这个小姑娘黑眼睛,大嘴,不漂亮,但很活泼。"② 托尔斯泰在这里突出的不是她的漂亮,容颜如何美

---

① 《列夫·托尔斯泰全集(90卷本)》第13卷,苏联国家出版社1949年版,第13页。

② 《列夫·托尔斯泰文集》第5卷《战争与和平》(一),刘辽逸译,人民文学出版社1986年版,第58页。

丽,反而明确说她"不漂亮",还长着一张"大嘴巴",他在作品中想突出的是她的青春活力,她的纯洁、真挚,她的诗一般的内心的美。

托尔斯泰笔下的娜塔莎首先吸引人的是她的天真、朴实、欢快活泼,洋溢着一种青春的活力。在舞会上,当她出现的时候,全场都会被她的青春活力所吸引。小说最精彩的一段描写是,娜塔莎坐在窗台上,看着春天没有星星的夜空,独自遐想,夜不能寐,索尼娅劝她睡觉,她就是睡不着,含着眼泪说:"怎么能睡呢!你来瞧瞧,多么美呀!真的美极了!""你可知道?就这么蹲着,就这么蹲着,把膝盖抱得紧紧的,尽可能地抱紧,整个人都缩得紧紧的,——这样就会飞起来了。你瞧!"[①]在作家笔下,一个想要飞的小女孩的天真、活泼、纯朴,一种少女对自由的美好世界的遐想,被表现得淋漓尽致。

娜塔莎的迷人之处不仅在于她的天真、她的青春活力,更重要的是她的率真、真诚,痛恨一切虚伪和矫揉造作的东西,她一直以这种处世态度来认识世界和正直地生活在现实世界之中。她虽然身处上层贵族,但她从小痛恨一切浮华、虚伪,在观看歌剧演出时,她对生活的真实感受、她对生活中质朴和真实事物的爱好,立刻同舞台上的虚伪、矫揉造作发生冲突:"她只看见彩色的纸板,奇装异服的男女在明亮的灯光下奇怪的动作、说话和唱歌;她知道那是表演,但是那一切却是多么怪诞和虚假,矫揉造作,她不由得时而为演员害羞,时而觉得很好笑。"[②]特别是在演出之后,娜塔莎"觉得舞台上的一切都是粗野的、令人吃惊的"。当然更让她感到不真实

[①] 《列夫·托尔斯泰文集》第6卷《战争与和平》(二),刘辽逸译,人民文学出版社1986年版,第178页。

[②] 《列夫·托尔斯泰文集》第6卷《战争与和平》(二),刘辽逸译,第378页。

和虚伪的,还有包厢里那些虚伪的人。

值得称道的是,托尔斯泰在小说中严格遵循生活的真实,敢于面对生活的严酷,他并没有把娜塔莎写成一个不食人间烟火的天真少女,而是通过她的爱情生活,表现她如何在生活的挫折中经受磨难、得到成长,使这个形象变得更加有血有肉,更加真实动人。娜塔莎的爱情是热烈的、富有诗意的,是她青春活力的自然流露。她先是热恋安德烈,同他有深厚的、真挚的爱情。但在同安德烈订婚,安德烈上战场之后,她受花花公子安那托里·库拉金的欺骗和引诱,心中非常矛盾,想同他一起私奔。后来安那托里的阴谋被戳穿,娜塔莎终于醒悟过来,感到十分愧疚,甚至服了砒霜。当她得知安德烈在前线受重伤,连忙赶去看望安德烈,心中依然爱着安德烈,安德烈也依然爱着她。他在鲍罗金诺战役前夕想念娜塔莎的时候,特别谈道:"我了解她,不仅了解,而且我爱她那内在的精神力量,她那真诚,她那由衷的坦率爽直,她那仿佛和肉体融为一体的灵魂……正是她这个灵魂,我爱得如此强烈,如此幸福……"[1]娜塔莎虽然经历爱情的迷误,但这并没有削弱这个形象的艺术力量,反而让人觉得真实可信。正如赫拉普钦科所说:"人的感情在不道德的环境影响下被歪曲了,虚伪的好像成了真的,谬误好像成了真理。托尔斯泰很少设法保护自己的主人公,使他们避免困难和谬误。娜塔莎经受的考验不仅证明了她的人的感情的力量,而且也说明了她性格的完整性。"[2]

---

[1] 《列夫·托尔斯泰文集》第7卷《战争与和平》(三),刘辽逸译,人民文学出版社1987年版,第244页。

[2] 〔苏〕赫拉普钦科:《艺术家托尔斯泰》,刘逢祺、张捷译,上海译文出版社1987年版,第126页。

托尔斯泰不仅通过爱情生活表现娜塔莎的性格，而且通过社会生活展示她的性格，使她的精神成长同时代的命运紧紧联系在一起，她的精神世界进一步得到升华。1812年的卫国战争深深震撼了娜塔莎的心灵，激发了她的人道情怀和爱国激情。在莫斯科大撤退时，谁家都想多带走一些东西，唯独她主张从车上卸下自家的财产，尽量多带走一些伤兵。当她妈妈表示不同意时，她激动地大喊大吼："妈妈，那样不行；您瞧瞧院里的情形吧！他们都给丢下没人管了！……""这样不行，好妈妈；这样不象话……不行，好妈妈，亲爱的，这不象话，请原谅，亲爱的……我的好妈妈，咱们何必带那么多东西，您瞧瞧院里的情形吧……好妈妈！……这样不行！……"①在这段急切、恳求的话语里，渗透了娜塔莎的人道情怀和爱国情怀，在这里对人的爱和对国家的爱是一致的，首先是对人的爱，才能有对国的爱。

小说的最后，娜塔莎和一直关爱她的皮埃尔结婚，生儿育女，过着美满的家庭生活。一些评论认为这使这个形象失去了昔日的光辉，她从"富有诗意的小鬼"变为贤妻良母是违反艺术形象的内在逻辑的，反映了托尔斯泰对妇女解放运动一种尖锐的争辩性。这种指责是值得商榷的，实际上娜塔莎回归家庭同她一贯的性格是一致的，体现了性格的完整性。这个人物向往的不是社会活动和社会斗争，而是追求一种宁静的自然的家庭生活，从她对家务的操劳也可以看出她一贯的生活热情。从托尔斯泰来看，你尽可不同意他的主张、他对娜塔莎形象最后的处理，但这真实地反映了他对传统的宗法制家庭的维护，对俄罗斯民族传统文化精神的坚持，

---

① 《列夫·托尔斯泰文集》第7卷《战争与和平》(三)，刘辽逸译，第360页。

他向往的不是剧烈的社会斗争,而是俄罗斯传统的乡间生活、传统的家庭和传统的道德观念。

托尔斯泰在塑造娜塔莎这个形象时,特别突出她同俄罗斯人民、俄罗斯民间文化、俄罗斯大自然的血肉联系。在他看来,娜塔莎身上一切美好的东西不是来自上层贵族的舞会、剧场和沙龙,而是来自民族文化。小说中描写她到乡下伯父家过乡间生活是令人向往和令人难以忘怀的。在那里,有村子打谷场,有老橡树,有无尽的原野,有丰盛的民间晚餐,处处洋溢着俄罗斯民间文化的气息。娜塔莎一到村里,很快就投入其中。她同大家一起去打猎,骑了一天马,简直像个男子汉,满不在乎!她不仅能在晚会上欣赏真正的俄罗斯舞蹈,而且能当场热舞,表现出舞蹈的俄罗斯神韵和色彩。小说写道:"这正是大叔所期待于她的那种学不来教不会的俄罗斯的精神和舞姿","她做得正象那么回事,而且是那么地道,简直丝毫不爽,阿克西娅·费奥多罗夫娜立刻递给她一条为了做得更好必不可少的手帕,她透过笑声流出了眼泪:这个陌生的有教养的伯爵小姐,身材纤细,举止文雅,满身绫罗绸缎,竟能体会到阿克西娅的内心世界,以及阿克西娅的父亲、婶婶、大娘,每一个俄罗斯人的内心世界。"[①]托尔斯泰通过这段描写,向我们揭示了娜塔莎这个少女形象的人民根基、俄罗斯民族文化根基。

如果拿托尔斯泰笔下的娜塔莎形象同之前的少女形象做个比较,可以看出她们之间有明显的继承关系,她们都是纯朴、真诚和富有个性的俄罗斯少女,她们同俄罗斯人民都有密切的联系,但在娜塔莎这个形象身上体现出更丰富的社会历史内容,更丰富的文

---

① 《列夫·托尔斯泰文集》第6卷《战争与和平》(二),刘辽逸译,第308页。

化内容,更复杂的心灵成长过程,也体现出作家更精湛的艺术表现力。作家不仅仅是通过人物的爱情生活,而且是通过更广阔的社会历史环境来展示人物的性格;作家不是单一地、平面地、静止地表现人物的性格,而是努力揭示人物性格的发展过程和人物性格的全部复杂性。托尔斯泰巨大的思想表现力和艺术表现力,使得娜塔莎形象在俄罗斯少女形象的塑造上达到了一个新的高峰。

第四节　俄罗斯文学中少女形象的社会历史文化内涵

从普希金的达吉雅娜,到屠格涅夫的娜塔丽娅、丽莎、叶琳娜,直到托尔斯泰的娜塔莎,俄罗斯文学的少女形象在不同的历史时期,在不同作家的笔下得到了不同的艺术表现,同时也表现出一些共同的思想艺术特征,蕴含着丰富的社会历史文化内涵和美学内涵。深入探讨这些成功的有艺术魅力的艺术形象,对于我们塑造成功的、能流传于世的艺术形象,是有启示意义的。

俄罗斯作家笔下的少女形象既有鲜明的个性又有丰富的社会历史内涵,作家既表现俄罗斯少女的纯朴、聪慧、美丽和青春活力,也竭力揭示她们的人道情怀和对进步思想的追求。作家并没有把她们局限在个人小天地里,而是把她们对爱情的追求同对进步的社会理想的追求紧密结合起来,她们心灵的成长也是在追求进步的社会理想中同步完成的。如果说普希金的达吉雅娜还没有完全走出个人爱情的小天地,那么屠格涅夫笔下的少女则既有鲜明的个性、内在精神的美,又有崇高的社会理想追求。她们对爱情的忠贞和对事业的忠贞是一致的,她们中有的人为了事业可以抛弃贵族生活，跟随爱人走上征途。托尔斯泰的娜塔莎也是在国家命运的紧急关头逐渐走向成熟的，俄罗斯文学少女形象塑造给我们的宝贵启示就是，关注人、关注社会的一致性，作家们在关注人的自由、人的价值和人的命运时始终没有离开社会的迫切问题，而在关注社会和时代的重要问题时又始终以人为中心，在他们所塑造的少女形象身上既可以感受到时代脉搏的跳动，也可以感受到个人性格的魅力，感受到浓郁的抒情和诗意，她们的青春活力和激情是可以同崇高的社会理想和社会激情水乳交融的。

俄罗斯作家笔下的少女形象不仅有深刻的社会历史内涵，也有丰富的文化内涵，这些形象是同俄罗斯文化传统紧密相连的，在她们身上体现着俄罗斯民族文化精神。在俄罗斯民族传统文化精神中有浓厚的女性情结。俄罗斯许多著名的思想家都关注俄罗斯文化中的女性情结。索洛维约夫就提出"索菲亚说"，他的哲学被称为"永恒女性的哲学"。"索菲亚"一词来自希腊语，意为"智慧"。他主张世界"万物统一"，主张此岸和彼岸的结合，美和爱的结合，追求一种崇高的、超凡脱俗的"永恒女性的哲学"。别尔嘉耶夫则认为，俄罗斯人的心性是女性化的，他认为俄罗斯宗教带有很强的女性色彩，"俄罗斯的宗教信仰是女性的宗教信仰，是集体温暖中的宗教信仰……这样的宗教信仰拒绝男性的、积极的精神之路。这与其说是基督的宗教，倒不如说是圣母的宗教，大地母亲的宗教，照亮肉体生活的女神的宗教。"① 他又说，在俄罗斯人民心中，"土地——这是他们最终的庇护者。母性——这是最基本的范

---

① 〔俄〕别尔嘉耶夫：《俄罗斯灵魂》，陆肇明、东方珏译，学林出版社1999年版，第12页。

畴。……人民深深地感到圣母——女保护人——比耶稣更亲近。耶稣是上帝,很少以尘世的方式表露自己。只有母亲——土地——得到了个性的具体表现。"[1] 他们所说的俄罗斯民族的"女性情结"、"女性气质"在俄罗斯文学的少女形象中得到最生动的体现。这些形象在很大程度上体现了"母亲"、"圣母"的一些重要特征,比如母性的温柔、纯洁、善良,比如母性的奉献精神和自我牺牲精神。达吉雅娜对奥涅金的真情表白,丽莎走向修道院的自我牺牲,叶琳娜义无反顾跟随英沙罗夫的事业,娜塔莎为救伤员卸下自家行李,这些动人的情节和感人的行为,都体现了俄罗斯民族文化精神的精华。这些少女形象既是作家心目中俄罗斯民族文化精神的体现,又是俄罗斯文化的象征。

俄罗斯作家在自己的作品中,还特别突出俄罗斯少女形象同俄罗斯人民、同俄罗斯大自然的亲近。他们笔下的俄罗斯少女大都出身贵族家庭,但她们都讨厌贵族生活,都十分亲近人民,都是从普通的下层人民那里吸收精神营养。达吉雅娜从小生活在乳母和女仆中间,听她们讲世代相传的民间故事,第一个了解她少女秘密的也是她奶妈,她们教会她如何对待生活。后来她虽然身处彼得堡的上流社会,心中始终怀念奶妈,珍惜少女时代得到的纯朴、真挚的感情。托尔斯泰的娜塔莎同上流社会格格不入,可是一到乡间伯父家里就如鱼得水,跟村民一起打猎,学民间乐器,跳民间舞蹈,样样在行。表面看来,她十分聪明,学什么会什么,实际上最根本的是,她同乡间村民的心灵是相通的,同他们亲近使她了

---

[1] 〔俄〕别尔嘉耶夫:《俄罗斯思想》,雷永生、邱守娟译,生活·读书·新知三联书店1995年版,第6页。

解普通俄罗斯人的思想、感情和理想追求。俄罗斯作家笔下的少女形象又是同大自然亲近的,她们在大自然中吸收俄罗斯的气息,感受俄罗斯的精神。达吉雅娜在乡下从不参加轻浮的、喧闹的活动,她喜欢站在阳台上等待朝霞的出现、黎明的到来,大自然使她着迷,大自然陶冶她的性情。娜塔莎也在窗台上感受月夜的美,以至感到人都要飞起来,这是美好的大自然给予她飞翔的力量。而在屠格涅夫的小说中,少女的爱情和情感的波动,也是以自然为背景,融化于自然之中。娜塔丽娅同罗亭就是在温柔的夏夜和令人陶醉的钢琴声中谈人生、谈理想。大自然滋养了少女的性情,净化了少女的灵魂,少女在大自然的怀抱里成长。描写她们同大自然的亲近不仅可以揭示人物的性情和丰富的内心世界,也使俄罗斯少女形象蒙上一种迷离、朦胧的诗意。

第四章 俄罗斯文学中宗教蕴含类的文学形象

俄罗斯文学形象画廊丰富多彩、琳琅满目,它从不同角度展现了俄罗斯文学的内容。如果说以往大家所关注的三大文学形象是属于现实层面的,那么宗教蕴含类的文学形象,如索菲亚式文学形象、圣愚式文学形象、魔鬼式文学形象,在表现现实层面的同时,还带有形而上的色彩、隐喻的色彩、象征的色彩,带有更多的宗教蕴含。这种形象更多的是从宗教的角度来批判现实,思考人生的意义和寻找救赎的道路。

俄罗斯文学中也直接出现过宗教人物形象,如上帝形象、耶稣形象、圣母形象和犹大形象,这些形象是用来宣传基督教、东正教的教义的,并不具有艺术形象价值,不属于我们研究的对象。我们所研究的宗教蕴含类的文学形象不是宗教人物的直接再现,而是经过作家过滤、整合和创造的艺术形象。例如莱蒙托夫《恶魔》中的恶魔形象,陀思妥耶夫斯基《白痴》中圣愚式的梅思金形象,以及一系列索菲亚式的俄罗斯女性文学形象。把这些形象称为宗教蕴含类的文学形象,是出于两个因素考虑:一是它体现了俄罗斯东正教中有价值的思想成分,它既表现了神性也表现了人性,尽管两者的关系十分复杂,但它归根结底体现了一种人道的精神、自由的精神,以及对真善美的追求。二是它体现了俄罗斯作家的艺术创造,他们不是简单地照搬宗教人物形象,而是通过他们的艺术创造,塑造出宗教蕴含类的文学形象,并在这些形象中体现他们的思想追求和美学追求。

新时期以来,国内学界开始重视从宗教文化角度阐释俄罗斯文学,出现一些论文和专著,但集中从宗教蕴含类人物形象的角度来研究俄罗斯文学的论著还很少见。其中涉及这方面内容的有梁坤的《末世与救赎——20世纪俄罗斯文学主题的宗教文化阐释》(中国人民大学出版社2007年版)、王志耕的《圣愚之维——俄罗斯文学经典的一种文化阐释》(北京大学出版社2013年版)。他们的论著为笔者的研究提供了许多材料和见解。本章试图在他们研究的基础上,研究俄罗斯文学中宗教蕴含类文学形象的来源、思想品格和艺术表现特征。希望通过这类文学形象的研究,有助于我们对俄罗斯文学中体现的俄罗斯民族文化精神的理解。

第一节 俄罗斯文学中索菲亚式的文学形象

俄罗斯文学中索菲亚式的文学形象,是同索菲亚学说相联系的。

索菲亚是一个宗教神学和哲学概念,是一种女性崇拜的学说、永恒女性的学说、母亲大地的学说。这一学说发源于西方和俄罗斯的文化传统,发源于西方基督教和俄罗斯多神教与东正教的传统。这一概念在《圣经·旧约》中早就被提及,在古希腊语中,索菲亚(Σοφία)是"智慧"的意思,在基督教概念中,是卓越智慧的化身。俄罗斯文化所建构的索菲亚概念与西方索菲亚概念稍有不同,它更强调索菲亚同圣母、同母亲大地的联系,强调对永恒女性的尊崇。在俄罗斯，最早思考索菲亚概念的是斯佩兰斯基（М. М. Сперанский，1772—1839），他既把索菲亚看作"圣父存在中分出来的一部分"、"圣父的女儿"，又把索菲亚视为"上帝之外一切存在之母"。之后，一些神学家和哲学家也都提出自己的见解。其中最权威、最有影响的阐释者，是19世纪后期俄罗斯宗教哲学的创始人索洛维约夫（В. С. Соловьёв，1853—1900）。他的哲学被称为"永恒女性的哲学"。他的哲学的核心是"万物统一"，主张人与自然界在上帝爱的原则下统一为一个整体，主张此岸与彼岸的结合，精神和物质的统一，美和爱的结合，而索菲亚就是"万物统一中世界观和创造力的总和"。之后，俄罗斯宗教哲学家进一步阐明索菲亚学说。布尔加科夫（С. Н. Булгаков，1871—1944）提出"大地神学"，认为圣母"把自然世界神圣化，自然世界在圣母之中和通过圣母而走向自己的神圣改造。一句话，全部基督教人类学和宇宙论都带有崇拜圣母的印迹，在全部祈祷活动和笃信行为中也不例外"①。别尔嘉耶夫（Н. А. Бердяев，1874—1948）则把对女性的崇拜、对圣母的崇拜归结为俄罗斯民族的精神特征。他认为，俄罗斯的宗教信仰带有很强的女性色彩，在俄罗斯人民心中，"人民深深地感到圣母——女保护人——比耶稣更亲近。耶稣是上帝，很少以尘世的方式表露自己。只有母亲——土地——得到了个性的具体表现。"②在他看来，"俄罗斯的宗教信仰是女性的宗教信仰……这与其说是基督的宗教，倒不如说是圣母的宗教，大地母亲的宗教，照亮肉体生活的女神的宗教……对俄罗斯人民来说，大地

---

① 〔俄〕布尔加科夫：《东正教——教会学说概要》，徐凤林译，商务印书馆2001年版，第147页。

② 〔俄〕别尔嘉耶夫：《俄罗斯思想》，雷永生、邱守娟译，第6页。

母亲就是俄罗斯,俄罗斯成了圣母,俄罗斯是孕育神祇的国家。"①

从西方到俄罗斯,从西方神学家、哲学家,到俄罗斯宗教哲学家,在他们眼里索菲亚这一原型包含许多丰富的内容,他们也从不同文化背景和不同视角对索菲亚的蕴含做出不同的阐释。尽管如此,其中有些内容是基本的、不变的。

其一是创世说,把索菲亚看作世界的开端,认为她同整个宇宙和整个人类保持密切的联系,因为索菲亚是上帝的一部分,又是现实世界被造之物的存在之母,是被造之物的根源。所谓索菲亚是"大地母亲"之说是由此而来的。对圣母的崇拜和对女性、对母亲的崇拜也是由此而来的。

其二是智慧说,认为宇宙万物都是上帝创造的,上帝是超验的存在,万能的存在,人类应当信奉上帝的智慧,即神智,而索菲亚就是上帝智慧的化身,是神的智慧的体现。

其三是真善美说,不仅把索菲亚看作上帝智慧的化身,还看作上帝爱的化身。因此,象征着创世的索菲亚女神是真善美的统一,是完美人类的化身,只有实现爱才能拯救人类,只有实现真善美才能拯救世界。

索菲亚原型、索菲亚学说的内涵确实很丰富,而它对俄罗斯文学的影响也非常深刻,它的基本内容对俄罗斯文学的发展有重要的意义。不过这种影响往往不是直接的,而是需要有一个转化的过程,一个艺术创造的过程。这个过程是索菲亚学说的基本内容同俄罗斯文化精神传统相结合,最终形成一种俄罗斯文化心理,进而影响俄罗斯作家的创作。这种文化心理主要是俄罗斯文化中的

---

① 〔俄〕别尔嘉耶夫:《俄罗斯灵魂》,陆肇明、东方珏译,第12页。

女性情结、恋母情结,一种对女性的永恒崇拜。这种文化情结在19世纪俄罗斯文学中得到充分的体现,在20世纪俄罗斯文学中也能被感受到。它的主要表现是在俄罗斯文学中出现了一系列索菲亚式的女性文学形象,一种圣母式的形象,一种永恒女性的形象。在这些形象身上体现了美丽、纯洁、智慧的特征,体现了对真善美的追求,体现了通过真善美的统一拯救人类的美好愿望。这些索菲亚式的文学形象体现了索菲亚原型和学说的精神,她们既是现实的,又具有神性,她们身上蕴含着现实的、神性的、哲学的、美学的丰富内容,具有别样的思想光彩和动人的艺术魅力。

《叶甫盖尼·奥涅金》中的达吉雅娜是俄罗斯文学中最早出现的索菲亚式的女性艺术形象。达吉雅娜是诗人心中理想女性的化身,被称为"我的忠贞的理想"。别林斯基指出诗人"诗意地再现了俄国妇女",陀思妥耶夫斯基则称她为"俄罗斯妇女的圣像"。这个人物体现了索菲亚式人物的两个特点,一是她既是美丽、善良、纯朴的,又是富有智慧的,她既有崇高的心灵美,又有理性的精神;二是她有对责任的忠诚,有自我牺牲的精神。她最后不得不嫁给自己不爱的将军而拒绝奥涅金,固然是因为对奥涅金失去信心,同时也是为遵从母命,为了忠于责任而屈从命运,做出自我牺牲。

在普希金的达吉雅娜之后,屠格涅夫在俄罗斯文学中集中呈现了一系列索菲亚式的文学形象。在男女两性中,屠格涅夫受俄罗斯文化中女性情结的影响,似乎更偏爱女性,更钟爱女性身上的人性美。在《罗亭》中,屠格涅夫在娜塔丽娅身上表现出俄罗斯女性的美丽纯洁,对爱情的忠诚,特别是在同多余人罗亭的对照中,突出她的独立个性,她的坚强、果断和自我牺牲的精神。至于《贵族之家》中的丽莎,作家让她置于浓郁的宗教氛围中。她深爱拉夫列茨基,但得知他前妻归来时,便毅然走向修道院,表现出一种道德担当。在《前夜》中,叶琳娜在同英沙罗夫的爱情中,在对共同理想的追求中,也表现出她的献身精神和牺牲精神。

如果说屠格涅夫的女性形象带有索菲亚的色彩,那么在陀思妥耶夫斯基的女性身上的宗教蕴含和索菲亚色彩就更为浓郁、更为突出。陀思妥耶夫斯基是一个具有强烈宗教意识的作家,他在对社会的批判和对人民的同情中,渗透了他的宗教理想和追求。他在一系列小说中塑造了不少索菲亚式的女性形象,其中最为突出的有《罪与罚》中的索尼娅、《白痴》中的娜斯塔西娅。以索尼娅为例,她是作家的理想人物,是作为受难者和救世者的索菲亚式的形象来表现的。她善良、温和,虔诚信仰基督,但因父亲酗酒、失业,16岁就不得不出卖自己的肉体来养活害肺病的继母和饥寒交迫的弟妹,而且不时受到卢仁之流的陷害。作家把她作为人类苦难的象征来描写。尽管受尽一切苦难,她还是用自己的爱帮助别人,用自己的爱温暖了拉斯尼科夫迷乱的心,唤醒他的良知,劝他去自首,而且跟他去西伯利亚,正是索尼娅给了拉斯尼科夫第二次生命。在流放地,犯人们称她为"妈妈",在索尼娅身上,陀思妥耶夫斯基成功地塑造了"大地母亲"的形象,也就是索菲亚式的女性形象。

19世纪末20世纪初,俄罗斯社会发生巨大变化,提出了"俄罗斯向何处去"的问题。宗教哲学家们和象征主义诗人们选择了"永恒女性"索菲亚,智慧和爱的象征的索菲亚,真善美统一的索菲亚,期待在她身上寻找救赎之路,索菲亚这一永恒女性的形象给他们的诗歌带来新的灵感和活力。索洛维约夫在诗歌《三次相遇》

和《永恒女性》中，表现他三次遇到索菲亚的幻象，歌颂永恒女性的美。他相信索菲亚是被用来抗恶的宇宙的本质，永恒女性是理想的最高统一。在勃洛克《美妇人集》中，美妇人的形象表现了爱情、美和生命，他把自己歌颂的美妇人作为索菲亚式女性的象征，作为世界和谐的理想象征来表现。

在20世纪俄罗斯文学中，由于社会生活的变化，索菲亚式的女性文学形象虽然不像19世纪俄罗斯文学中表现得那么突出，但仍然在一些作家的作品中表现出来。布尔加科夫的《大师与玛格丽特》中的玛格丽特、帕斯捷尔纳克的《日瓦戈医生》中的拉拉就是索菲亚式的女性形象。在布尔加科夫的小说中，玛格丽特是爱和美的化身，是一种救赎的力量，她同大师的爱情是高尚的、超凡脱俗的。如果说大师是代表人类的智慧和真理，那么她追随大师便是追求人类的智慧和人类的道德理想。她作为女性的美和女性爱的化身，为了帮助孤独写作的大师，抛弃原来优裕的生活，悉心照料大师的生活，同他一起经受种种磨难，面对种种迫害，在他精神崩溃的时候，给他温暖和力量，体现出一种自我牺牲的崇高精神，也作为一种救赎力量，给世界带来温暖和力量。在帕斯捷尔纳克的小说中，拉拉是美丽、聪慧又历经苦难的女性，她被律师科马罗夫斯基玩弄，又被参加革命的丈夫抛弃，后来才同日瓦戈医生相遇。他们同是天涯沦落人，有共同的信念和道德观念，最后终成相知相爱的情人。她成了日瓦戈生命的寄托，成了日瓦戈创作灵感的源泉，给这位孤独而脆弱的智者以力量。拉拉的形象体现了索菲亚式的美和爱，索菲亚式的自我牺牲精神，也象征着俄罗斯文化的恋母情结和"永恒女性"精神。

第二节　俄罗斯文学中圣愚式的文学形象

圣愚是一种复杂的、古已有之的文化现象,它属于民间的疯癫现象,它的形成有社会的、心理的因素。在初民时期,人们出于恐惧心理,将它视为一种超现实的现象,赋予某种神秘感,视作一种启示来接受。之后,宗教也希望借助赋予这种疯癫以神圣的意味来震慑和控制民众。基督教将疯癫现象解释为教义框架内的苦修行为,因为这种行为符合基督教自我贬抑和舍弃世俗以达到救赎的需求,疯癫现象被视为一种通向神启的方式。由疯癫转为圣愚,是由于异教习俗而导致对疯癫现象的崇拜,是教会将这种崇拜行为赋予基督教神圣的特征。

圣愚文化是人类共同的文化现象。在欧洲,圣愚文化的形成经历从心理现象到社会现象、基督教化、书面文化过滤、哲学阐释等一系列过程,其中基督教的隐修思想及其苦修制度产生重要作用。由于欧洲的现代化,圣愚文化未能在欧洲发酵、成熟,却在游离欧洲主体文化的俄罗斯得到发展,俄罗斯的圣愚文化有其民族特色,它既继承外来的拜占庭的圣愚传统,又是本土多种文化混合的产物,它既有东正教正统的苦修传统,也包括原始宗教中的萨满习俗的影响。圣愚文化对俄罗斯性格的形成产生了多方面的作用,比如俄罗斯民族性格的极端性、非理性和神秘性,就同圣愚文化有密切的关系。

历史上的圣愚五花八门,有游手好闲的假冒疯癫的圣愚,也有真正的苦修者。他们共同的外在特征是,往往自愿过一种圣愚苦修式的生活：穿破旧衣服，甚至赤身裸体；吃最差的、最简单的食物；过着居无定所流浪式的离群索居的生活，或假装疯癫。其内在特征往往表现为一种两重性，两面性格。美国学者汤普逊概括为"圣愚既卑微又强横，既聪明又愚蠢，既纯洁又有罪"①。中国学者王志耕概括为"外在亵渎内在虔诚、外在龌龊内在纯洁、外在卑劣内在高尚、外在骄横内在谦恭、外在世俗内在超越"②。这种两重性说明圣愚文化既是否定的又是肯定的，既是批判的又是建构的。所谓否定是对世俗伦理、世俗理性和世俗政权的否定；所谓肯定是对内在信仰的追求，对内在精神的追求，对救赎的追求。

圣愚文化否定世俗伦理。圣愚是游离社会的人，是被社会抛弃的人，他们处于漂泊和流浪的状态，放弃亲情和爱情，挑战现存秩序，否定物质性生存状态。

圣愚文化否定世俗理性。圣愚否定理性而崇尚感悟和启示，认为理性和知识会让人迷恋利益，陷入庸俗，与上帝背道而行。疯癫就是以一种非理性的姿态对抗世俗的庸俗，向世人昭示一种特殊的追求，一种有深度的生活。

圣愚文化否定世俗政权。当教会和政权分离后，教会面对强势的政权仍然依赖政权，而圣愚恰恰是最大的无政府主义者。在他们看来，政权控制人、激发人追求利益，使人远离上帝，陷入罪孽。

圣愚文化对世俗伦理、世俗理性和世俗政权的否定，最终目的

---

① 〔美〕汤普逊：《理解俄国：俄国文化中的圣愚》，杨德友译，生活·读书·新知三联书店、牛津大学出版社1998年版，第198页。
② 王志耕：《圣愚之维——俄罗斯文学经典的一种文化阐释》，北京大学出版社2013年版，第8页。

是要达到内在信仰,追求内在精神价值,追求自我的救赎和世界的救赎。这同基督教"虚无"主张是一致的,同道成肉身是一致的,它的要义便是贬抑自我、舍弃自我、灵魂忏悔,把自己装扮成卑贱的人,消除对世俗利益的追求,在内心建构圣洁的空间,最后达成自我的救赎和灵魂的升华。

在俄罗斯文学中,圣愚文化的内在价值、内在精神主要是通过圣愚式的文学形象的塑造来实现的。这里说的圣愚式的文学形象不是指文学作品中直接出现的现实生活中的圣愚人物,如普希金《鲍里斯·戈都诺夫》(1825)中的尼科尔卡、托尔斯泰《童年》中的格里沙,而是指经过作者艺术加工而创造出来的文学形象。这些文学形象并不注重表现圣愚的外在特征,摒弃圣愚的负面因素,而是突出圣愚的内在精神特征、正面因素,并在其中寄托作家的生活理想和美学理想。这些圣愚式的文学形象诸如陀思妥耶夫斯基《罪与罚》中的索尼娅,《卡拉马佐夫兄弟》中的阿辽沙、佐西马,《白痴》中的梅思金,帕斯捷尔纳克《日瓦戈医生》中的日瓦戈。这些文学形象都带有浓厚的宗教色彩,既体现了圣愚文化的内在精神价值,又熔铸了作家的艺术创造。

在俄罗斯文学中,圣愚人物最早出现在民间文学中,如民间故事中的傻子伊凡。在文学作品中,最早出现的圣愚人物是普希金《鲍里斯·戈都诺夫》中的尼科尔卡,他是宫廷中唯一道出真情、说出真话的人,也是因为坚持正义而受到欺辱和嘲笑的人。后来,在托尔斯泰的《童年》中,也有对圣愚格里沙的描绘,人们认同圣愚的聪明和美德,又惧怕他们的神秘能力。

在俄罗斯作家中,陀思妥耶夫斯基作为俄罗斯传统文化、宗教文化的代表,深受俄罗斯文化传统中圣愚文化的影响,他的作品不是一般性地描绘圣愚人物,而是塑造了一系列圣愚式的艺术形象,这些形象抛弃了圣愚的外在特征,突出了圣愚的内在精神特征,正面表达了人间的苦难和救赎之道。

在《罪与罚》中,作家塑造了索尼娅这个圣愚式的文学形象。索尼娅是作家的理想人物,她善良、温顺、虔诚,具有牺牲精神。为了一家人的生活,她被迫卖淫,承受了一个少女难于忍受的耻辱。她用自己的爱感召拉斯尼科夫,劝他去自首,以受苦赎罪,最后皈依上帝,获得"新生"。她行为中的苦修性、自虐性,试图通过自虐和受难来达到最后的救赎,明显体现了圣愚文化的重要特征。

在《卡拉马佐夫兄弟》中,阿辽沙在三个兄弟中也是一个圣愚式的人物。他善良、纯洁、温顺,能容忍一切。出于对修道院院长佐西马的仰慕,为摆脱世俗仇恨和对爱的追求,他当了见习修士,得到大家的喜爱和信任,大哥德米特里毫无保留地向他忏悔,卡德琳娜把他当知己,连一心想诱惑他的柯留卡也意识到自己的卑微,并成为他最信赖的朋友。他是"一个奇特的人,甚至是怪物",是作家心目中的理想人物,有意思的是,阿辽沙并不是一味善良和充满爱,他身上也有圣愚式人物的另一面,也有一些"反常"的行动。当他哥哥向他讲述将军如何当着母亲的面放出一群猎犬将小孩撕成碎片时,笃信宗教的他竟然违背他所敬重的《新约》说了一句"枪毙他!",这种回答是违背法规、违背理性的,但恰恰符合人的天性,符合圣愚所追求的价值理想。

在陀思妥耶夫斯基的作品中,最成功的圣愚式的文学形象当数《白痴》中的梅思金公爵。作家把他当作"正面的、理想的人物",试图把他写成一个基督教徒式的人物,一个圣愚式的人物,作家让他成为精神病人，癫痫时时发作，又让罗果金在小说开始时称他为圣愚，最后终于发疯。

梅思金具有圣愚式的无根性，他喜欢不断旅行，不断漂泊，不愿固定在一个地方住下来，他从国外回到国内，又从国内回到国外。在国内他也是一名流浪汉，从彼得堡到莫斯科，到巴甫洛夫斯克，又回到彼得堡。这种无家可归的状态，昭示一种生存困境，他放弃家产，拒绝爱情，试图通过流浪的方式来寻找自我实现的途径。

梅思金心地善良、单纯，像一个没有被社会的庸俗和虚伪的积习污染的儿童一样。他为了医治癫痫病长期生活在瑞士阿尔卑斯山下的农村里，周围是大自然，是善良的村民和孩子。在别人看来，他愚钝可笑，不通人情世故，确实不像成年人，而像个小孩。他自称"我只是身材和脸长得像大人罢了，可是在智力发展程度、心灵和性格上，甚至在智商上，我都不是成年人，哪怕活到六十岁，也依然故我"。在作家笔下，他始终保持儿童的天性，用孩子的眼光看世界，这种孩子的特性正是圣愚的特性，保持了孩子的特性也就保持了上帝所赋予的原初神性。

梅思金拒绝世俗和理性，他行动的依据不是理智和规则，而是感情和直觉。他没有那些条条框框，那些陈规陋习，能更清楚地看透世间的人和事。人们认为他愚蠢，做事不合规矩，实际上他做事比谁都聪明，都更有智慧。作家通过这个人物是想说明，人是如何通过非理性、疯癫所体现的高级智慧走向上帝的。梅思金遭到别人嘲笑时说："您知道吗，依我看，一个人显得可笑，有时候并不坏，甚至更好：这样更容易相互谅解，更容易心平气和……为了做到尽善尽美，必须先对许多事不理解！如果理解得太快了，也许倒理解得不透。"①

梅思金向往人类"普遍的爱",试图通过虐己、忍耐、谦逊、自我贬抑来拯救人类。当梅思金成为圣愚时,他不仅使自己获救,而且有拯救他人的能力。在小说中,他同娜斯塔西娅·菲里波夫娜和阿格拉娅这两个女人的爱情故事实际上不是真正的爱情故事,不是世俗的爱欲,而是精神上的爱欲,是一种救赎型的爱。当他第一次看到娜斯塔西娅的照片时,惊叹她的美,但并不是受感情支配,而是蕴含着拯救的意味,觉得她一定受过很大的痛苦,觉得她如果善良就有救了。在他那里,阿格拉娅是纯真的孩子,心中怀着拯救她的感情,并没有真心爱过这个女人。作为圣愚,他觉得自己的使命是拯救人类。

陀思妥耶夫斯基之后,俄罗斯文学又出现了皮埃尔·别祖霍夫(托尔斯泰《战争与和平》)和日瓦戈(帕斯捷尔纳克《日瓦戈医生》)这样一些圣愚式的文学形象。他们都是流浪者,他们永远地奔波,他们的非理性,他们的既愚蠢又智慧、既纯洁又非纯洁的种种矛盾,他们对自由的追求,对纯粹精神世界的追求,都为俄罗斯文学中圣愚式文学形象的画廊增添了新的色彩。

第三节 俄罗斯文学中恶魔式的文学形象

在19世纪俄罗斯文学中,在普希金、莱蒙托夫、果戈理、陀思妥耶夫斯基的作品中都出现过恶魔式的文学形象,在19世纪末20

---

① 〔俄〕陀思妥耶夫斯基:《白痴》,臧仲伦译,译林出版社1996年版,第660页。

世纪初的俄罗斯文学作品中也出现过恶魔式的文学形象,并且有了新的内涵,俄罗斯作家在自己塑造的恶魔式的文学形象中有对恶的严肃思考,在这个形象中蕴含着哲学、道德、美学思想和救赎的理想。

在西方,恶魔思想学说和恶魔形象,有着久远的传统,恶魔形象在《圣经》中是和上帝的形象一起诞生的,并在两千多年的西方文学中不断被改写和完善。恶魔作为恶的化身,作为自由和创造的力量,是作为上帝的对立面出现的,同时也承担着拷问和审判的功能,具有救赎的作用。

在俄罗斯,恶魔思想学说和恶魔形象受到西方基督教《圣经》文化和西方文学中恶魔形象的影响,它们是俄罗斯恶魔思想学说和恶魔形象的灵感源泉。不过俄罗斯的恶魔思想学说和恶魔形象仍有俄罗斯本土文化的根源,它同俄罗斯多神教的传统、斯拉夫神话传统、俄罗斯民间文化传统以及诺斯替学说有联系。在俄罗斯文学中,对恶魔思想学说和恶魔形象的关注是个漫长的过程。最早它是为教会和国家的趣味服务,同宗教道德教益和对多神教的谴责相联系。在启蒙时代,对恶魔思想仍有偏见。到了浪漫主义时期,特别是1820—1830年代,恶魔成为文学创作幻想的对象,在普希金等作家的作品中,都出现过恶魔的形象。1840年代,实证主义者对恶魔思想学说和恶魔形象持否定态度。直到19世纪末20世纪初,随着时代变化、价值重估,恶魔思想学说和恶魔形象在宗教哲学家著作和现代主义诗歌创作中,又出现新的高潮。

不论是恶魔思想学说,还是恶魔文学形象,思想史和文学史上的恶魔究竟扮演什么角色,它们体现了哪些正面的价值,都是值得深入思考的问题。

首先，恶魔充当了怀疑者和反叛者的角色，起到了挑战理性和现存秩序、僵化思想的作用。在《旧约·创世记》中，最早的恶魔形象是蛇，它作为反叛者和诱惑者引诱亚当、夏娃偷食禁果，使人摆脱蒙昧，获得自由。后来在西方文学中，恶魔大都充当怀疑者和反叛者的角色。在17世纪理性主义禁锢的年代，在弥尔顿的《失乐园》中，黑暗之王卢西弗充当撒旦的角色，他藐视上帝和权威，揭发上帝禁令的非理性，肯定人的权利、人的主体意识。在19世纪浪漫主义时期，"恶魔诗人"拜伦诗中的卢西弗也是反叛上帝的英雄。

其次，恶魔充当了拷问者和审判者的角色，起到惩恶扬善、反对现存制度的作用。在《新约·启示录》中，恶魔总被上帝打败。而在但丁的《神曲》中，魔鬼则成为地狱之王，借上帝惩恶之手，成了上帝的助手和同盟，专门惩罚罪大恶极者。在歌德的《浮士德》中，表现了恶与善的相互依存、相互作用和相互转化，魔鬼靡非斯特作为否定的精灵，也从反面激发了浮士德向善向上的力量。

无论是怀疑者、反叛者也好，拷问者、审判者也好，他们身上所体现的精神，都是对理性、规则、秩序和制度的挑战，都是同人的本能欲望和生命欲望相联系的，都是人类追求自由、实现救赎理想的体现。

恶魔式的文学形象在俄罗斯文学中也有所体现。

最早在1823年，普希金写下《恶魔》一诗，他在诗中用拟人化手法把生活中的矛盾、痛苦当作恶魔，肯定一种"否定式怀疑"的精神。诗中写道："以前，日常生活的一切感应/对于我是那么强烈、新鲜，/……自由、光荣、爱、艺术的灵感，/都那么有力地使血液沸腾；"但突然"不知哪里一个邪恶的精灵/……他把美叫做空洞的幻想；/他蔑视灵感，不相信自由、爱情；/他是这样讥讽地看待人生——"。①当年有人认为这首诗是针对某人的，普希金用第三者的口吻驳斥说："这看法似乎是不正确的；至少我以为，'恶魔'有着一个比这更高贵的目标。在生命的黄金时期，没有被经验浇冷的心会感到美。它是轻信的，柔情的。可是现实中永恒的矛盾，渐渐使他心里滋生了怀疑，产生一种痛苦而不能持久的感情。心灵的最优美的希望和诗意的偏见消失了，心也随着死去了。伟大的歌德不是没有理由地把人类的永恒敌人叫做'否定的精神'。普希金可能想以恶魔拟人化这种'否定或怀疑'的精神吧。"②在别林斯基评论莱蒙托夫诗歌创作的论文《莱蒙托夫诗集》(1841)中，全文引用了普希金这首诗，指出："这是怀疑的恶魔，这是破坏一切丰满生活、毒杀一切欢乐的思考的、反省的精神。事情真奇怪：生活觉醒了过来，可是怀疑，生活的敌人，也和它手挽手地一起来到了！普希金的《恶魔》，从那时候起，就一直是我们的常客，带着恶毒的、讥嘲的微笑，一会儿出现在这里，一会儿又出现在那里……"③

如别林斯基所言，作为俄罗斯文学的常客，恶魔形象不久又在莱蒙托夫的作品中出现了。莱蒙托夫花了十年时间写成了长诗《恶魔》(1829—1839)，塑造了19世纪俄罗斯文学中最动人、最成功的恶魔文学形象。

诗中的恶魔原是造物主上帝的儿子，是司智的天使，在天上过着安康的生活，可是他不愿意遵从上帝，唯上帝之命是从，过着浑

---

① 《普希金抒情诗选集》(上卷)，查良铮译，江苏人民出版社1982年版，第495—496页。
② 同上书，第496页脚注。
③ 《别林斯基选集》第2卷，满涛译，第515页。

浑噩噩的生活。他试图反抗理性的束缚，追求成为"认识和自由的皇帝"。他由于渴求真理，渴求自由，反对理性和规范，因此触犯了上帝，被逐出天堂，成了人间孤魂野鬼，独自在人间漂泊。他虽然感到孤独、忧伤，但不向上帝妥协，同时也过于高傲、自私。后来是美丽纯洁的塔玛拉拯救了他，使他看到人间的真善美。只是上帝饶不了他，他给塔玛拉的一吻带有上帝在他身上注入的毒汁，最后造成她的死亡。塔玛拉被上帝宽恕，灵魂进入天堂，而恶魔仍然独自留在人间遭受孤独的折磨。长诗中的恶魔形象充满反叛精神，诗人通过这个形象肯定对理性和秩序的反抗，肯定对自由精神的追求，他对这个形象既有否定又有肯定。正如别林斯基所说："他是为了肯定才去否定，为了创造才去毁坏，他叫人怀疑的不是真善美之为真善美的那种存在，而是这种真善美的存在……本质上，这是个善意的恶魔；如果他也使人毁灭，使他几个世纪都不幸福，那也只是为了人类的利益，而且总是在拯救它。这是行动的恶魔，不断改革的恶魔，不断新生的恶魔。"①别林斯基这段话深刻说明，恶魔蕴含着肯定和否定的两面性，善与恶的两面性。以往我们更多地从叛逆和反抗的角度，从拯救的角度，分析和肯定恶魔的形象，实际上莱蒙托夫的作品通过恶魔和塔玛拉的爱情悲剧，探讨了恶魔性格的两重性，善和恶的两重性。这种分析深刻触及了恶魔形象的内在精神和内在矛盾。

除了普希金和莱蒙托夫笔下的两个恶魔式的文学形象，果戈理笔下的恶魔带有乌克兰民间多神教的色彩和民族气息。在他的《狄康卡近乡夜话》《米尔戈罗德》和小品集等作品中，神话世界、

---

① 《别林斯基全集》第7卷，苏联科学院出版社1976—1982年版，第555页。

宗教世界和现实世界奇妙交融。而陀思妥耶夫斯基的作品充满"上帝"和"魔鬼"之争。在他看来，作品中人物性格的两重性、善与恶的并存和斗争，就是来自人自己身上的上帝与恶魔之争。正如《卡拉马佐夫兄弟》中所说："魔鬼和上帝进行斗争，而斗争的战场就是人心。"灵魂中"上帝"与"恶魔"剧烈交战，经过炼狱和苦难的洗礼，罪人得救了，复活了，被拯救了，最后走向新生。作家的小说就是试图通过"上帝"与"恶魔"之争来阐释人的双重性格、人身上的善恶之争，探讨克服恶的路径。

20世纪俄罗斯文学中的恶魔形象有了新的变化。随着19世纪末20世纪初的历史转型，一切价值被重估，俄罗斯文学中的恶魔形象出现了贬低、否定上帝，提升恶魔形象的倾向，这种倾向在19世纪末20世纪初的俄罗斯现代主义诗歌中，表现得最为突出。勃留索夫把上帝和魔鬼相提并论："我愿自由的帆船／能够到处自由航行，／无论上帝，无论魔鬼，／我都要称颂。"（《致吉皮乌斯》）在索洛古勃看来，魔鬼就是造物主，就是上帝，他在诗中写道："当我在波涛汹涌的大海上航行，／我的船在下沉，／我那样求告：'魔鬼，我的父，／救救我，饶恕我——我就要沉没。'"（《当我在波涛汹涌的大海上航行》）他们甚至把魔鬼看成自由和理性的象征，在"上帝已死"的日子里，吉皮乌斯在《献词》中借主人公之口道出"我爱自己就如爱上帝"。在《上帝的生灵》中，主人公因"痛苦"、"反抗"和"疯狂"而直接以魔鬼自况，在他身上表现出一种强大的精神力量。①

---

① 以上诗歌引文转自梁坤：《末世与救赎——20世纪俄罗斯文学主题的宗教文化阐释》，中国人民大学出版社2007年版，第86—89页。

除了现代主义诗歌，20世纪俄罗斯文学中最著名的恶魔形象当数布尔加科夫的小说《大师与玛格丽特》中的魔王沃兰德。

作者创作这部小说始于1929年，其间历经12年，前后修改6次，生前未能发表。直至1966年，作者死后26年才得以发表。小说曾先后以《恶魔小说》《魔鬼的福音书》《撒旦》《黑暗之王》命名。这是一部构思奇妙、寓意深刻、时空结构复杂、充满神秘色彩的讽刺怪诞小说。小说由现实部分（魔王沃兰德访问莫斯科，揭露了现实的丑恶并加以惩处）和古代部分（讲述了两千年前犹大出卖耶稣的事）两部分组成。小说中塑造了作家"大师"和他的情人玛格丽特的形象，而魔鬼沃兰德则是小说的核心人物，是贯穿古今两条线的人物。

沃兰德具有西方文学中传统魔鬼形象的外貌和个性，具有诱惑、试炼、拷问和审判的"功能"，在他身上集行善和作恶为一体，他认为，善与恶是永恒的矛盾。作品中沃兰德这个魔鬼形象就体现了善与恶的矛盾。首先，他否定生活中的恶行，否定背离人类精神价值的社会。他降临莫斯科就是为试炼社会中失去理性、失去信仰的人们的精神世界的变化，试炼莫斯科"人心变了没有"。他第一次施展魔法，就是让丧失道德原则的文联主席柏辽兹遭遇车祸，身首异处。在他的策划下，在杂耍剧院，莫斯科人上演了争抢卢布和时装的闹剧。此外，他还揭露了各色人等告密、欺骗和贿赂的恶行。在惩恶的同时，小说也描写了恶魔沃兰德慈悲和行善的一面。他帮助躲进疯人院的大师，帮助大师恢复被焚毁的手稿，成全大师与玛格丽特生死相依的爱情。小说中沃兰德这个魔王形象并没有反抗上帝的思想和行为，而是成为上帝的惩恶之手。在作者看来，他是黑暗之王，是理性的化身，是在传统恶魔的外表下追求光明和真理的化身。如果说小说的讽刺、怪诞只是一种艺术手法，那么小说对人类存在的道德价值的深刻思考和哲学启示则是小说的真正价值所在。

上述索菲亚式的文学形象、圣愚式的文学形象和恶魔式的文学形象的思想蕴含是非常丰富的，在不同的俄罗斯作家那里也得到不同的艺术表现，呈现出不同的艺术风格。但在这些形象身上和这些形象的创作过程中，也存在着一些值得深入思考的问题。

一是宗教蕴含类的文学形象同俄罗斯精神文化传统的关系问题。俄罗斯文学中这些文学形象从根本上讲都是源于西方基督教文化传统，都同《圣经》中的宗教人物形象相关联，但他们又不是西方宗教文化的"再版"，而是同俄罗斯宗教、俄罗斯文化有密切的联系，他们植根于俄罗斯民族文化精神。这些文学形象表现了俄罗斯人的民族性格、价值观念和理想追求，在他们身上有更强烈的人道情怀，有对寻求人生意义和寻求救赎之路的深沉思考。

二是宗教蕴含类文学形象和宗教人物的关系问题。这类文学形象横跨文学和宗教两界，宗教蕴含类文学形象依附于宗教和宗教人物，但他不是宗教人物的机械照搬，不是宗教的传声筒。从宗教人物到宗教蕴含类文学形象，其中有一个艺术创造的过程，在这个过程中有作家的思想熔铸和艺术创造。作家对原有的宗教人物有个去伪存真、去粗取精的过程，他们要抛弃原有人物负面的东西，吸收其中有价值的东西，在他们身上体现自己的现实关怀和社会理想。同时，这些形象不能是概念化的、类型化的，不能只是宗教思想的传声筒，他们必须有鲜明的、活生生的个性，必须有作家独特的艺术表现，并呈现出独特的艺术风格。

下编

从作家个性心理的新视角探寻俄罗斯文学的魅力

导　语

　　文学创作是最富于个性和独创性的事业，中外古今的文学作品呈现出五彩缤纷的样貌，除了生活本身的多样性，归根到底还源于作家丰富的创作个性。文学研究除了抓住作品本身，抓住文学形象，还要深入了解作品的创造者，了解作家的创作个性和创作心理，这对于一部作品的思想艺术特色的形成有重要意义。从文学作品本身来看，无论是题材和体裁的选择、人物形象的塑造，还是艺术形式和艺术手法的运用，无不蕴含着丰富的心理内容，无不受作家个性心理的制约。别林斯基说："一个诗人的全部作品，不管在其内容上和形式上如何多种多样，却都具有共通的面貌，带着仅仅为它们所有的特点，因为它们都是从一个个性，从一个独特的不可分割的我引伸出来的。综上所述，在着手研究一个诗人的时候，首先必须在他纷繁复杂、多种多样的作品中掌握住他的个性的秘密，也就是那些仅仅属于他一个人所有的他的精神的特点。"[1]他认为在研究一个诗人时，首先应当抓住他个性心理的奥秘，抓住了它就等于"找到理解诗人的个性和诗歌的秘密的关键"[2]。作家法捷耶夫谈道："毋庸争辩，个人的品质——作家的才力、修养、智力的发展的趋

---

[1]　《别林斯基选集》第4卷，满涛、辛未艾译，第327—328页。
[2]　同上书，第333页。

向、气质、意志以及其他的个人特征,在选择材料的时候都起着重大的作用。"① 艺术家康定斯基也指出了艺术形式与艺术个性的关系:"形式反映出每个艺术家的特定精神,它带有个性的烙印"。②

就俄罗斯文学而言,我们可以清楚看到俄罗斯作家的个性心理,他们的气质、才能、艺术思维方式、情感形态、意志特点,乃至身心状态和工作方式,都会对他们的文学作品的思想内涵和艺术特色产生深刻的影响。普希金的艺术思维是具体感性因素和分析性因素相融合的艺术思维,他情感色彩强烈而又善于思考,他的作品达到思想、情感和形象的和谐统一。他的创作由浪漫主义创作演变为现实主义创作,这也同他的艺术思维的变化密切相关。在陀思妥耶夫斯基作品中,我们看到他的小说形式往往非常奇特,而这种奇特的小说形式的产生和运用,也是同作家的个性心理相联系的。他的创作的最大特点是,"在人的身上发现人",敢于对人性进行大胆的、深刻的剖析。为此,他善于选择那种骇人听闻的和惊心动魄的事件来表现人物心灵的搏斗,通过作品情节的逆转来表现人物复杂的心理,而他的作品所表现的时间和空间,往往不是物理上的时间和空间,而是心理上的时间和空间。

当然,我们也必须看到,创作心理是一种十分隐秘的而又非常复杂的现象,作家的个性心理和他的创作的关系并不完全是一种表层的、外在的、直线的关系,而是一种深层的、内在的、曲线的关系。果戈理的气质公认是忧郁的,他固然写出了令人悲酸的《外套》,但也写出了十分欢快的《狄康卡近乡夜话》和辛辣的《钦差大

---

① 〔苏〕高尔基、阿·托尔斯泰等:《苏联作家谈创作经验》,中国青年出版社1956年版,第48页。

② 查立:《康定斯基其人及其理论》,《世界美术》1983年第4期。

臣》。作家所采用的艺术形式和艺术风格可能变化，但他的气质是不会改变的，果戈理是通过欢快的作品来发泄他心中的忧郁，而讽刺的喜剧表现的也是"含泪的笑"。作家心中的苦闷和由此而产生的忧郁气质是根本的，至于采用什么艺术形式来发泄和排解不是绝对的，不是一种对应关系，它要随着作家对生活认识的深化和审美情趣的变化而变化，随着时代的变化而变化。

第五章　普希金：创作个性和艺术思维特征

鲜明的创作个性是作家成熟的标志,一切优秀的作家都具有独特的创作个性。过去我们更多的是通过文学作品来研究作家的创作个性,这当然是正确的。实际上文学作品是作家艺术思维客观化和物质化的结果,作家艺术思维从某种意义上讲更直接和更充分地体现了作家的创作个性。分析体现于创作过程的动态的艺术思维,比起分析静态的文学作品有更大的难度,然而它为我们深入把握作家的创作个性创造了可能。

艺术思维是作家的思维方式,它有明显的历史制约性。从文学艺术发展的历史来看,文明社会艺术家的艺术思维显然不同于原始社会艺术家的艺术思维。同时,在文学发展的不同时期,艺术思维也有不同的特点,浪漫主义时期作家的艺术思维显然不同于古典主义时期作家的艺术思维,同样,现实主义时期作家的艺术思维也不同于浪漫主义时期作家的艺术思维。艺术思维不仅具有历史制约性,同时还有强烈的个性特征,即使处于同一时代,运用同一创作方法的不同作家的艺术思维,也仍然有不同的特点。这样就产生了艺术思维类型问题,这个问题虽然一直没有得到深入的研究,但在历史上已引起不少文艺学家、心理学家和生理学家的关注。

俄国生理学家巴甫洛夫从生活中观察到的两种信号系统的一

定关系出发，创立了人的高级神经活动类型学说，将人群划为艺术型、思想型和中间型。

俄国文艺心理学家奥夫相尼科-库里科夫斯基从心理学出发，把作家的艺术思维分为两种类型：观察型和实验型。观察型以客观地观察和表现各种生活现象作为创作前提，要求逼真性，对生活中人物之间和事件之间的关系不作任何歪曲、改变；实验型则根据作家主观需要，把各种人物和事件重新加以综合、组织，破坏原有的比例关系，好像对现实生活进行某种心理实验。

瑞士精神分析学家荣格创立了以区分"外向型"和"内向型"为主的性格学。他把人格分为八种类型，各种类型有不同的规定性。这八种类型中，外向型有（1）外向思考型，（2）外向感觉型，（3）外向感情型，（4）外向直观型；内向型有（1）内向思考型，（2）内向感觉型，（3）内向感情型，（4）内向直观型。

苏联当代文艺学家梅拉赫则根据不同思维因素在作家身上的独特联系，将作家的艺术思维划为三种类型：艺术分析型、主观表现型和纯理性型。

这些理论家从不同的角度，根据不同的原则，直接或间接地涉及作家艺术思维类型问题，他们的探讨对作家艺术思维类型研究极富启示，同时也给停滞不前的艺术思维研究带来新的活力。本章结合普希金艺术创作的实践，通过对普希金艺术思维特点的分析，对艺术思维类型问题进行初步的探寻。

普希金作为俄罗斯文学的奠基人，他的作品既有浓郁的时代色彩和民族风格，又有鲜明的创作个性。诗人是"从阴冷的俄国上空燃起的新阳"，他的创作恰似一条宽阔的、耀眼的河流。当你走进普希金的艺术世界，你便会发现这里没有华丽的辞藻，只有真挚的情感和朴素的话语；没有混浊和堆砌，只有明净与和谐；没有外表的炫耀和矫饰，只有崇高的思想和内在的光彩。这是一个真挚、明净、和谐、深沉的世界。对于普希金的创作个性，卢那察尔斯基曾经做过十分精彩的分析，他说："普希金特别稳当地掌握着以个人激情为他的抒情作品增添光彩的能力……普希金还拥有一项能力：把自己的血化为红宝石，把自己的泪化为珍珠，就是说，用珠宝艺人的坚毅精神和井井有条的方法，来琢磨他那往往很痛苦的感受……普希金的这项能力还同另一项能力有着血肉关系。他的诗充满着感情，富于思想；可是感情和思想几乎总是包括在具体的、浮雕式的、因而吸引人的形象之中。最后，普希金又把他的基本工具，即语言，推到了最高的完美境界，这语言既是描写手段，又是一个音乐因素，而且普希金使描写力和音乐性获得了人世间艺术很少达到的统一。"[①]

普希金鲜明的创作个性是同体现在创作过程中的艺术思维特点紧密相连的。在普希金关于文学创作任务和文学创作过程的论述中，在创作提纲中，在不同文本的手稿中，我们都可以看到普希金艺术思维的特点，而这种特点又直接和充分地体现了普希金的创作个性，自普希金"这颗俄罗斯诗歌的太阳"陨落以后，俄国和苏联出现的研究普希金的论著浩如烟海，然而研究普希金艺术思维的论著却寥寥无几。其中最引人注目的是梅拉赫教授的专著，他在《作为创作过程的普希金艺术思维》（1962）和《创作过程和艺术接受》（1985）这两部专著中，都以大量的一手材料论述普希金艺术思维的特点。下面试图以前人的研究成果和提供的材料为

[①] 《卢那察尔斯基论文学》，蒋路译，第155页。

基础,对普希金艺术思维的特点进行归纳和分析。

第一节 富于创造性和开放性的艺术思维

文学史上的作家就其对待文学发展的态度而言,存在两种艺术思维类型:一种是保守性和封闭性的艺术思维,属于这种艺术思维类型的作家的创作内容和形式不向生活开放,不随现实生活的变化而不断革新、创造,而是死守限制作家创造精神的艺术教条,结果他们的创作必然走上僵死的道路;另一种是创造性和开放性的艺术思维,属于这种艺术思维类型的作家的作品的内容和形式是向生活开放的,随着现实生活的变化而不断革新、创造,是充满活力和富有创造精神的。普希金的艺术思维就属于后一种类型。

普希金艺术思维的开放性和创造性,在很大程度上是由诗人在俄国文学史上的特殊地位决定的。高尔基赞誉普希金是俄国文学"一切开端的开端"(《俄国文学史》)。他是俄国文学的天才创造者,出色的俄罗斯文学语言的创造者,他完成了俄罗斯文学从浪漫主义向现实主义的过渡,确定了现实主义文学在俄罗斯文学中的主导地位,同时又是俄国文学理论和文学批评的开拓者。普希金作为俄国文学转折时期继往开来的人物,作为一种崭新文学的开创者,这样一种特殊的地位就决定了,作家的艺术思维必然是富有创造性和开放性的,是充满活力的,而不能是封闭的、保守的和僵化的。

普希金艺术思维的创造性和开放性是社会发展的、新时代的产物,是同他的创造观点和发展观点相联系的。普希金把历史、科学和文学都看作创造活动,同时又看到科学创造和文学创造的区别。他在《叶甫盖尼·奥涅金》第八章和第九章序言草稿里写道:"当古代农学、物理学、医学、哲学的伟大代表们的概念、著作和发现已经老化,而且每天都被另一些概念、著作和发现所代替的时候,真正的诗人们的作品却是永远新颖和永葆青春的。"① 普希金曾经在未完成的几行诗里对人类创造活动做了深刻的概括:

啊,有多少奇妙的发现!
在为我们准备启蒙精神哪,
既有经验,严重错误[之子],
又有天才,[反常的]友人,
[还有机缘,那发明者的上帝]。②

在普希金看来,人类创造活动的主要特点和条件是:时代精神(启蒙精神)、经验、天才(与对事物大胆的、反常的见解相联系)和机缘。这种对创造本质的深刻认识是与他对文学创造本质的深刻认识完全一致的。普希金认为,文学也是作家高度天才和发明勇气相结合的产物,而被贵族社会看作"健全思想"和"雅致"的条条框框是同文学的创造本质相违背的。

普希金的世界观同时包含发展的观点。他认为,世界是不断变化的,人也随着世界的变化而变化。他在抒情诗《想当初……》

---

① 《普希金全集》(16卷集)第6卷,俄文版,第54页。
② 转引自〔苏〕梅拉赫:《创作过程和艺术接受》,程正民、徐玉琴、张冰译,黄河文艺出版社1989年版,第98页。

(1836)中写道：

> ……天道本来如此。
> 人周围的世界在旋转——
> 难道独有他岿然不动？①

普希金这种对人和世界的看法是全新的，是同把人和世界看成静止的、凝固的和永恒的观点相抵触的。这种发展的观点不仅促使他从全新的角度认识和探索生活，而且促使他从全新的角度认识和探索艺术，把握世界的新途径。例如，他再也不把"真理"看成不可动摇的、永恒的东西，看成艺术形象只配加以体现的东西，而提出"真理只能从研究生活中获得"的观点。他在论述人民戏剧的文章中提到了"研究真理"②的问题，认为真理是作家创造性地、深入地研究所描写的客体之后而获得的。

普希金艺术思维的创造性和开放性不同于古典主义、感伤主义和浪漫主义的艺术思维，它为现实主义的艺术思维开辟了广阔的道路。

作为浪漫主义诗人，他在19世纪20年代走上俄国文坛，继承了俄国文学的传统，同时又抛弃了古典主义。他反对古典主义为专制君主和专制制度服务，主张诗人应当"气度高尚，独立不倚"；反对克制个人情欲，崇尚纯理性主义，主张文艺作品应有自然感情的流露；反对墨守成规，主张根据内容需要采用灵活自由的表现形

---

① 转引自〔苏〕梅拉赫：《创作过程和艺术接受》，第102页。
② 《普希金全集》（16卷集）第11卷，俄文版，第181页。

式。在当时，浪漫主义概念是混乱的，不论是俄国还是欧洲，把同古典主义抗衡的作家都称为浪漫主义者。别林斯基曾经指出："古典主义和浪漫主义——这便是在我们文学的普希金时期轰传着的两个词儿；这便是我们以此为题写了许多书、论文、杂志文章、甚至诗歌，睡觉和醒来时都念叨着，为此打得死去活来，在教室里、客厅里、广场上、街上争吵得落泪的两个词儿！"① 面对这场剧烈的争论，普希金是站在"公平看待一切伟大的当代事件、现象和思想，当时俄国所能感受到的一切"②的立场上。他虽然站在革新文学的浪漫主义一边，但又不把它看成十全十美和万古长青的。他在《论古典主义和浪漫主义诗歌》(1825)③一文中，从欧洲文化艺术发展道路出发，把古典主义和浪漫主义看作人类文化艺术发展的历史必然阶段，肯定各自的历史作用。同时他又指出，无论是崇尚理性和墨守成规的古典主义，还是崇尚情感和不拘一格的浪漫主义，也都有各自的片面性。在普希金看来，古典主义封闭性的艺术思维限制了作家的首创精神，然而同古典主义相抗衡的浪漫主义在艺术方法上同古典主义也有某些相似之处，它们都排斥发展的思想，都排斥多侧面描写性格和决定性格的环境。从艺术思维的角度看，它们都不善于把分析和描写、思想和感情、真实和想象有机结合起来。因此可以说，浪漫主义在反对古典主义的同时，并没能摆脱古典主义的教条而获得自由。普希金在1828年谈到法国浪漫主义诗歌时曾经指出："读着冠有浪漫主义称号的一些零星抒情诗

---

① 《别林斯基选集》第1卷，满涛译，上海译文出版社1979年版，第72页。
② 同上书，第79页。
③ 引自《普希金论文学》，张铁夫、黄弗同译，漓江出版社1983年版，第106—110页。

篇,我没有从这些诗篇里看到浪漫主义诗歌那真诚而自由的特点,却看到了法国伪古典主义的矫揉造作。"①

普希金显然不是简单地看待古典主义和浪漫主义之争,他力求用历史的眼光和客观的态度分析各种文学流派的利弊,取其所长,弃其所短,创造出一种向生活开放的新文学,这就是现实主义文学。

普希金的现实主义艺术思维既不同于古典主义的艺术思维,也不同于浪漫主义的艺术思维。普希金强调艺术真实性是现实主义艺术的首要标志和基础。他在《论人民戏剧和〈玛尔法女市长〉》(1830)一文中指出:"逼真仍然被认为是戏剧艺术的主要条件和基础。""假想环境中激情的真实和感受的逼真——这就是我们的智慧对剧作家的要求。"②在这里他正确地阐明逼真和假定的关系,把两者统一起来看待,而不是加以对立。同时,普希金在总结他人和自己创作经验的基础上,提出了多方面表现人物性格、典型化和个性化统一的塑造性格的原则。这是现实主义文学在俄国的重大胜利。普希金原来深受拜伦的影响,但很快意识到浪漫主义把人物理想化、概念化的主观主义创作原则的局限性。他在1822年给В.П.哥尔查科夫的信中承认,他不应该把《高加索俘虏》中的俘虏写成一个很有理智和能够克服个人情欲的人。他说:"俘虏的性格是不成功的;这证明,我不适于描写浪漫主义诗歌的英雄。"③他在1827年所写的《论拜伦的戏剧》中又指出,拜伦笔下浪漫主义英雄的性格只是作者性格的化身,"拜伦对世界和人类的本性投

---

① 《普希金全集》(16卷集)第11卷,俄文版,第67页。
② 引自《普希金论文学》,张铁夫、黄弗同译,第90—91页。
③ 同上书,第60页。

之以片面的一瞥，然后便抛弃它们，沉浸于自我之中了。他给我们展示了一个自我的幽灵。他再度进行了自我创造，时而扎着叛逆的缠头巾，时而披着海盗的斗篷，时而是一个死于苦刑戒律的异教徒，时而是一个行踪不定的飘泊者……归根结底，他把握了、创造了和描写了唯一的一个性格（即他本人的性格）"。① 与此同时，普希金非常推崇莎士比亚"自由而宽广的性格描绘，以及塑造典型的随意和朴实"②。他在《桌边漫话》中谈道："莎士比亚创造的人物不是莫里哀笔下的只有某种热情或恶行的典型，而是具有多种热情、多种恶行的活生生的人物；环境把他们形形色色的、多方面的性格展现在观众面前。莫里哀笔下的悭吝人只是悭吝而已；莎士比亚笔下的夏洛克却悭吝、敏捷、怀复仇之念，抱舐犊之情，而又机智灵活。"③ 如果我们把普希金1930年代的言论同马克思1859年提出的"莎士比亚化"原则加以对照，便可以发现普希金对现实主义创作原则具有何等深刻的洞察力！普希金从效仿拜伦到效仿莎士比亚意味着他同浪漫主义的决裂，同时也表明他从浪漫主义走向现实主义。普希金在1827年的《给〈莫斯科导报〉出版人的信》中谈到《鲍里斯·戈都诺夫》时指出，戏剧的陈腐形式需要革新，要按照莎士比亚的体系撰写悲剧，要打破三一律。他说："我自愿放弃了艺术体系向我提供的、为经验所证实、为习惯所确认的许多好处，力求用对人物和时代的忠实描绘，用历史性格和事件的发展来弥补这个明显的缺点——总之，我写了一部真正的浪漫主义

---

① 《普希金论文学》，张铁夫、黄弗同译，第73页。
② 同上书，第86页。
③ 同上书，第95—96页。

悲剧。"①1830年在《〈鲍里斯·戈都诺夫〉序言草稿》(法文版)中,普希金又一次谈道,"我效法莎士比亚,只对时代和历史人物作大规模的描绘,而不追求舞台效果、浪漫主义激情,等等"。②显然,普希金所说的"真正的浪漫主义"就是现实主义。众所周知,"现实的诗歌"这个提法是别林斯基1835年才首次使用的。

通过普希金从浪漫主义走向现实主义的创作分析可以清楚地看出普希金艺术思维创造性和开放性的特点。正是这种艺术思维的创造性和开放性标志着俄国文学自觉的全新阶段。可以毫不夸张地说,如果没有普希金创造性和开放性的艺术思维,就很难有俄国现实主义文学的发展。

第二节　思想、情感和形象和谐统一的艺术思维

作家的艺术思维是由思想、情感、想象、形象诸多思维因素组成的,诸多思维因素在不同作家那里按照不同方式联结起来,形成独特的联系,并且具有系统性,正是这种独特的系统性决定了作家的创作个性。梅拉赫指出,可以根据在作家艺术思维中是理性逻辑思维占优势还是具体感性思维占优势,将作家的艺术思维分为三种类型:理性逻辑思维较之具体感性思维占优势的理性型,情感色彩强烈而分析概括倾向相对薄弱的主观表达型,具体感性因素和分析因素相结合、思想和形象相结合的艺术分析型。普希金

---

① 《普希金论文学》,张铁夫、黄弗同译,第75页。
② 同上书,第83页。

的艺术思维就是属于艺术分析型。他的作品达到了思想、情感和形象的和谐统一。我们可以看到，他的作品富有深刻的思想和真挚的情感，而思想和情感又总是蕴含于生动鲜明的艺术形象之中。关于普希金艺术思维这个重要的特点，别林斯基在《亚历山大·普希金的作品集》第五篇论文（1844）中曾进行了深入的分析。他认为，普希金的作品是思想和情感的高度融合，达到了一种情致的境界。在他看来，"每一部诗情作品都是主宰诗人的强大思想的果实"。然而"艺术不能容纳抽象的哲学思想，更不能容纳理性的思想：它只能容纳'诗的思想'，而这'诗的思想'不是三段论法，不是教条，不是箴言，不是规则，它是活生生的热情，它是情致"。①这种情致实际上是被思想提高了的情感，被情感深化了的思想，是情理美三者交融的统一体。别林斯基同时又指出，普希金诗歌中这种思想和情感的融合又是同艺术形象和艺术形式相适应的。他认为，普希金诗作的优点"包含在它的艺术性中，在内容和形式，以及形式和内容的这种有机的、生动的适应中。从这方面来说，可以把普希金的诗比作由于情感和思想而变得神采奕奕的眼睛的美；你如果剥夺了这双眼睛那使之变得神采奕奕的情感和思想，它们就只能始终是美的眼睛，却不再是神奇而又秀美的眼睛了"②。

　　思想、情感和形象的和谐统一是普希金艺术思维的特点，也是诗人的艺术理想。普希金向来把思想看作艺术的真正生命。他在《书信、凝想、札记拾零》（1827）中指出，文学作品要达到思想情

---

① 《别林斯基全集》第7卷，第311页。
② 同上书，第277页。

感和形式的完美统一，否则就毫无意义。他说："有两类毫无意义的作品：一类是由于用词语代替情感和思想的不足；另一类是由于情感和思想的充沛，却缺乏达意的词语。"① 普希金认为，真正优秀的作家总是通过独特的艺术形象体现自己鲜明的思想，例如卡尔德隆把闪电叫作吐向大地的天空的火舌；弥尔顿说，地狱之火只能使人看出地狱的永恒黑暗。他指出："这些词语是别开生面的，因为它们强有力地、不同凡响地向我们描绘出鲜明的思想和富于诗意的画面。"② 他在《论人民戏剧和剧本〈玛尔法女市长〉》（论文提纲，1830）中谈道："在悲剧中展开的是什么呢？它的目的是什么呢？人和人民。人的命运和人民的命运。……戏剧作家需要什么呢？哲学、冷静、历史家的国家思想、悟性、想象的灵活性、对喜爱的思想不怀任何偏见。自由。"③ 看来，普希金的艺术理想是富有诗意的深刻的思想，富有诗意的情感、历史领悟同生动艺术形象和艺术形式的和谐统一，是艺术想象和真实再现现实的和谐统一。

思想、情感和形象的和谐统一，在普希金的创作过程中体现得更加清楚和更加充分。普希金虽然不是哲学家，但他称得上"诗哲"，他十分重视思想在创作过程中所起的作用。有一次在谈到自己的创作时他说，"我用诗句思考"④。他赞扬巴拉廷斯基是"优秀的诗人"，也在于诗人"善于思考"。他说："当他的感受强烈而又

---

① 《普希金论文学》，张铁夫、黄弗同译，第117页。
② 同上书，第119页。
③ 同上书，第38页。
④ 转引自〔苏〕梅拉赫：《创作过程和艺术接受》，程正民、徐玉琴、张冰译，第119页。

深刻的时候,他能按自己的方式正确地、独立不羁地进行思考。"①普希金在创作过程中同样非常重视想象的作用。然而他认为,作家非凡的想象应当同创作过程中明确的目的性并行不悖。这一思想非常生动地体现在他的诗作《秋》中:

……在甜蜜的宁静中
我的幻想使我如痴如梦,
于是,诗兴在我心中苏醒:
内心里洋溢着滚滚的激情,
它颤栗、呼唤、寻求,梦魂中
想要自由自在地倾泻尽净——
这时一群无形之客向我走来,
似曾相识,都是我幻想的成品。

十一

于是脑海中的思想如狂涛汹涌,
于是轻快的韵律迎着思潮奔腾,
于是手指握住笔,笔尖儿伸向纸,
刹那间,诗章恰似流泉涌。
有如船儿在平静的水面上寂然不动,
你听,猛然间水手们在慌忙行动,
爬上爬下,鼓起了帆儿灌满了风;
庞然大物乘风破浪向前进。

---

① 《普希金论文学》,张铁夫、黄弗同译,第120页。

第五章 普希金：创作个性和艺术思维特征

> 十二
> 船在前进。我们究竟驶向何方？
> ……①

普希金在这首诗中生动描绘了诗歌创作过程中出现的灵感、幻想、激情和思想，并特别点明创作中思想的作用。诗人把诗歌创作过程比作乘风破浪的航行，一方面是"庞然大物乘风破浪向前进"，各种灵感、幻想、激情和思想纷至沓来，奔腾汹涌；另一方面提出，"船在前进。我们究竟驶向何方？"在定稿里是航船和航向的类比，而在草稿里则是诗人和急流飞舟的类比。②在普希金看来，创作中的灵感、幻想、激情、想象犹如波涛翻滚中的航船，急流中飞驶的木舟，总是要有航向（明确的思想和目的）的，总是要由领航人操纵的，否则就要迷失方向，甚至落水翻船。

普希金对创作目的性的重视集中体现在对提纲的态度上。诗人非常重视创作提纲，他不仅把提纲视为创作技巧，而且视为创作思想，他不仅把提纲视为未来作品的轮廓，而且视为创作过程的一个重要阶段。普希金认为，提纲的欠缺是致命的弱点，它是一切办法都无法弥补的，甚至用上吸引人的情节也无济于事。他在关于《巴赫契萨拉依的喷泉》的札记中曾这样写道："提纲的欠缺不是我的过错：我迷信地往诗里套进了一个青年妇女的故事。"③普希金

---

① 《普希金论文学》，张铁夫、黄弗同译，第130页。
② 转引自〔苏〕梅拉赫：《创作过程和艺术接受》，程正民、徐玉琴、张冰译，第111页。
③ 《普希金全集》（16卷集）第11卷，俄文版，第77页。

对创作提纲的重视正体现了诗人艺术思维的特点，他要求作品有明晰的思想、强烈的情感和生动的形象，同时作品的一切因素又都是和谐统一的，没有任何混乱和繁杂，为此他曾经提出了"相称性"和"相适性"的原则。

作家在提纲拟定过程中所碰到的主要问题是，如何处理好概念和形象的相互关系。在创作提纲中一切都是概括的、概念的，作家的本领就在于善于透过这些概念看到具体生动的形象，又把它"内筑"到构思运动中去，使内容的立意得到实现。如果不是这样，立意就很容易变成纯理性主义的目的，使文学创作走上通过形象语言复述抽象真理的歧路。这大概是作家在创作过程中所遇到的最伤脑筋的难题，然而正是在这个问题上突出体现了普希金艺术思维中思想和形象和谐统一的特点。

从普希金的创作过程可以看出，概念和形象常常相互影响、相互作用，而且概念往往作为形象展开情节的先导出现。普希金经常通过概念性的定义勾画出作品的轮廓，然后用形象化手段有血有肉地表现出来。我们可以看到，提纲中散文的语言、概念性的语言在创作过程中转化为诗歌的语言，转化为形象、音调、韵律、语气，诗人的魔力，这使提纲变了样，在诗文中呈现的不再是思想、概念，而是激情和形象。

让我们先拿《叶甫盖尼·奥涅金》中达吉雅娜写给奥涅金的那封信的提纲和作品的诗文作对照。

普希金先是草草写出信件的前八行：

　　　　我在给您写信——
　　　　还要怎么样呢？

> 我还有什么好说的？
> 现在，我知道，您可以随意
> 对我轻蔑，拿它来惩罚我。
> 但是您对我不幸的命运
> 哪怕还存在一点怜悯之心，
> 就一定不会拒绝我的接近。

在写完这八行之后，诗人就中断作诗，用散文简要写下信件后面的内容：

> 我这里什么人也没有。我已经认识您。我知道，您看不起我，我很长时间想沉默——我曾想，我会见到您的。我什么愿望也没有，只想见到您——我这里什么人也没有，您来吧，您应该怎么怎么。如果不，那是上帝欺骗了我……但是反复读着信，我没有力量签字，想象一下吧，我只……①

普希金根据这个提纲写成的诗共有79行，这里只引最后19行：

> 也许这一切全然是空想，
> 一个未经世事的灵魂的幻梦！
> 到头来却完全是另一种下场……
> 然而让它去吧！如今我把

---

① 转引自〔苏〕梅拉赫：《创作过程和艺术接受》，程正民、徐玉琴、张冰译，第114—115页。

自己的命运全向你托付,
在你面前洒下点点热泪,
恳切地请求你的保护……
试想一下吧:我孤零零一个人,
谁也不能理解我的心,
我已无力保持自己的理性,
我应当默默地去寻找死神。
我等着你:请你只看我一眼,
用它来复活我心中的希冀,
要不然就打破我这沉重的梦,
噢,给予我应得的责备!
写完了!我不敢再看一遍……
羞愧和恐惧使我手足无措……
但你的人格是我的保障,
我大胆地把自己向它付托……①

　　拿这最后写成的诗文同前面的散文提纲作对照,我们便会发现,干巴巴的合乎逻辑的理性提纲,在诗中化为充满浪漫激情的、心灵纯洁的达吉雅娜的生动形象。尽管如此,诗中形象的基调仍然是由提纲决定的,无论在提纲中还是在诗文中,我们感受到一个羞涩的、纯洁的少女对爱情的大胆追求,感受到她的痛苦和希冀。

---

① 〔俄〕普希金:《叶甫盖尼·奥涅金》,冯春译,上海译文出版社1982年版,第94—95页。

再看看《青铜骑士》第二部的提纲：

〔空旷的地方〕
〔第二天一切恢复〈正常〉〕
疯子
寒风〈雨〉
马
彼得〈的〉纪念〈碑〉
岛①

这个提纲是高度凝练的、高度概念化的，它在作品中化为富有浓烈感情色彩和生动形象的内容。"第二天一切恢复正常"这一句在作品中变为"一切事情和从前一样有条理地进行"，紧接着又用一组镜头加以形象化：街上人们淡漠平静；官员们返回衙门办公；丝毫不气馁的小贩；最后还有哼着"涅瓦两岸不幸"的赫瓦斯托夫伯爵。而"寒风"在诗文中也是这样展开描述的：

阴雨的天吹着凄冷的风
阴郁的浪冲击着码头堤岸，
幽怨地拍打光滑的石级
就像个投诉的人满怀冤屈，
站在法官的门外无人去理。②

---

① 转引自〔苏〕梅拉赫：《创作过程和艺术接受》，程正民、徐玉琴、张冰译，第116页。
② 《普希金诗选》，王志耕译，花山文艺出版社1995年版，第206页。

"无力敲击阶沿的"波浪和含冤人形象的对照充满激情，它突出了主人公叶甫盖尼的孤苦伶仃，无依无靠，表现了他那令人心酸的冤情。提纲结尾的"马"、彼得大帝纪念碑、"岛"在作品中也得到形象化的表现，作品描写了叶甫盖尼同青铜骑士最后一次相遇，"可怜的疯子"的愤怒和驯服，"威严的沙皇"的追逐，以及主人公最后的灭亡。

　　通过《叶甫盖尼·奥涅金》和《青铜骑士》几段提纲与作品诗行的对照可以看出，普希金的创作过程有很强的目的性和构想性，然而作品的诗行又不是提纲概念的形象图解，而是将提纲的概念化为充满情感的艺术形象。笔者认为其中的奥秘就在于，在诗人的整个创作过程中，思想、情感和形象始终是不分离的，他笔下的提纲是蕴含着情感和形象的概括性的提纲，他笔下的形象又是渗透着思想和情感的艺术形象。

　　思想、情感和形象的和谐统一是普希金艺术思维的特征，对于这个特征的分析给了我们一个重要的启示：一部作品能否取得成功，并不是在作品出版的时候才见分晓的，作品的命运应该说在作家开始创作时就决定了。一个作家的创作如果从生活出发，同时在整个创作过程中思想、情感和形象始终是紧密结合、不可分离的，那么他的作品肯定会取得成功；相反，一个作家的创作如果不是从生活出发，而是从概念出发，而且在整个创作过程中思想、情感和形象又始终不是紧密结合的，而是割裂的、脱离的，那么他的作品肯定会失败。

第三节　不断变化发展的艺术思维

　　普希金的艺术思维是随着现实生活和他的创作个性的变化而

变化的，它不是停滞的、僵化的，而是不断革新、不断发展的，这也正是普希金的创作富有巨大生命力的重要原因。别林斯基对此做过深刻的分析，他说："我们如果评论普希金的作品，就必须严格地按照写作年代的顺序来观察。普希金之所以和他以前的诗人不同，就在于从他作品的顺序不仅仅可以看出他作为一个诗人的不断的发展，而且可以看出他作为一个个人和个性的发展。他在任何一年中所写的诗，不只在内容上，而且在形式上和以后一年所写的必然不同……这一点很重要：它说明了普希金的巨大的创作天赋，并且指出了他的诗充满着有机的生命。这有机的生命的源泉是在于：普希金不仅推寻诗，他还以生活的现实和永远优美的思想作为诗的土壤。"①

如前所述，普希金的创作经历了从浪漫主义到现实主义的演变，在这个过程中普希金艺术思维的性质也相应发生了变化，我们只要深入诗人的创作过程就可以看到这种变化。

在浪漫主义时期，普希金虽然也是"现实的诗人"，但他把创作的主要注意力放在事物的质的确定性上，放在渲染强烈的激情上，而忽视事物和人物性格的矛盾和多样性，忽视深入揭示人物性格和激情的根源，以及人物性格和环境的相互关系。这个时期的创作提纲总体来看也都比较粗略，不注重分析和研究。这里以浪漫主义时期的代表作《高加索的俘虏》的创作为例。普希金在1822年给哥尔查科夫的信中谈到作品的创作动机时说："我想在他身上描绘出对生活和生活享乐的这种冷漠态度，描绘出心灵的

---

① 《普希金抒情诗选集》（下卷），查良铮译，江苏人民出版社1982年版，第530—531页。

这种未老先衰,这些已经成了19世纪青年的特点。"①诗人在这里提出的,实质上是现实主义的创作任务,然而他在创作中采用的却是浪漫主义的创作方法,结果遭到了失败。他说:"我的俘虏为何不追随契尔克斯姑娘投河自尽呢?作为一个人,他的行动是很有理智的,但在长诗主人公身上并不要求理智。俘虏的性格是不成功的;这证明,我不适于描写浪漫主义诗歌的英雄。"②显然,普希金的失败在于没有实现原有的构想——表现19世纪青年的典型特点:"对生活的冷漠"——在俘虏身上失望和淡漠同隐蔽的"抗议热情"和英雄主义激情混在一起了。这个缺点也表现在创作提纲和草稿上。普希金自己承认:"提纲的简单近于构思的贫乏。"③《高加索的俘虏》的最后提纲如下:

阿乌尔。	歌曲
俘虏。	回忆。
姑娘。	秘密——
爱情。	袭击
别什突	深夜
车尔凯斯人	逃脱。④
盛宴	

---

① 《普希金论文学》,张铁夫、黄弗同译,第60页。
② 同上。
③ 转引自〔苏〕梅拉赫:《创作过程和艺术接受》,程正民、徐玉琴、张冰译,第120页。
④ 同上书,第121页。

从这个提纲看不出情节的基本冲突、事件之间的连贯性和因果关系,以及主人公的面貌和主要性格特征。从草稿看也是如此,在《高加索的俘虏》的草稿中有揭示主人公生活体验的具体材料:他被俘了,他对家乡的怀念,他的痛苦。然而在诗文中这一切都被删去了,只留下了浪漫主义的抽象的形象:"他拥抱了高傲的苦痛"。

随着从浪漫主义到现实主义的创作转变,普希金对创作提纲越来越重视,他通常为拟定提纲做了不少工作。同现实主义方法相适应,普希金通过提纲的拟定,深入研究了人物行动的动机、人物性格和环境的关系、事件之间的因果关系。普希金在他的现实主义作品中力求深入思考和表现世界历史和俄国历史重大转折时期个人与群体的命运,这就使得创作过程中的分析和综合、思想和想象、性格真实和情感真实出现新的联系。这时,创作提纲成为在总的思想指导下将所获得的观察和印象加以条理化的结果,它不仅预示未来作品的面貌,而且直接参与创作过程。这一切都鲜明地体现了普希金艺术思维和谐统一的特点。

普希金创作提纲类型由浪漫主义向现实主义的转变,是以《鲍里斯·戈都诺夫》(1824—1825)为标志的。这部诗剧是俄国戏剧史上第一部现实主义悲剧。普希金在1825年写给小拉耶夫斯基的信中谈到这部作品的创作时说:"我边写边思索。大部分场面要求的只是议论;当我进行到要求灵感的那一场时,我就等它出现或者放过这一场。这种写作方法对我来说是全新的。现在我感到我的精神力量已得到充分发展,我能够进行创作了。"[①] 这里值得注

---

① 转引自〔苏〕梅拉赫:《创作过程和艺术接受》,程正民、徐玉琴、张冰译,第117页。

意的是"边写边思索",这意味着诗人对创作提纲采取全新的态度,它要求自己对悲剧的主题、人物的性格和心理、历史事件的因果关系进行深入的思考和分析。诗人在拟定提纲之前虽然曾经受到卡拉姆辛《俄罗斯国家史》的启发,但不受其宣扬维护专制制度的正统思想的局限。诗人独立研究了俄国历史,研读了俄国古代编年史以及历史学家谢尔巴托夫的《俄罗斯史》,他称剧本是"长期劳动和纯正研究的果实"。下面是话剧《鲍里斯·戈都诺夫》的提纲:

戈都诺夫在修道院。公爵们的议论——消息——广场,关于选举的消息。戈都诺夫。苦行僧——编年史家奥特烈比耶夫——奥特烈比耶夫逃亡。

戈都诺夫在修道院。他忏悔——逃亡的僧侣们。家族中的戈都〈诺夫〉——

戈都诺夫在议事。广场上议论纷纷。

——关于叛变的消息,伊琳娜之死——戈都诺夫和巫师们。

战前的僭称王——

戈都诺夫之死——关于初战告捷的消息,宴会,僭称王的出现,大贵族宣誓,背叛。

普希金和普列谢耶夫在广场上——季米特里的信——市民会议——杀害沙皇——僭称王进驻莫斯科。①

这个创作提纲同浪漫主义时期的提纲有很大差别,它比较详

---

① 转引自〔苏〕梅拉赫:《创作过程和艺术接受》,程正民、徐玉琴、张冰译,第118页。

细,同时有很明确的目的性,尽管后来的作品同提纲相比有不少变化,但基本上是遵循提纲所指出的方向发展的。这个提纲特别突出地体现出普希金现实主义艺术思维的特征,它深入揭示了人物和事件的关系、人物和社会历史环境的关系,分析性因素明显增强。其中安排了主要人物和用以揭示人物性格的主要情节,安排了主要历史事件以及事件的连贯性和内在因果关系。特别值得注意的是,提纲出现了作为情节的人民背景。例如三次提到"广场",突出"市民会议",剧本最后幕间还出现了老百姓活动的"隆礼台",并由一个"站在台上的庄稼汉"发出号召:"到克里姆林宫去!到皇宫去!……把鲍里斯的狗崽子抓起来!"[①]人民背景的出现是俄国戏剧的全新现象,也是剧本的重要支撑点,它表现了人民是决定皇位更替的重要力量。总之,在剧本中,深刻的思想和历史的内容、历史真实和艺术真实、思想和形象达到了和谐统一,它比较好地实现了普希金的艺术理想,同时也集中体现了普希金现实主义艺术思维的特点。

[①] 转引自〔苏〕梅拉赫:《创作过程和艺术接受》,程正民、徐玉琴、张冰译,第119页。

第六章 果戈理：气质、生命力和创作

我们以往在研究创作主体时，十分重视从社会学角度看待创作主体，重视作家的世界观，包括作家的政治观、社会观、道德观、美学观对创作的影响，而较少从心理学角度来看待创作主体，较少注意到作家气质、才力、身心状态、情感形态对创作的影响。如果说作家的世界观对表现社会生活的深度和广度有重要影响，那么作家的气质对作品的题材、人物和风格也有突出的影响，而作家的生命力、他的身心健康状态则往往决定作品创作的命运。

作家气质等问题虽然没能够在文艺学中得到充分研究，但已被不少理论家关注。亚里士多德在《诗学》中就谈到诗人气质同诗歌体裁的关系，他说，由于诗人个性特点不同，诗歌便分为两类："比较严肃的人摹仿高尚的行动，即高尚的人的行动，比较轻浮的人则摹仿下劣的人的行动，他们最初写的是讽刺诗，正如前一种人最初写的是颂神诗和赞美诗。"[1]苏联作家法捷耶夫也曾经指出："作家的才力、修养、智力发展的趋向、气质、意志以及其他的个人特征，在选择材料的时候都起着重大的作用。"[2]亚里士多德和法捷耶夫虽然时隔一千多年，但他们同样都注意到个性气质对创

---

[1] 〔古希腊〕亚理斯多德：《诗学》，罗念生译，人民文学出版社1962年版，第12页。

[2]《苏联作家谈创作经验》，第48页。

第六章 果戈理:气质、生命力和创作

作的影响。

杨绛先生在《记钱锺书与〈围城〉》中,也有一段话相当生动地论述了钱锺书的气质同他的创作的关系:"我认为《管锥编》《谈艺录》的作者是个好学深思的锺书,《槐聚诗存》的作者是个'忧世伤生'的锺书,《围城》的作者呢,就是个'痴气'旺盛的锺书。我们俩日常相处,他常爱说些痴话,说些傻话,然后再加上创造,加上联想,加上夸张,我常能从中体味到《围城》的笔法。我觉得《围城》里的人物和情节,都凭他那股子痴气,呵成了真人实事。可是他毕竟不是个不知世事的痴人,也毕竟不是对社会现象漠不关心,所以小说里各个细节虽然令人捧腹大笑,全书的气氛,正如小说结尾所说:'包涵对人生的讽刺和伤感,深于一切语言、一切啼笑',令人回肠荡气。"① 对于杨绛先生这段生动的论述,郑朝宗先生也有一段中肯的评介,他认为"痴气"是钱锺书先生气质的一种"异常"外观现象,"而内里却蕴藏着一股灵气",这股灵气贯穿于他一生的治学和创作中。②

由钱锺书笔者想到了果戈理。果戈理作为俄国伟大的现实主义作家,国内外论述他的创作和世界观关系的论文和专著不计其数,但很少有人从文艺心理学的角度窥探一番果戈理的世界。果戈理幼年丧父,一生坎坷,这造成他忧郁的气质。果戈理的气质同他的创作有什么关系,为什么忧郁的果戈理既写出了欢乐、抒情和浪漫的《狄康卡近乡夜话》,又写出了令人捧腹的讽刺喜剧《钦差大臣》?再有,果戈理的生命力、他的身心健康状态同他的创作又有什

---

① 杨绛:《将饮茶》,生活·读书·新知三联书店1987年版,第136—137页。
② 郑朝宗:《画龙点睛,恰到好处》,《文艺报》1986年8月23日。

么关系,为什么当他疾病缠身但精神爽健时能够写出辉煌的《死魂灵》第一部,而在身心交瘁的情况下却写出连他自己也加以否定的《死魂灵》第二部?这些都是需要我们认真加以探讨的问题。

第一节 "愉快的忧郁者"和"含泪的笑"

一般来说,作家不同气质形成作品不同风格。刘勰指出,"各师成心,其异如面","吐纳英华,莫非情性","才性异区,文辞繁诡"(《文心雕龙·体性篇》)。李卓吾在《读律肤说》中进一步阐述这种观点,他用音乐来说明,作家不同个性气质形成作品不同风格:"性格清彻者音调自然宣畅,性格舒徐者音调自然舒缓,旷达者自然浩荡,雄迈者自然壮烈,沉郁者自然悲酸,古怪者自然奇绝。有是格,便有是调,皆情性自然之谓也。"[①]这些观点一般来说是正确的,然而创作心理现象是千变万化、十分复杂的。豪迈者的作品定然是壮烈的吗?沉郁者的作品定然是悲酸的吗?其实不尽然。果戈理是公认的沉郁者,他固然写出了十分悲酸的《外套》,然而也写出了十分欢快的《狄康卡近乡夜话》、辛辣的《钦差大臣》,这种现象又作何解释呢?

创作心理现象是一种既十分隐秘又非常复杂的现象。作家心理同创作的关系,作家气质同创作的关系,并不是一种表层的、外在的、直线的关系,而是一种深层的、内在的、曲折的关系。那种以为有什么气质便有什么风格的直线逻辑在这个领域是行不通

---

① 转引自王元化:《文心雕龙创作论》,上海古籍出版社1979年版,第120页。

的。下面让我们来看看欢快的《狄康卡近乡夜话》和辛辣的《钦差大臣》这两部风格迥异的作品同果戈理忧郁气质的内在关系。

《狄康卡近乡夜话》是果戈理的成名之作，作者用浪漫主义的笔调刻画了乌克兰人民智慧、勇敢和热爱自由的性格，表现了乌克兰迷人的风情，全书充满欢快、清新、幽默的情调。拿别林斯基的话说，这部集子是"小俄罗斯的诗的素描，充满着生命和诱惑的素描。大自然所能有的一切美好的东西，平民乡村生活所能有的一切诱人的东西……都以虹彩一样的颜色，闪耀在果戈理君初期的诗情幻想里面"。① 然而就是在这部小说集中，我们也能听到果戈理忧郁的心声。

就拿其中的小说《索罗庆采市集》来说，在这篇小说里，作者把乌克兰农村集市的兴旺景象同男女青年初恋的欢乐加以对照，烘托出一种欢快的气氛。其中值得注意的是小说末尾对欢乐婚礼的描写："当看到穿粗布褂子、生着长长的卷曲的胡髭的乐师把弓子一拉，整个人群自愿或不自愿地跟着变成统一而和谐的一团的时候……阴沉的脸上仿佛一辈子没有闪露过一丝微笑的人们，也都顿着脚，扭动起肩膀来了。一切奔驰着。一切舞蹈着。"可是后来，"喧闹声、笑声、歌声慢慢地静了下来。弦索渐息，含糊的音响减弱下去，消失在空漠的大气中。什么地方还可以听见顿脚的声音，有点象遥远的海洋的低语，不久一切都变得静寂而消沉了……欢乐——这位美丽而变幻无常的客人，不就是这样从我们身边飞走，徒然让残留的一声两声来表示快乐的么？声音在自己的回声里听出了哀愁和荒凉，迷惑地谛听着。蓬勃而放纵的青春的活泼

---

① 《别林斯基选集》第1卷，满涛译，第198页。

的游伴,不就是这样一个跟着一个在世间消逝,最后,把一个老伙伴孤单单地撇在后边？遗留下来的人可真寂寞啊！心里感到沉重而悲哀,毫无解脱的办法"。①

在这段描写里作者的情绪发生突变,好像快乐的琴弦突然绷断了,随之而来的是令人揪心的哀愁。柯罗连科指出:"随着沸腾洋溢的欢乐而来的这一声令人肠断的苦闷的叫喊,是从一个二十岁的青年的胸中迸发出来的！"②当年普希金在读完《狄康卡近乡夜话》后的第一个反应是:"真是一本愉快的书",过了不久,诗人也以自己的敏锐感受听出果戈理"笑"的全部复杂性,他认为果戈理是个"愉快的忧郁者"。看来,普希金和柯罗连科都从果戈理早期充满快乐浪漫情调的小说中听出了年轻果戈理的寂寞、苦闷和哀愁的心声,认定他的气质是忧郁型的。问题在于忧郁的果戈理为什么会写出欢乐情调的作品,这两种截然对立的现象是怎样统一起来的。

果戈理在《作者自白》中说:"人们在我的初期作品中所看到的那种愉快,其原因在于某种精神要求。我有一种自己也无法解释的苦闷,常常发作。这种苦闷也许是由我的疾病产生的。为了要使自己开心,我……想出些十分可笑的人物和性格来,想象地把他们布置在最可笑的境遇中,完全不去考虑这样做是为什么,有什么好处以及对什么人有好处。在青春时代心中往往不会发生任何疑问,是青春的力量怂恿着我这样做。这便是我那些初期作品的来源,这些作品使得有些人——也使得我自己——无忧无虑地欢笑,

---

① 《果戈理选集》第1卷,满涛译,人民文学出版社1983年版,第42—43页。
② 〔俄〕柯罗连科:《文学回忆录》,丰一吟译,人民文学出版社1985年版,第187页。

使得另一些人困惑不解：一个聪明人怎么会想出这种蠢话来？"①

果戈理在1847年12月29日给茹可夫斯基的信中也承认："我是忧郁的气质和倾向于沉思的性格。后来又加上病态和忧郁症。而这种病态和忧郁的心情却成了我早期作品中表现出快乐情绪的原因。为了使自己快乐，我在缺乏进一步的目的和人物设想的情况下进行虚构，将人物置于令人发笑的地位——这样就产生了我的中篇小说。"②

果戈理这两段自白都很精彩，它深刻说明了果戈理的气质和作家早期创作的内在联系。生活的苦闷和疾病造成果戈理忧郁的气质，他通过早期充满欢乐情调的作品来发泄和排解自己心中的郁闷，他的创作成为自己的一种精神需要。我们从中可以看到，作家心中的苦闷以及由于这种苦闷而造成的忧郁气质是根本的，是第一位的，至于采用什么形式来发泄和排解那是第二位的，而且也不是绝对的。作家在生活的不同时期，根据自己对生活认识的深化和审美情趣的变化，采用各种不同的形式来发泄和排解心中的郁闷，来表现自己的审美理想。但是不管作家采用什么形式，作家的内在气质总是要在风格迥异和情调迥异的作品中尽力表现出来，总是要影响作品的基调。这就可以说明，为什么在生活的欢乐战胜生活的苦闷和哀愁的《狄康卡近乡夜话》中，我们依然可以听见孤独、忧郁的声息。

如果说果戈理在《狄康卡近乡夜话》中，是通过欢乐浪漫的情调来发泄心中的苦闷和忧郁的，那么在后来的作品中，果戈理主要

---

① 〔俄〕柯罗连科：《文学回忆录》，丰一吟译，第194页。
② 《果戈理全集》第6卷，俄文版，第378—379页。

通过辛辣的讽刺和笑来发泄心中的苦闷和忧郁,也就是说,辛辣的讽刺和喜剧的形式是体现果戈理忧郁气质的另一种表现形式。忧郁的气质和喜剧形式的奇妙结合,构成果戈理一系列作品的重要特色。

果戈理在1835年连续发表的两部小说集《密尔格拉得》《小品集》和后来的《彼得堡故事》中,一反早期作品欢乐抒情的情调,开始采用讽刺的笔调揭露现实的丑恶,作品的内容、形式和风格都有明显的变化,进入了创作的新阶段。可是我们看到,果戈理尽管用讽刺代替抒情,但内在的气质仍然是忧郁的,这点被别林斯基敏锐地发现了。他指出,在《旧式地主》里,作者对地主阶级无聊、猥琐和赤裸裸的、丑恶至极的生活进行了彻底的揭露。在尽情大笑之后是深刻的悲哀,他认为这是"一部名符其实的含泪的喜剧"。①至于《狂人日记》,他认为是"对于生活和人、可怜的生活、可怜的人的温厚的嘲笑","你仍旧会对这个蠢物发笑,可是你的笑已经消溶在悲哀之中"。②别林斯基在对这两部小说集的作品做了具体分析之后又做了总结,他指出果戈理创作的重要特色是"表现在那总是被深刻的悲哀之感所压倒的喜剧性的兴奋里面"。③关于果戈理创作的这一特色,别林斯基在另一处又做了进一步的分析,他认为果戈理创作中的悲剧因素和喜剧因素不是相加的,而是融合的。他说:"在看似喜剧性的中篇小说《外套》中,在既可笑又可怜的阿卡基·阿卡基耶维奇的身上及其命运中,都可以强烈感到悲剧性因素。在《旧式地主》里,读者出自好心的愉快的笑化为令人心

---

① 《别林斯基选集》第1卷,满涛译,第193页。
② 同上书,第193—194页。
③ 同上书,第193页。

碎的忧郁之感……我们可以在果戈理的大部分喜剧性作品中观察到这一悲剧因素。"他认为，果戈理创作中喜剧因素同悲剧因素的融合是"他的才能最突出的和最鲜明的特色"，表现了他的"伟大优点"。①

果戈理内心的苦闷和忧郁同喜剧形式的奇妙结合，在《钦差大臣》中被表现得更为淋漓尽致。在这个喜剧里，作家利用喜剧的夸张形式和辛辣的讽刺，逼真地反映了俄国专制制度的主要矛盾，揭露了官僚阶级的种种丑态和腐败。作家在《作者自白》中说："在《钦差大臣》中，我决心要把我当时所知道的俄国的一切恶习、发生在最需要公正的地方和场合的一切不公正行为全部汇集起来，概括地加以嘲笑。"②然而果戈理的这种嘲笑绝不是专供人消遣的无聊的笑，它饱含着作家悲切的热泪，蕴含着深刻的社会意义。赫尔岑在《论俄国革命思想的发展》一文中，深刻分析了果戈理笑的内在含义："在莫斯科的天空下，在他的心头，一切都变得阴沉、朦胧、充满敌意。他继续发笑，甚至比以前还厉害，然而这是另一种笑，只有那种心地十分冷酷或者过分天真的人才会错会笑的意义。果戈理离开他的小俄罗斯人和哥萨克走向俄罗斯人的时候，就不再描写老百姓，而集中注意他们的两个最可诅咒的敌人：官僚和地主。在他之前，从来没有一个人把俄国官僚的病理解剖过程写得这样完整。他一面嘲笑，一面穿透进这种卑鄙、可恶的灵魂的最隐秘的角落。"③

果戈理的笑为什么具有赫尔岑所说的穿透力呢？果戈理在

---

① 《别林斯基全集》第13卷，苏联科学院出版社1953—1959年版，第222页。
② 《果戈理全集》第8卷，俄文版，第440页。
③ 《赫尔岑论文学》，辛未艾译，第71—72页。

《剧场门口》一文中做了分析，他在谈论《钦差大臣》时提出了"为笑一辩"的论点，他深为"没有一个人发现剧中有个正面人物"而感到遗憾，他指出这个"无往而不在"的"正直而高尚的人物就是笑"。在果戈理看来，这种笑"要比人们所想象的重要得多，深刻得多。这个笑，不是那种出于一时的冲动和喜怒无常的性格的笑，同样也不是那种专门供人消遣的轻松的笑；这是另一种笑，它完全出于人的明朗的本性，其所以如此，是因为在人的本性的最深处蕴藏着一个永远活跃的笑的源泉，它能够使事物深化，使可能被人疏忽的东西鲜明地表现出来，没有笑的源泉的渗透力，生活中的无聊和空虚便不能振聋发聩"。①果戈理所说的"笑的源泉"，其实就是作家内在的气质，是作家对生活深刻的认识，是作家忧愤的情感，是作家崇高的审美理想，正是有了这个源泉，才使得果戈理的笑对现实具有强烈的穿透力，并使人的情感得到净化和升华。

果戈理的《死魂灵》也体现了作家创作中悲喜剧因素相结合的特色，不过比起《钦差大臣》，它对俄国生活的揭露要更为广泛和深刻，它对贵族地主的无情揭露震撼了整个俄罗斯。别林斯基在拿《死魂灵》同《伊利亚特》对比时，曾经深刻指出："在《伊利亚特》里，生活被提高到华美的极致；在《死魂灵》里，生活败坏，被否定；《伊利亚特》的激情，是从那对于神妙境界的直观而来的幸福的陶醉；《死魂灵》的激情则是通过世人看得见的笑和他们看不见、不明白的泪来直观生活的幽默。"②别林斯基认为，《死魂灵》的力量在于它的真实，在于它对生活的否定，然而作家对生活并

---

① 转引自胡湛珍：《果戈理和他的创作》，北京出版社1982年版，第75页。
② 《别林斯基选集》第1卷，满涛译，时代出版社1958年版，第467页。

第六章　果戈理：气质、生命力和创作

不是冷酷的、缺乏爱心的，他是用泪水来直观生活，他的否定和讽刺是由满怀炽热的爱引发的。在这部长篇小说里，我们可以看到，讽刺的主题常常同为生活的丑恶而忧心如焚的悲剧性主题并行发展。

　　通过上面的分析可以清楚地看到，果戈理忧郁的气质对他一生的创作都有影响，是经常起作用的因素，只不过在不同时期表现形式各不相同而已。从创作心理学的角度来看，作家的气质和作家创作的关系是十分微妙的。作家出于个人和社会的种种原因，往往内心苦闷，气质忧郁，而这种苦闷和忧郁必然使作家的心理失去平衡。在这种情况下，作家常常需要通过创作来发泄心中的苦闷和忧郁，以达到心理平衡。如前所述，果戈理把这种现象称作"某种精神要求"。问题在于果戈理早期和后期为什么会采取迥然不同的艺术形式来发泄心中的苦闷和忧郁呢？这是一个更为复杂的问题。总的来说，这是同作家对生活认识的变化，同作家情感的超越和升华相联系的。果戈理早期的苦闷和忧郁更多的是个人的苦闷和忧郁，他在生活中找不到出路，他主要是通过欢快抒情的作品来发泄心中的苦闷和忧郁，他的《狄康卡近乡夜话》更多地体现出青年人对美好生活的向往，对生命的追求。后来果戈理对俄国社会逐步加深了认识，他开始看到生活中丑恶的东西，地主官僚的丑恶和腐朽使他感到激愤，这时作家感叹的已不是个人命运的不幸，而是整个俄罗斯的无尽的苦难，他的个人的苦闷和忧郁已升华为全民的苦闷和忧郁。作家早期欢快抒情的作品已无法发泄全民的苦闷和忧郁，因此他只有用充满辛辣讽刺的喜剧来发泄全民的苦闷和忧郁。他的作品一以贯之的悲喜剧因素相结合的独特艺术风格，便是由此产生的。从这里我们可以看出作家的气质同作家思想感情变化的联系，看出作家气质变化对作品内容、形式和风格的深刻影响。

第二节　生命力、身心健康和创作

除了气质以外，作家的生命力、身心健康状态对创作也有很大影响。作家总是把作品看成自己心血的凝聚、生命的流溢。托尔斯泰曾经说过："只有当你每次浸下笔，就像把一块肉浸到墨水瓶的时候，你才应该写作。"① 迦尔洵也这样说过："我实际上是仅仅用我的不幸的神经来写作，每一个字母费去我的一滴血，这决不是夸大其词。"②

作家的生命力、他的身心健康状态总是要在创作中留下痕迹的。如果作家心境平和，他的作品总是从容不迫，行文流畅；如果作家焦灼不安，你就会感到他的作品始终有什么在燃烧。作家的身体健康对于创作固然十分重要，然而更重要的是作家的精神健康。有了精神健康，作家即使身患病痛，也能战胜疾病去进行创作；反之，如果作家产生精神危机，即使他有健康的身体，也仍然写不出什么好作品来。有些作品你一看就知道是作家凝聚心力写成的，内容充满生命的力量，整体无比从容和谐；有些作品你一看就知道作者心力已经涣散，本身像一条枯涩的河流，没有生命的流动，整体芜杂、零乱。

---

① 〔苏〕古德济：《托尔斯泰评传》，朱笄译，第160页。
② 〔俄〕柯罗连科：《文学回忆录》，丰一吟译，第281页。

第六章　果戈理:气质、生命力和创作

在果戈理身上,我们也可以清楚地看到作家的生命力、身心健康状况对他创作的重大影响。果戈理从小体弱多病,心灵饱经忧患。他的一生疾病不断,而且不断产生精神危机,他的创作涨落是随着他的身心健康的状况而起伏的,身体的疾病固然会导致精神消沉、颓丧,然而精神反过来也能影响身体体质。在果戈理的创作生涯中,我们常常可以看到疾病和精神两者之间反复不断的斗争,而他的作品正是这种斗争的产物。正如柯罗连科指出的:"果戈理的每一部作品,不但是艺术珍品,而且是从致命的疾病手中夺得的胜利,是人的精神对命定的疾病的胜利。而且这种斗争和这两种胜利是在一块清扫干净的场地上进行的,凡是可能使这场地复杂化的一切生活条件,全都被排除掉了。可以明确地说,这是天才同致命的疾病的真正的决斗,在这决斗中,天才的每一次奏捷都标志着俄罗斯文学的新的胜利。"[①]

果戈理的作品确实是同身体疾病和精神疾病斗争的产物。果戈理的父亲从小健康不良,他的身体衰弱常使他感到绝望,他异常多疑,经常陷入忧郁状态,45岁就早逝了。据果戈理说,他父亲的死,不是由于某种明确的疾病,而是"出于对死亡的恐惧"。父亲的这份"遗产"完全由果戈理承继了,他也是从小多病,精神忧郁,他早在少年时代就预料到自己的一生是短暂的。他在1837年写给茹可夫斯基的信中说,"我爱惜寸阴,因为我不相信我会长寿"。[②]在去世前14年(1838年),他又写道:"唉,我健康不良,可是雄心浩大……唉,朋友,如果我再能健康工作五年该多好啊!"[③]俄国医

---

① 〔俄〕柯罗连科:《文学回忆录》,丰一吟译,第202页。
② 同上书,第192页。
③ 同上书,第193页。

生巴热诺夫在《果戈理的病和死》(《俄国思想》1902年2月号)一文中把果戈理所患之病称为"抑郁性神经病"。①如前所述,果戈理是从创作中找到战胜身心疾病的出路的,在他身上,身心的疾病同创作的喜悦这两种相反的力量一直在进行搏斗。这种搏斗贯穿作家整个创作生涯,一直十分剧烈,但不总是取得胜利。

在《钦差大臣》初次演出(1836年4月19日)后,果戈理就经历了一次重大的精神危机。喜剧的上演在俄国社会引起强烈的反响,以别林斯基为代表的进步阵营给予积极肯定,而反动阵营却发起一次猛烈的攻击。据安年科夫回忆,官高爵显和贵族阶级的观众对首演困惑不解,"大多数观众以为表演的是滑稽剧,因而可以放心,并且一直采取这样的看法。有两三次听到哄堂大笑。然而快到第四幕的时候,笑声就敛缩起来,消失了。几乎没有人再鼓掌。到第四幕末了,紧张的注意差不多变成了一致的愤怒……从四面八方传来特等观众的一致的嚷嚷声:这是不可能的,这是诽谤,是胡闹……"②沙皇也认为,"大家都受到谴责,而我受到的最多"。这样一来,多数报刊评论都指责果戈理,认为他写的全是反面人物,没有写出可以"寄托道德感情"的有德行的人物。在反动势力的疯狂进攻下,果戈理感到自己不被理解而陷入深深的苦闷和绝望之中,他没等演出结束便离开剧场。果戈理在给普希金的信中说:"我身心交瘁了。我发誓,没有一个人知道,也没有一个人看到我的痛苦。"③在首演后十天,他在给主要演员谢普金的信中说:"年长的、可敬的官吏们大声疾呼,说我胆敢这样讲到公职人员,简

---

① 转引自〔俄〕柯罗连科:《文学回忆录》,丰一吟译,第193页。
② 同上书,第202—203页。
③ 同上书,第204页。

第六章 果戈理:气质、生命力和创作

直目无神圣,警察反对我,商人反对我,文学家反对我……我现在才明白,做一个喜剧作家是什么滋味。只要有一点真实的影子,人家就会反对你,并且不只一个人,而是整个阶层。"①这种看法本来很正确,可是果戈理并没有坚持这种看法,反而在种种压力下很快就谴责起自己来。他在另一封信中说:"从一开始……我在剧院里就感到寂寞了。我并不关心观众是否欢喜,是否能接受。在所有当时在场的人中间,我只怕一个审判官,这个审判官就是我自己。我在自己内心听见我对自己这个戏剧的责备和埋怨,这个声音压倒了其他一切声音……"②

由于《钦差大臣》的演出而招来的反动阵营的诽谤和中伤,使思想本来就不坚定的果戈理深深感到苦闷和绝望,而精神上的痛苦又加剧了他的肠胃病。处于"身心交瘁"状况的果戈理根本无法进行创作。1836—1841年果戈理到了国外,先后在法国、德国和意大利漂泊(1840年曾一度回国),目的是治疗身体疾病和精神创伤,同时,正是在这期间作家写出了《死魂灵》第一部,这部伟大作品可以说是作家同身心疾病拼搏的心血结晶。

果戈理早就开始构思和创作《死魂灵》,他在1835年10月写给普希金的信中说:"我已动手写《死魂灵》了,故事拉得很长,将会是一部卷帙浩繁的长篇小说,而且它也许很可笑。但我现在却在第三章上搁笔了……我打算在这部长篇小说里把整个俄罗斯反映出来,即使是从一个侧面也好。"③果戈理把《死魂灵》手稿带到国外,陆续进行创作。在这期间果戈理由于预感到自己不

---

① 《果戈理选集》第6卷,俄文版,第232页。
② 〔俄〕柯罗连科:《文学回忆录》,丰一吟译,第204页。
③ 《果戈理选集》第6卷,俄文版,第229页。

会长寿,于是就极力排除一切干扰,把全部生命力集中于创作。他在给朋友的信中常说:"我的天!多么好的题材!""谁知力量够不够啊!……""只要足以完成《死魂灵》的一点生命,此外我一小时也不向上帝要求了!""你问我罗马事件,我一个字也不回答你。""不,不要使我分心。我发誓,这是罪过,是大罪过,是深重的罪过。"①

尽管果戈理想集中生命力进行创作,然而他的健康状况一直不稳定,他在给国内朋友的信中常常诉苦,抱怨健康不佳。他在1838年给维亚捷姆斯基的信中说:"我的健康不良。极轻便的工作也会使我的头沉重起来。意大利,我的娇媚可爱的意大利,延长了我的生命。然而要完全根除这专横地侵入我的身心的疾病,它没有这能力……如果我不能完成我的工作,那可怎么办呢?"同年,在给波戈金的信中说:"我的病本来似乎好些了,现在又厉害起来……"②

非常有意思的是,在果戈理这几年的通信中,既有抱怨健康不佳的,也有倾诉创作的满足和得意之情的。他在1836年给茹可夫斯基的信中说:"《死魂灵》进展很快,比在沃韦时更活跃,更爽利。我简直觉得仿佛身在俄国了。我眼前的一切都是我国的景象:我国的地主、我国的官吏、我国的军官、我国的农民、我国的村舍——总而言之,是我们整个正教罗斯。"③根据贝尔格回忆,果戈理曾向他讲过1838年发生的一件事,果戈理说:"有一次我行驶在詹萨诺与阿里巴诺两个小城之间;时值七月。途中高坡上有家蹩脚的饭

---

① 〔俄〕柯罗连科:《文学回忆录》,丰一吟译,第205—206页。
② 同上书,第208页。
③ 同上书,第209页。

馆,大厅里设有台球,一天到晚都是撞球声和操着各种语言的说话声。过往旅客必定在这儿打尖,特别是天热的时候。我也下来打尖。那时我正在写《死魂灵》第一卷,那个笔记本一直带在身边。我不知道为什么,就在走进这家饭馆的那一刹那,突然想写作了。我吩咐摆张小桌子,便坐在一个墙角里,从皮包里取出手稿本。在滚动的台球的大声撞击声中,在极度的喧哗声中,在仆役的奔跑声中,在烟雾腾腾声中,在令人窒息的空气里,我仿佛陷入梦境,没动地方就写了整整的一章,我认为这一章的文字是最富有灵感的文字之一。我写东西的时候很少这样振奋过。"①贝尔格的这段回忆足以说明果戈理在国外期间既是疾病缠身,同时又时常精神振奋,创作情绪高涨。

果戈理在疾病缠身的情况下又怎能创作热情高涨?这是一个很有意思的创作心理学问题。作家本人于1841年写给茹可夫斯基的信中,有一段话为解答这个问题提供了思考的线索。他说:"我不能说我是健康的。不,身体也许比以前更坏。然而我比健康更胜一筹。我常常在刹那间听到奇妙的声音,体验到内在的、伟大的、包含在我自己心里的奇妙的生活,我宁愿不要任何幸福和健康。"②这段话说明,对于作家来说,第一,身体健康固然重要,精神健康、创作的欲望和激情更为重要;第二,精神健康、创作的欲望和激情往往可以战胜身体的疾病;第三,一旦进入创作境界,出现创作激情,往往为了创作宁愿牺牲身体健康。针对果戈理的健康和创作的关系,柯罗连科有一段生动深刻的描述:"艺术构思一经找到自

---

① 〔俄〕屠格涅夫等:《回忆果戈理》,蓝英年译,天津人民出版社1986年版,第184页。

② 〔俄〕柯罗连科:《文学回忆录》,丰一吟译,第210页。

己的形象,就获得了一种犹如自己的有机生命般的东西,并按照自己的规律向前进展。这种井井有条地进展的思考,是一种几近于自发的过程,可以作为作者的高度满足的源泉。我们不要忘记,按照果戈理的明确的记述,他最初的那些幽默形象竟是在精神压抑的期间产生的。现在,当这位天才人物的稳固下来的想象力在生动的艺术构思急流中推进的时候,他的创作是一股强大的、有益身心的力量……那种神秘的病,其全部作用在于引起精神压抑的那种病,在这浩浩荡荡奔向指定目标的特殊热情的急流面前就退避三舍了……"①

如果说《死魂灵》第一部是果戈理的精神力量和创作激情战胜身体疾病的心血结晶,那么《死魂灵》第二部以及果戈理的焚稿则是作家身心交瘁的必然结果。

《死魂灵》第一部发表后,果戈理在1842—1848年又到了国外,这时欧洲工人运动和社会斗争风起云涌,国内各派社会势力的思想斗争日益尖锐,果戈理作品也成了两派争论的中心。果戈理本想躲到国外安心从事《死魂灵》第二部的创作,实际上这是办不到的。在国外,他脱离了国内进步文学界,接近他的又是斯拉夫派中坚分子,他们的反动保守思想给了果戈理很深的影响。这样,果戈理又陷入严重的精神危机,他追求道德自我完善,主张到宗教迷信、神秘主义之中寻找安宁。这种情绪明显表现在《死魂灵》第二部中,他企图在作品中塑造性格深沉、内心丰富、蕴蓄着内在力量的俄国人,塑造充分揭示足以显示我们门第的高尚气度的某些最好特征的地主形象。由于作家创作思想的迷误和脱离现实生

---

① 〔俄〕柯罗连科:《文学回忆录》,丰一吟译,第210—211页。

活,作品所塑造的人物十分苍白,整个作品没有生命力,充分表现了作家创造力的严重衰退。这种写作是十分痛苦的,作家常常不满于写得虚伪而陷入绝望,果戈理曾经这样说过:"我折磨自己,强制自己写作,经受着沉重的痛苦,全身软弱无力。这样的强制多次招致疾病,什么也不能做,结果一切都搞得勉勉强强,十分糟糕。由于这个原因,忧郁许多次、许多次地朝我袭来,我几乎陷入绝望……"①这是1845年夏天的事。写完《死魂灵》第二部后他又病倒了。他在疗养院养病期间反复阅读初稿,清醒意识到三年来所写的一切都是"十分糟糕的",于是他将部分手稿付之一炬,他认为这是因为这部手稿"未能了如指掌地为任何人指出通往崇高和美的途径"。②

在焚稿后一段时间里,果戈理的情绪更加消沉、颓丧,他常常想到死,他在给亚济科夫的信中写道:"无论如何,我的疾病的发展是自然的。它使精力衰竭。在任何情况下,我的寿命都长不了。我的父亲也是生来虚弱,去世得早,他是由于自身精力的衰竭,而不是由于患病而死的。"③

果戈理的精神危机在1847年出版的《与友人书简选》中暴露得最为突出。他对过去所写的揭露社会罪恶的作品公开表示忏悔,认为《死魂灵》"满是漏洞、时代错误,对许多事物显然无知,有些地方甚至是故意地写了凌辱、触犯的话"。说他微不足道的才能仅仅是"把庸人的庸俗这样有力地勾勒出来,使得一切轻易滑过的

---

① 〔苏〕伊·佐洛图斯基:《果戈理传》,刘伦振等译,天津人民出版社1982年版,第490页。
② 《果戈理选集》第4卷,俄文版,第92页。
③ 〔苏〕伊·佐洛图斯基:《果戈理传》,刘伦振等译,第650页。

琐事会显著地显现在大家眼前",并且宣称自己"生到世上来,决不是为了要在文学领域中划一时代",①而是为了拯救自己的灵魂。《与友人书简选》出版后,立即受到反动文人的喝彩,鼓吹"果戈理的灵魂得救了",而进步文学界却为果戈理感到难过,别林斯基在《同时代人》杂志发表书评,并写了《给果戈理的一封信》。他为果戈理的行为感到愤怒,指出:"一位伟大的作家,曾经借优美绝伦、无限真诚的作品,如此强有力地促进俄国的自觉,使她能够像在镜子里一样看到自己,——这位作家,现在却出版了这样一本书,凭着基督和教会之名,教导野蛮的地主榨取农民更多的血汗,更厉害地辱骂他们。"②

从此,果戈理一蹶不振。他在1851年勉强完成《死魂灵》第二部全部手稿,这时他已经像一匹筋疲力尽的老马,他的作品流露出的是思想的疲惫和倦怠。他一生的最后三年是向"衰老"斗争的痛苦的三年,1852年2月11日,他将《死魂灵》第二部手稿投进熊熊燃烧的烈火中。焚稿后十天,果戈理离开人世。年仅43岁,结果比他父亲还少活了两岁。

果戈理晚年的悲剧,主要应从政治思想上加以分析,这是完全正确的,然而人们忽视了另一方面,忽视了造成果戈理悲剧的生理和心理因素。这两方面实际上是相互联系的,正是果戈理思想上的迷误和精神上的危机造成他心灵的疲惫,而心灵的疲惫又加重了他的疾病。生理的和心理的疾病最后使得果戈理身心交瘁,以致完全丧失创作能力。看来作家生命力衰竭之时,也正是他创作

---

① 《别林斯基选集》第2卷,满涛译,时代出版社1958年版,第298—304页。
② 同上书,第320页。

结束之日。

从果戈理《死魂灵》第一部和第二部的创作同作家的身心健康关系来看，我们深深感到文学创作本身也是一种生命现象。人的生命有生长、发展和衰老的过程，有一定的规律可循，作家的创作也有生长、发展和衰落的过程，也有一定的规律可循。同时，人的生命和作家的创作生命也有密切的关系，也有一定的规律可循。从根本上，人的生命力决定了创作的生命力，然而反过来看，创作的生命力也会影响作家的生命力，这点我们在果戈理的创作生涯中看得很清楚。

作家把自己的创作当作自己生命的一部分，当作自己生命的延续。真正伟大的作家总是把创作当作自己的生命，他们在自己的创作中融进自己的血肉，他们的作品就是自己心血的结晶。在这种作品中，我们可以感到生气的灌注，可以感到生命汩汩的流动。作家把自己的生命和创作结合得这样紧密，以致他们一旦停止创作，生命也就很快终结了。

人的生命力包括身体的力量和精神的力量，也就是生理力量和心理力量这两个方面。这两股力量在人体中是一种统一的力量，也是一种相互影响的力量。人的身体力量是人的生命的基础，人的精神力量是人的生命的主宰。人的身体状况会影响人的精神状况，人的精神状况也会影响人的身体状况，这就是我们平常所说的体弱神衰和心宽体胖的现象。创作作为一种生命现象也必然要受到生命的这两种力量的影响。作家的身体健康是创作的基础，作家的精神健康却是创作的主宰力量。作家身体健康与否会影响创作，然而作家的精神状态更是会对创作起决定作用。这是因为创作同时作为一种精神现象，它主要受精神因素制约。作家一旦进入创作状态,就会忘却一切,就会浮想联翩,心潮澎湃,得到一种创作喜悦,这本身就是一种精神力量。这种强大的、有益于身心的力量会帮助作家战胜身体的疾病,使他取得创作成果。

　　作家创作同作家气质、身心健康的关系,归根到底是作家创作同生命的关系。我们只有把创作当作一种生命现象来看待,并且进行合乎生命规律的分析,才能有助于真正解开创作心理之谜。

第七章 屠格涅夫:"特殊音调"和"特殊构造的喉咙"

屠格涅夫的创作是俄国现实主义发展的一个高峰,他是第一个拥有世界影响力的俄国作家。美国作家亨利·詹姆斯称他为"小说家之中的小说家",他在《屠格涅夫和托尔斯泰》一文中指出:"我可以把屠格涅夫,在一个罕有的程度上,称之为一位小说家之中的小说家——他的艺术影响力是价值珍贵、与众不同、根深蒂固、确定不移的。"①

如果拿屠格涅夫同俄国现实主义文学发展的另外两座高峰——陀思妥耶夫斯基和托尔斯泰加以比较,你便会发现他们虽然都为俄国现实主义文学做出重大贡献,也都产生了重要国际影响,但是作为文学大师,他们也都有自己鲜明的创作个性,他们的现实主义是各放异彩的。

屠格涅夫的创作具有鲜明独特的创作个性,他也非常重视作家的创作个性,他曾经这样说过:

> 在文学天才身上……不过,我认为,也在一切天才身上,重要的是我敢称之为自己的声音的一种东西。是的,重要的是

---

① 〔美〕亨利·詹姆斯:《屠格涅夫和托尔斯泰》,智量译,《文艺理论研究》1982年第2期。

自己的声音。重要的是生动的、特殊的、自己个人所有的音调,这些音调在其他每一个人的喉咙里是发不出来的……为了这样说话并取得恰恰正是这样的音调,必须恰恰具有这种特殊构造的喉咙。这正像禽鸟一样……一个有生命力的、富有独创精神的才能卓越之士,他所具有的主要的、显著的特征也就在这里。①

屠格涅夫在这段话里所说的"自己的声音"和"特殊的、自己个人所有的音调",显然是指作家的创作个性。那么他所说的能够发出这样的音调的"特殊构造的喉咙"指的又是什么呢？这里笔者认为他指的是作家的心理素质和才能。屠格涅夫这段话相当生动地说明了作家创作个性和作家心理素质、才能的关系。在他看来,凡是作家都有喉咙,都能发出音调,但是只有特殊的心理素质和才能的作家才能具有独特的创作个性,而他所珍视的正是作家特殊的才能和独特的创作个性。

普通心理学认为,才能是指同活动的要求相符合并影响活动效果的个性心理特征的综合。从这种观点来看,作家的才能便是同文学创作活动的特殊要求相符合的并影响文学创作活动效果的作家个性心理特征的综合,实际上也就是作家之所以成为作家所需要的心理素质。

车尔尼雪夫斯基曾经概括过文学才能几个基本的方面,他写道:"人只须能够理解真人的性格的本质,能用敏锐的眼光去看他就行了,而这正是诗的天才的特征之一;此外,还必须理解和体会

---

① 《俄国作家论文学劳动》第2卷,苏联作家出版社1955年版,第712—713页。

这个人物在被诗人安放的环境中将会如何行动和说话,这是诗的天才的又一面;第三,必须善于按照诗人自己的理解去描写和表现人物,这也许是诗的天才的最大特征。"① 车尔尼雪夫斯基看到了文学才能的三个重要方面:敏锐的艺术感受力和观察力、丰富的艺术想象力、高度的艺术表现力。屠格涅夫对文学才能也曾经提出过自己的看法,他在《歌德的作品〈浮士德〉》一文中分析了歌德的文学才能。他认为歌德在创作中善于把非常专心致志的才能"同不断观察的才能","同非常发达的内省的才能……以及无限多样和富于敏锐的幻想"和谐地结合起来。②

那么,作为文学天才的屠格涅夫的特殊音调是什么呢?发出这种特殊音调的具有特殊构造的喉咙又是什么呢?

只要你深入屠格涅夫的艺术世界,你便会既感受到强烈的时代气息、时代脉搏的跳动,又会感受到各种人物心灵的无穷的奥秘和颤动,同时还会感受到生活迷人的诗意,这几个方面的高度融合便形成屠格涅夫特殊的音调。而发出这种特殊音调的具有特殊构造的喉咙,笔者认为就是从作家感受生活和表现生活中鲜明体现出来的创作心理素质和创作才能,具体说,就是作家善于敏锐地、真诚地、细腻地和富有诗情地感受生活和表现生活的能力。

屠格涅夫在自己的一生中有两次比较系统地总结自己的创作,一次是在《关于〈父与子〉》(1869)中,一次是在《六部长篇小说总序》(1880)中。在这两篇文章中,屠格涅夫系统总结了自

---

① 〔俄〕车尔尼雪夫斯基:《生活与美学》,周扬译,人民文学出版社1959年版,第78页。
② 〔苏〕科瓦廖夫:《文学创作心理学》,程正民译,福建人民出版社1983年版,第81页。

己的创作,讲述了每部小说的创作过程,并且真诚地袒露了自己的创作心迹,他针对文坛对他的种种指责,希望读者能理解他的创作追求,他说:"我做到了多少——不由我来判断;可是我敢于希望,现在读者们将不会再怀疑我的愿望的真诚性和一贯性。"①下文主要根据作家这两篇自白,参照作家书信和有关回忆录,并结合作家的作品,试着分析屠格涅夫创作心理素质和创作才能的某些重要特点。

第一节 "做一个忠诚老实的人"

真诚是作家最可贵的品格,也是作家最重要的创作心理素质。所谓真诚,就是作家必须能够顶住外界强大的压力,能够摒弃个人偏狭的观念,敢于说真话,敢于面对严酷的现实。只有这样的作家写出来的作品,才能有真实的生命,才能震撼千百万人的心灵。相反,那些说假话的作家所写出来的粉饰现实的作品是没有任何生命力的,是迟早要被扔进历史的垃圾堆的。历史上一切伟大的作家都是极其真诚的。果戈理不满于《死魂灵》第二部的虚假,勇敢地把手稿投入熊熊烈火中。法国诗人贝朗瑞对此评论说:"再没有什么东西能比勇敢地投入壁炉中的手稿的火焰更能启发一个作家的了。"俄罗斯作家魏列萨耶夫也感叹道:"果戈理的全部创作生

---

① 文艺理论译丛编辑委员会编:《文艺理论译丛》第1册,田德望、罗大冈等译,人民文学出版社1957年版,第203页。

第七章　屠格涅夫:"特殊音调"和"特殊构造的喉咙"

涯都被这种崇高的火焰所照亮。"①我国老一辈作家巴金的《随想录》之所以能打动千千万万读者的心灵,就在于作家在书中讲了真话,记录了自己真实的思想和真挚的感情,他推心置腹地与读者交流自己对祖国和人民命运的深沉思索,并坦诚和无情地进行自我解剖,显示出作家的正直和光明磊落,表现出作家的真诚和勇气。

屠格涅夫作为一个伟大的作家,他的创作心理素质的一个特点也是真诚。他为人真挚、诚实,这种品质体现在文学创作上,便成为现实主义创作应有的可贵品格,这就是坚持表现客观真实,为了忠于客观真实甚至可以违背个人的喜好和政治见解。

屠格涅夫把客观地反映生活真实当作自己的创作原则,他早在1848年5月1日给维阿尔多的信中就形象地阐明自己的现实主义观点:"我是离不开大地的。我宁愿静观鸭子用湿蹼在沼泽旁搔后脑勺的匆促动作……而不愿静观可以在天上看见的一切。"②

屠格涅夫在青年时代确立起来的现实主义原则指导了他一生的创作。他的文学创作能够取得伟大的成就,便在于他始终坚持从生活出发,真实地反映生活。

屠格涅夫在《关于〈父与子〉》一文中总结自己的创作经验时,特别强调他的创作是从生活出发,而不是"从观念出发",或是为了"发挥一种观念"。他认为:"准确而有力地表现真实和生活实况才是作家的最高幸福,即使这真实同他个人的喜爱并不符合。"③作家在1875年2月22日给米留金娜的信中又宣称:"我主要是一个

---

① 〔苏〕魏列萨耶夫:《果戈理是怎样写作的》,蓝英年译,天津人民出版社1980年版,第10页。
② 《俄国作家论文学劳动》第2卷,第721页。
③ 〔俄〕屠格涅夫:《回忆录》,蒋路译,人民文学出版社1962年版,第90页。

现实主义者,最感兴趣的是人的面貌的生动活泼的真实……一切属于人的东西在我都是珍贵的。"①

在这些言论里,屠格涅夫是把真实地反映生活当作现实主义创作的原则提出来的。他在阐述这一原则时充分显示了一个现实主义作家的真诚和勇气,他认为为了真实而牺牲个人喜爱也在所不惜。

为了体现这一原则,屠格涅夫特别强调描写的客观性。他要求作家客观地、真实地再现生活,尽量避免直接说出作家对生活的个人感受和评价。在他看来,描写的客观性不只是一种同抒情和政论相对立的叙事手法,而且是现实主义创作的一个重要原则。他认为一切现实主义作家、一切叙事类作品的作家都对外在的客观现实抱有浓厚的兴趣。他在致基格诺的信中说:"如果你对研究人的外貌和他人的生活比描述个人的思想和感情更感兴趣;如果,例如对你来说,不仅真实而准确地表达人的外貌,而且表达普通事物的外貌比美妙地和热烈地说出对这些事物和这些人的感受更加愉快——这就意味着你是客观作家,并可以去写中长篇小说。"②

屠格涅夫一生为现实主义文学的客观性而斗争,他的理想是做一个客观的作家。他在评图尔的长篇小说《外甥女》时,把主观的天才和客观的天才加以比较,但并没有把二者对立起来。他认为二者都有共同的源泉,都不排斥"同整个生活,即一切艺术永恒的源泉,同独特的作家个性的经常的内在联系"③。屠格涅夫虽然

---

① 古典文艺理论译丛编辑委员会编:《古典文艺理论译丛》第3册,人民文学出版社1962年版,第192页。
② 转引自《屠格涅夫的创作》,国家文学出版社1956年版,第382页。
③ 《屠格涅夫文集》第11卷,国家文学出版社1956年版,第119页。

肯定主观的天才——浪漫主义作家的真诚、倾心和热情,但反对浪漫主义固有的主观性。他认为图尔小说的人物是苍白的,缺乏典型的"附着力"和"生动的浮雕性",没有"性格这个词严格意义上"的性格,而那种"用来竭力向我们阐释自己人物的性格描写是完全失败的"。① 他认为,只有客观的天才才能创造出典型的性格。

从描写的客观性原则出发,屠格涅夫坚持创作要从现实生活出发,要有站稳脚跟的基地。他的重要作品的重要人物大都以生活中的原型为依据。他在《关于〈父与子〉》一文中说:"我应该承认,如果没有一个逐渐融合与积聚了各种适当要素的活人(而不是观念)来做根据,我决不想去'创造形象'。我没有随意发明的天才,总是需要一个使我能够站稳脚跟的基地。"② 他甚至宣称:"我写下的任何一行字都是受了某种事物的感染——或者是我本人的遭遇,或者是我观察到的情况。"③ 屠格涅夫的创作就证实了他本人的主张。例如罗亭的原型是作家青年时代的密友巴枯宁,同时也融进赫尔岑和屠格涅夫本人的某些特点;英沙罗夫的原型是当时曾一度闻名的保加利亚爱国者卡特拉诺夫;而巴扎罗夫的原型则是外省青年医生季米特里耶夫。

然而,在屠格涅夫看来,描写的客观性并不意味着作家对自己所描写的客观事物没有任何倾向,而是说明现实主义作家表现自己观点的方式是独特的:他们往往隐藏在所描写的现象和人物的背后,并不站出来对所描写的一切发表议论。屠格涅夫说:"当诗

---

① 《屠格涅夫文集》第11卷,第126页。
② 〔俄〕屠格涅夫:《回忆录》,蒋路译,第87页。
③ 《俄国作家论文学劳动》第2卷,第752页。

人所创造的人物让读者觉得是生动和独特的，以至人物的创造者在读者眼中消失时，当读者在思索诗人的诗作如同思索整个生活时，艺术只有这时才能取得最大的胜利。""反之，用歌德的话来说，你就会感到作者的意图，并且感到失望。"①屠格涅夫顽强地追求客观艺术的理想，努力向普希金和果戈理学习。他说："如人们所说，果戈理的人物是那样生动地站立着"，"如果这些人物和他们的创造者之间有必然的联系的话，那么这种联系的本质对我们来说是隐秘的，解决它已经不是批评家的事，而是心理学家的事"。②

屠格涅夫通过持久的创作实践逐渐深化现实主义客观描写的原则。在他的作品中可以看到一种艺术论证的特殊方法：作家尽量避免直接干预描绘的线索。例如在人物刻画方面，屠格涅夫更多的是借助形象的对比和反衬来表现人物性格，而作家本人的主观评价则蕴含在这种客观描绘之中。

当屠格涅夫的客观性原则同他的政治观点发生矛盾时，为了坚持客观性原则，作家坚决从生活出发，抛弃自己的政治偏见。他在《关于〈父与子〉》一文中举了两个例子。

一个例子是《贵族之家》中拉夫列茨基和潘辛的一场舌战。屠格涅夫说："我是一个道地的、顽强的西欧主义者，无论过去或者现在，我都丝毫也不隐瞒这一点；虽然如此，我却特别高兴在潘辛(《贵族之家》)身上写出了西欧派的一切可笑和庸俗的方面；我使得斯拉夫主义者拉夫列茨基'在所有论点上都打败了他'。"他

---

① 《屠格涅夫文集》第11卷，第7—8页。
② 同上书，第119页。

第七章　屠格涅夫："特殊音调"和"特殊构造的喉咙"

既然认为"斯拉夫派的学说是错误的和无益的",为什么要这样做呢?他说:"因为,在这个场合,照我的理解,生活正是这个样子,而我首先就想做一个忠诚老实的人。"①

另一个例子是对《父与子》中巴维尔·基尔沙诺夫和巴扎罗夫的处理。屠格涅夫不顾自己政治上的同情,把巴维尔·基尔沙诺夫表现为守旧的保守分子。他说,虽然人家"断言我站在'父亲'那一边",但"我在描写巴维尔·基尔沙诺夫的形象时甚至违反艺术真实,把他的缺点夸张得近乎一张漫画,使他变成了可笑的人物!"相反,在他笔下,平民知识分子巴扎罗夫却处处占上风,他说,"除了巴扎罗夫对艺术的看法以外,我差不多赞成他的全部主张"。当然作家也不想美化这个人物,他说,"当我描绘巴扎罗夫的形象时,我从他的爱好中排除了一切艺术性的东西,却给他添上一种刺眼、粗犷的色调"。屠格涅夫在解释对这两个人物为什么这样处理时,仍然是那句话:"生活就是这样。"他说:"也许我错了,但是我要再说一遍:我对得起良心;我用不着自作聪明,——我正应该这样勾画他的形象。在这件事情上,我的个人爱好是无关紧要的。"②

这两个例子充分显示出屠格涅夫在艺术上的真诚和勇气。尽管违背自己的政治观点是痛苦的,但是为了艺术的真实,作家还是摒弃了自己的观点。事实证明,一个真正的现实主义作家只要坚持从生活出发,他就有可能克服自己的偏见,做到真实和准确地反映现实生活。屠格涅夫创作中出现的这种现象,恩格斯把它称为

---

① 〔俄〕屠格涅夫:《回忆录》,蒋路译,第90页。
② 同上书,第90—91页。

"现实主义最伟大的胜利之一"。在屠格涅夫写下上述自白之后20年，恩格斯在1888年给哈克纳斯的信中谈到巴尔扎克的创作时是这样说的："巴尔扎克于是不得不违反他自己的阶级同情和政治偏见，他看出了他所心爱的贵族的必然没落而描写了他们不配有更好的命运，他看出了仅能在当时找得着的将来的真正人物，——这一切我认为是现实主义最伟大的胜利之一，巴尔扎克老人最伟大的特点之一。"①屠格涅夫和恩格斯两人所说的话虽然相隔20年，然而却共同道出了现实主义艺术创作的一条重要规律。从中我们也可以看出，屠格涅夫在创作理论上和创作实践上，对于作家的真诚，对于现实主义创作的规律，都有相当深刻的理解。

第二节 出奇的敏感和敏锐的眼光

强烈的和敏锐的感受力是作家的基本心理素质。作家对生活抱有无限的热爱，有无法忍受的好奇心，他敏感地对待社会现象和自然现象，他常常能发现别人未能发现的有特色的事物，能揭示新的东西。正如杜勃罗留波夫所说的："一个感受力比较敏锐的人，一个有'艺术家气质'的人，当他在周围的现实世界中，看到了某一事物的最初事实时，他就会发生强烈的感动。他虽然还没有能够在理论上解释这种事实的思考能力；可是他却看见了，这里有一种值得注意的特别的东西，他就热心而好奇地注意着这个事实，把

---

① 《马克思 恩格斯论艺术》第1卷，曹葆华译，人民文学出版社1960年版，第11页。

第七章　屠格涅夫："特殊音调"和"特殊构造的喉咙"

它摄取到自己的心灵中来,开头把它作为一个单独的形象,加以孕育,后来就使它和其它同类的事实与现象结合起来,而最后,终于创造了典型……"①

在屠格涅夫身上,我们也可以看到这种特殊的艺术才能,而且从某种程度上讲,他的感受力比其他作家显得更为强烈和敏锐。作家在总结自己一生的文学创作时曾经这样说过:"1855年的《罗亭》的作者和1876年《处女地》的作者是同一个人。在整个这段时间中,我用尽力气和本领,务求诚挚而冷静地把莎士比亚称为'the body and pressure of time'(此处所引与原文有出入,原文卞之琳先生译为'给时代和社会看看自己的形象和印记'——译注)的东西和俄国文明阶层人士的迅速变化的面貌描绘出来,并体现在适当的典型中。"②

杜勃罗留波夫对屠格涅夫这种善于在"迅速变化"的现实生活中敏锐地捕捉新的动向和新的人物的能力曾经做过这样的概括:"他很快猜到了新的要求,猜到了渗透进社会意识的新的观念,在他的作品中通常〔一定〕注意到(只要情势许可)那些已经轮到、已经开始朦胧地扰乱着社会的问题……我们要把屠格涅夫君在俄国公众中间所得到的成功,极大部分都归给作者对社会中充满生气的弦索的这种敏感,归给这种立刻对刚刚开始渗透进优秀人们意识里的高贵的思想以及真诚的感觉表示反应的才能。"③

屠格涅夫非常珍视这种感受生活的敏感性。在他的创作生涯

---

① 《杜勃罗留波夫选集》第1卷,辛未艾译,第164页。
② 古典文艺理论译丛编辑委员会编:《文艺理论译丛》第1册,田德望、罗大冈等译,第203页。
③ 《杜勃罗留波夫选集》第2卷,辛未艾译,第263页。

中我们可以看到，当作家具备这种敏感性时，他的创作就能抓住时代脉搏的跳动，就有一股勃勃的生气、一种震撼的力量；相反，如果丧失这种敏感性，他的作品就会缺乏吸引人的力量，甚至于丧失创作的要求。他曾在1880年说过，他总是在生活中的一些人物身上感到"有某种与众不同的东西、我在别人身上没有看见过和听见过的东西震撼了我"，才开始创作，如果"这种对某种事物——特别是我遇见的人物和现象中存在的事物——的敏感性"逐渐丧失了，"描写我所见到的事物的要求本身也慢慢消失了"。①

屠格涅夫这种感受生活的敏感性在创作中是如何体现的？我们在作家的创作中看到，作家对自己时代的社会政治现象有浓厚的兴趣，他能敏锐地觉察时代的变化，抓住时代的脉搏，并且通过鲜明的艺术形象表现出各种社会历史力量和倾向的斗争，以及它在社会意识和社会心理中所体现的变化。尽管自由主义的倾向限制作家对社会斗争的全面把握，但作家还是在同自己的阶级同情和反感的斗争中力图展示社会历史发展的趋势和进程。早在1840年代，他在《猎人笔记》中就善于从所谓愚昧、顺从的俄国农民身上深刻地揭示出他们美好的心灵和卓越的才干，显示出天才作家敏锐的感受力和观察力。后来，他又在新的历史条件下敏锐地觉察到贵族知识分子的变化，揭示新一代多余人的特征（"多余人"这个名词就是在屠格涅夫1850年发表了中篇小说《多余人日记》后才广为流传的）。《罗亭》和《贵族之家》反映了贵族知识分子历史作用的消失，为贵族阶级的没落唱了挽歌，而《前夜》和《父与

---

① 古典文艺理论译丛编辑委员会编：《古典文艺理论译丛》第3册，第196—197页。

子》则反映了改革前夜和改革引起的剧烈的社会斗争,表现了"新人"——平民知识分子取代"旧日英雄"——贵族知识分子的历史必然趋势。正如作家自己所说的,《前夜》之所以题名《前夜》,"是因为它出现的时间(1860年——农奴解放前一年),而不是因为它的内容。新的生活那时开始在俄国出现,像叶琳娜和英沙罗夫那样的人物便是这种新生活的先驱者"。① 至于《父与子》中的巴扎罗夫,他认为自己所表现的也是"刚刚产生、还在酝酿之中"的典型。显然,当一种新的社会现象或一种新的人物刚刚在生活中出现,在别人只能朦胧感受到的时候,屠格涅夫却能敏锐地抓住它,并且通过艺术形象表现出来。作家这种高度敏锐的生活感受能力确实令人惊叹,即使到了1860年代末和1870年代,屠格涅夫由于侨居国外和阶级局限,生活感受力有所削弱,但他在《烟》和《处女地》中仍然敏锐而真实地反映了俄国社会生活的变化,体现了作家对俄国社会改革的期望和追求。

  作家怎样才能具有敏锐的感受力呢?屠格涅夫在《关于〈父与子〉》的后半部分进行了系统的总结。他在总结自己"侍奉缪斯"25年的经验的基础上,以同行的身份向青年作家谈了这个问题。他首先引用歌德的一段话:"把手伸入人类生活的深处吧!人人都在生活,但只有少数人熟悉生活,只要你能抓住它,它就会饶有趣味!"那么怎样才能获得抓住生活的能力呢?屠格涅夫说:"唯独才能磅礴的人才具有这种'抓住'生活、'把握'生活的能力,而才气并不是人力所能获得的;可是单单有才气还不够。必须经常接触你要描写的环境;在你自己的感受方面,需要真实、严酷的真实;

---

① 古典文艺理论译丛编辑委员会编:《古典文艺理论译丛》第3册,第190页。

需要看法上理解上的自由、充分的自由，最后还需要教养，需要知识！"①在这里，屠格涅夫谈到抓住生活和把握生活的能力——敏锐感受力的几个条件。在他看来，除了才气之外，第一是生活，作家要熟悉生活，要经常接触所要描写的环境；第二是感受，作家要摒弃自己的种种偏见，绝对忠实于从生活中获得的感受；第三是思想，作家对生活要有自己的见解，要摆脱内心的种种束缚，要获得思想上最大的自由；第四是修养，要有教养和知识。这几个条件是缺一不可的，又是相互联系的。屠格涅夫认为，"在艺术、诗歌的事业中比任何地方更需要自由"；而知识恰好"比任何东西更能给人自由"。②同时，艺术家也只有摆脱内心的束缚，摘下有色眼镜，才能获得真正的自由，写出真正有生命的作品来。下面着重谈谈屠格涅夫关于敏锐的感受能力同作家生活和思想关系的一些见解。

　　屠格涅夫作为现实主义作家，他一贯坚持生活是文学创作唯一源泉的观点，认为作家敏锐的感受力首先来自生活。在他看来，作家的创作动机不是来自先入为主的抽象概念，而是生活本身所激发的。他说，"现代的作家、特别是俄罗斯作家很难平心静气——无论从内部或是从外部他都感到不平静"，这是因为"生活催促着，鞭策着，逗引着又诱惑着"。③在平静的和停滞的生活中作家是很难磨炼出敏锐的感受力和观察力的，作家敏锐的感受力和观察力往往是在动荡不安和急剧变化的生活中逐渐培养的。这里可用《父与子》的创作作为例子。小说主人公巴扎罗夫形象所体现的新人特征，所谓"虚无主义"因素，当时在社会生活中还"刚刚产生、还

---

① 〔俄〕屠格涅夫：《回忆录》，蒋路译，第96页。
② 同上书，第96—97页。
③ 古典文艺理论译丛编辑委员会编：《古典文艺理论译丛》第3册，第181页。

第七章 屠格涅夫:"特殊音调"和"特殊构造的喉咙"

在酝酿之中"。但是很快就被屠格涅夫抓住了。这是因为作家经常接触并且熟悉不断变化的生活,所以他能及时从生活中发现新的倾向和新的人物。谈到这个人物的创作时,屠格涅夫说:"没有县城医生季米特里耶夫就不会有巴扎罗夫。我坐二等车厢从彼得堡到莫斯科去。他坐在我对面。我们很少谈话,只谈些琐碎小事。他正在推广一种治疗西伯利亚瘟疫的药剂。至于我是谁、文学是什么东西,他是很少感兴趣的。他身上的巴扎罗夫作风深深打动了我,于是我开始到处观察这个新生典型。"①作家在另一处又谈到类似的情况:"主要人物巴扎罗夫的基础,是一个叫我大为惊叹过的外省青年医生的性格(他在1860年以前不久逝世)。照我看来,这位杰出人物正体现了那刚刚产生、还在酝酿之中、后来被称为'虚无主义'的因素。这个性格给我的印象很强烈,同时却不太清楚。起初连我自己也不能透彻地了解它,于是我就聚精会神地倾听和观察我周围的一切,仿佛要检查自己的感觉是否真实似的。使我不安的是这个事实:我觉得到处都有的东西,在我们全部文学作品中却连一点迹象也看不见。"②显然,屠格涅夫一开始对新人并没有透彻的了解,首先是生活中涌现的新人深深打动了他,给他深刻的印象,才使得他敏锐地抓住新人,然后他又通过到处观察来检查和印证自己的感受,深化自己对新人的理解。作家敏锐的感受力和观察力就是在这种不断接触生活和深入生活之中得到磨炼的。

屠格涅夫认为获得敏锐的感受能力的另一个重要条件是作家的思想。他十分重视思想对于提高作家敏锐感受能力的作用,然

---

① 古典文艺理论译丛编辑委员会编:《古典文艺理论译丛》第3册,第196页。
② 〔俄〕屠格涅夫:《回忆录》,蒋路译,第87—88页。

而他对思想的作用又有自己独到的见解。第一，不是任何思想都对创作起好作用，他认为作家只有不受自己阶级偏颇的思想和体系的束缚，只有获得内心的真正自由，才能写出有生命的东西。例如，"斯拉夫主义者们尽管具有无可怀疑的才华"，但由于他们受到偏颇思想的束缚，结果"他们中间从来没有人写出过什么有生命的东西"。①第二，思想必须同情感和形象交融，才能有利于创作。屠格涅夫在评论俄国诗人丘特切夫诗歌时发表过一段非常精彩的见解："假如我们说的不错，他的每首诗都开始于思想，不过，这种思想，像火花那样，是受深沉的感情或强烈的印象的影响而迸射出来的；因此，要是可以这样说的话，就自己的产生说来有其特性的丘特切夫君的思想，从来也不曾赤裸裸地、抽象地出现于读者之前，而常常是同来自内心和自然界的形象交融一起，为这些形象所透渗，而又难解难分地贯穿于形象之中。"②屠格涅夫在这里谈到思想同形象关系的一个方面：思想来自生活，是受强烈生活感受的影响而产生的，同时又是同来自生活的形象相融合的。然而思想同形象的关系还有另一个方面：作家在生活中形成的思想，反过来也会提高作家观察、感受和理解生活的能力，也会加深作家对形象的认识和理解。

---

① 〔俄〕屠格涅夫：《回忆录》，蒋路译，第97页。
② 中国社会科学院外国文学研究所外国文学研究资料丛刊辑委员会编：《外国理论家作家论形象思维》，中国社会科学出版社1979年版，第100—101页。

第三节 "隐蔽的心理学家"

　　文学的天才除了具有敏锐的感受能力和深刻的观察能力，还具有能够深入人物内心世界和体验人物内心世界的内省能力和内视能力。他们在创作中总是把他对外部世界的敏锐感受同他对内部世界的内省体验结合在一起。巴尔扎克在《法齐诺·加奈》的前言中写道："我喜欢观察我所住的那一郊区的各种风俗习惯，当地的居民和他们的性格……我的观察既不能忽略外表又能深入对方的心灵；或者也可以说就因为我能很好抓住外表的一切细节，所以才能马上透过外表，深入内心。当我观察一个人的时候，我能够使自己处于他的地位，过着他的生活……听着这些人的谈话，我就能深深体会他们的生活，仿佛自己身上就穿着他们那身破旧不堪的衣服，脚上就穿着他们那双满是窟窿的鞋子；他们的欲望，他们的需求，这一切都深入我的心灵，我的心灵和他们的心灵已经溶而为一了。"①

　　屠格涅夫作为天才的作家，他不仅具有敏锐的感受力和表现迅速变化的外部客观世界的能力，而且具有深入体验和表现人物微妙的内心世界的能力，这种宏观把握和微观体验的结合，使他的创作富有一种特殊的艺术魅力。

　　屠格涅夫在俄国文学史上是一位别具一格的心理描写大师。作家的心理分析原则是服从于他的创作原则的。如前所述，他的

---

① 《译文》1958年第1期。

创作追求的是，客观而真实地反映出迅速变化的时代面貌和塑造社会典型，表现人物的社会理想。他的人物一般都体现一定的社会思想，代表一定的社会力量，具有明确的信念和稳定的性格，而没有特别复杂的内心矛盾发展过程。根据这一原则，他主张心理描写要简练明确，集中完整，反对琐细的心理分析。

屠格涅夫认为作家应当是隐蔽的心理学家。他在1852年就批评奥斯特洛夫斯基在《穷嫁娘》中对心理分析的滥用。他说："心理学家应当隐伏在艺术家的身上，正如骨骼隐伏在有血有肉的躯体里，骨骼是作为稳固而看不见的支撑物为躯体服务的。"① 他在1860年给莱昂齐耶夫的信中又一次谈道："诗人应当是一个心理学家，然而是隐蔽的心理学家：他应当知道和感觉到现象的根源，但是表现的只是兴盛或衰败的现象本身。"② 他谆谆告诫青年作家不要迷恋琐细的心理描写，因为它会破坏性格的完整性和典型性。他对青年作家莱昂齐耶夫说："在艺术事业上要尽可能做到简单明了；您的不幸在于思想的紊乱（这些思想虽然真实，但过分琐碎），在于别有用意的观念、次要的情感和暗示的过分丰富……请您记住，人体随便哪部分组织，例如说皮肤的内部结构尽管多么细致复杂，但它的外表是一目了然的和具有同一质地的。"③

屠格涅夫这些看法归纳起来，就是作家要做隐蔽的心理学家，心理描写要简洁明了，具体说，包括两个方面：第一，作家必须事先把握人物的心理，了解心理的过程和变化的根源，然而在作品中表现的只是心理活动的结果；第二，心理活动要通过人物行动表现

---

① 《屠格涅夫文集》第11卷，第142页。
② 古典文艺理论译丛编辑委员会编：《古典文艺理论译丛》第3册，第185页。
③ 《俄国作家论文学劳动》第2卷，第752页。

第七章 屠格涅夫："特殊音调"和"特殊构造的喉咙"

出来，它应当是隐蔽在人物行动的背后，而不要由作家从旁更多地加以暗示，或者由作家特别说出来。根据屠格涅夫对心理描写的这些见解，他所提出的原则，再对照作家的创作实践，我们可以看出他的心理描写的一些重要特征。

首先，屠格涅夫更多的是通过人物的动作或行动来表现人物的心理活动。

在《父与子》中，阿尔卡狄在巴扎罗夫家向他父亲谈了自己对巴扎罗夫的印象，这使老人兴奋不已，在作品里屠格涅夫通过老人一系列动作来表现老人此时此刻的心情：

> 瓦西里·伊凡诺维奇注意地听着，他一会儿擤鼻涕，一会儿把他的手帕放在两只手里搓成一团，一会儿咳嗽，一会儿又把头发搔得直起来，最后他实在忍不住了，他俯下头去，在阿尔卡狄的肩头上吻了一下。①

在《贵族之家》尾声中，拉夫列茨基和丽莎在修道院相遇：

> 她以平匀的、急促而又柔和的修道女的脚步，一直向前走去——一眼也不曾望他；只是朝他一边的眼睛的睫毛却几乎不可见地战栗了，她的消瘦的脸面也更低垂了，而她的绕着念珠的、紧握着的手指，也相握得更紧了。②

---

① 《屠格涅夫文集》《前夜 父与子》，丽尼、巴金译，上海译文出版社2018年版，第359页。
② 〔俄〕屠格涅夫：《贵族之家》，丽尼译，人民文学出版社1955年版，第225—226页。

丽莎在这次相遇中,看起来尽量装得不动声色,但作家通过她那很难觉察的脸部表情和手的动作,将她由于相遇而引起的情感波澜细致地表现出来,写得含而不露,意蕴无穷,让读者可以充分地展开想象。

在屠格涅夫看来,最能表现人物心理的,"最可贵的是那些明确无误地说明人的心灵的、简单而突然的动作"。例如在《前夜》中,当叶琳娜听到英沙罗夫突然失踪了,便一下子"沉到一把椅子里",但又"极力想装得冷淡",这表现出她已爱上英沙罗夫而又怕别人觉察的微妙心情。当伯尔森涅夫告诉她英沙罗夫决定要离开时,她的脸又一下子"变得惨白了","并且不自觉地把伯尔森涅夫的手紧紧地握在自己冰冷的手里"。最后当她得知英沙罗夫离开的真正原因就是爱上她时,她便"无法自持了","眼泪如泉水涌出她的眼睛,她跑回到自己房里去了"。通过这些"简单而突然的动作",作家把叶琳娜的感情变化充分展示出来了,正是这种不自觉的动作最能表现出人物复杂的心理世界。正如杜勃罗留波夫所说的:"屠格涅夫君,这个纯洁的、理想的女性之爱的歌唱家,他是这样深刻地透进青年无邪的处女的灵魂,把她理解得这样完整,带着这样兴奋的颤动、这样热烈的爱描写她的最好的时刻,使得我们在她的故事中能够感觉到她处女胸怀的波动、悄悄的叹气、温和的眼光,能够听到激动的心灵的每一下跳动。"①

其次,表现人物思想动机和内心矛盾的内心独白也力求鲜明、朴素,不做过多的琐细的描写。

---

① 《杜勃罗留波夫选集》第2卷,辛未艾译,第291页。

在《前夜》中,屠格涅夫就善于用内心独白来表现伯尔森涅夫的心理活动。伯尔森涅夫是个学者,他善良、诚实、博学多思、远离生活,只想做一个"科学祭司"。他对个人幸福存在某种程度的恐惧,害怕承担责任。他过分谦虚,永远满足处于第二位的处境。他爱叶琳娜,当他得知叶琳娜爱上英沙罗夫后,内心感到"酸苦",但没有怨恨,只是对自己做了一点自我嘲讽。英沙罗夫病倒后,他日夜护理,当叶琳娜去探望英沙罗夫而请他回避时,他产生了淡淡的忧伤。他觉得"不必把自己沾附在别人的巢边",自己的良心已经做了应该做的事,"让阳光照耀别的人",自己应当回到工作上去,这些内心独白鲜明、朴素,又同人物性格非常贴切。

最后,主要描写心理活动的结果,而不去描写心理活动的过程。

皮萨列夫在谈到《父与子》时,曾经谈到屠格涅夫心理描写的这一重要特点。他说:"在屠格涅夫的笔下,我们只看到巴扎洛夫所达到的结果,我们看到现象的外部方面,就是说,听到巴扎洛夫说了些什么,知道他在生活中怎样行动,怎样对待各种各样的人。我们找不到心理分析、巴扎罗夫思想的一览表;我们只能猜想到他想了些什么,怎样在自己的头脑中形成自己的信念。"[①]

确实,屠格涅夫常常是通过心理活动的结果来表现人物的心理活动,既不像托尔斯泰那样揭示人物心理发展的整个过程,也不像陀思妥耶夫斯基那样详尽地展现人物内心世界的种种矛盾和变化。

---

① 转引自〔苏〕米·赫拉普钦科:《作家的创作个性和文学的发展》,上海人民出版社1977年版,第413页。

在《贵族之家》中,当拉夫列茨基同丽莎的感情日益加深时,他在寝前从法文报纸上突然看到妻子的死讯。这条死讯在拉夫列茨基心理上引起的强烈震动是可想而知的,然而作家并没有详细描写他的心理活动和心理过程,只是描写他读完报后,"把衣服披好,走到了花园,在同一个林荫道里来回踱着,直到黎明时分"①。然而结合前后情节的发展,我们可以猜想到拉夫列茨基此时此刻丰富的内心活动:妻子突如其来的死讯使他感到惊恐不安,他也为自己前半生不幸的命运感到悲哀;如果妻子的死讯被证实,他就是一个"自由的人"了,他同丽莎难于实现的爱情就有可能实现了,但是他又担心丽莎对潘辛的爱情。总之,主人公的惊恐、期望、担忧的复杂感情尽在其中。后来,当拉夫列茨基和丽莎相爱,而他的妻子又突然回来时,作品里写道:"他的呼吸停止了……他支撑在墙边";当拉夫列茨基的妻子来到丽莎家时,丽莎"许久许久站在客厅门外,没有勇气去开门"。无论是拉夫列茨基的绝望,还是丽莎的负罪感和痛苦,作家都没有详细地加以描写,而是让读者去猜想、去丰富、去补充。

屠格涅夫的心理描写显然是不同于托尔斯泰的。屠格涅夫对后者也颇有微词。他在1868年给安年科夫的信中谈到《战争与和平》时写道:"关于托尔斯泰的所谓'心理描写'可以说许多话:得到真正发展的连一个性格都没有……有的只不过是表达同一种感情和同一种情况的动摇、颤动的老一套办法罢了……这些似是而非的(guasi)细腻的反省和思考,以及对自己感情的观察,是多么叫人腻烦啊!托尔斯泰仿佛不知道别的心理,或者要故意加

---

① 〔俄〕屠格涅夫:《贵族之家》,丽尼译,第117页。

第七章 屠格涅夫:"特殊音调"和"特殊构造的喉咙"

以忽视之。"① 他甚至讥讽托尔斯泰的心理分析是某些"又机巧又花哨的小东西",是"从主人公的胳肢窝里或别的什么角落里掏出来的小小心理表白,在历史长篇的广阔背景上所有这一切是多么渺小啊!"② 尽管屠格涅夫的言辞十分激烈,但实事求是地看,在艺术表现问题上很难裁定谁是谁非,只能说这两位大师在心理描写上是各有千秋的。特别需要指出的是,他们各具特色的心理描写是同他们各具特色的思想美学原则紧密相连的。托尔斯泰注重探寻人的道德成长和完善的根源,表现精神的人和动物的人的内在矛盾的发展过程,因此他采用细致入微的心理分析,着重表现心理过程,表现"心灵的辩证法"。屠格涅夫则侧重揭示人对社会理想的追求,人的社会心理气质,因此他更多地采用性格对比,突出人物主要心理特征的方式。

第四节 "我容易感受诗意"

莫洛亚在《屠格涅夫的艺术》中,把屠格涅夫的现实主义称为"富有诗意的现实主义"。③ 这相当准确地指出屠格涅夫创作的另一重要特征。

屠格涅夫的艺术世界是富有诗意的,作家善于从日常生活中,

---

① 《屠格涅夫文集》第12卷,第385—386页。
② 倪蕊琴编:《俄国作家、批评家论列夫·托尔斯泰》,中国社会科学出版社1982年版,第545页。
③ 〔法〕安·莫洛亚:《屠格涅夫的艺术》,郑其行、谭立德译,《世界文学》1981年第5期。

从平凡的人物身上和自然风景中感受、捕捉美好的富有诗意的东西,善于用自己的情绪深深打动你,同时还能形成一种富有魅力的氛围,让你在其中流连忘返。对此杜勃罗留波夫有一段生动的描绘:

> 屠格涅夫叙述他的主人公,就好像在谈论他的亲近的人们一样;他从他们的胸膛里提炼出热烈的感情来,并且怀着温柔的同情、病态的烦虑看护着他们,他跟自己所创造的人物一起受苦,一起欢乐,他自己就神往于他一直很喜欢使他们置身于其间的那种诗的环境。……他的迷恋是极有传染力的:它不可抗拒地占有了读者们的同情,从第一页起就使他们的思想和感情凝结在小说上,迫使他们来体验和感受那些屠格涅夫的人物就在那里向他们显示的那种场景。过了许多时候,读者们也许会忘却故事的进程,失去各个事件详细情节之间的联系,遗忘个别人物和情势的特征,也许,最后把所读过的东西都忘记干净了;然而,他们会一直记住和珍爱那些他们在阅读小说时,所体味到的生动而愉快的印象。①

屠格涅夫作品的诗意大都表现在人物形象的塑造和自然景物的描绘中,他善于从人物形象身上和大自然景物中感受和捕捉富有诗意的东西,正如作家自己所说:"我容易感受诗意"。②

屠格涅夫笔下一系列人物形象,特别是动人的少女形象,极富诗意,像《罗亭》中的娜塔丽娅、《贵族之家》中的丽莎、《阿霞》中

---

① 《杜勃罗留波夫选集》第1卷,辛未艾译,第61—62页。
② 古典文艺理论译丛编辑委员会编:《古典文艺理论译丛》第3册,第192页。

的阿霞、《前夜》中的叶琳娜、《处女地》中的玛利安娜。其中最感人的是叶琳娜的形象。屠格涅夫在她身上发现了富有诗意的东西,透过文静的外表展示她那渴望崇高理想和积极行动的丰富的内心世界。他以浓郁的抒情笔调渲染叶琳娜这种外表平静内心激动的特点:"一种无名的、不可控制的力,却又在她的心底沸腾起来,大声要求着自己的出路","岁月流逝,年复一年。迅速地,无声地,有如雪下的水,叶琳娜的青春暗暗流逝,从外表看来,似乎是平静无事,但在内心里,却经历着不安与苦斗"。①叶琳娜的动人之处不仅在于追求崇高的理想,还在于积极行动。她一旦看准目标,就能为个人和社会的幸福而斗争到底,最终实现了娜塔丽娅、丽莎、阿霞追求过的而未能实现的目的。正如杜勃罗留波夫在《真正的白天何时到来?》一文中所说的:"在她的身上表现出一种为了一件什么事而起的朦胧的忧郁,一种几乎是不自觉的,但却是新的生活、新的人们的不可阻挡的要求,这种要求现在几乎笼罩着整个俄国社会,甚至不光是限于所谓有教养的社会。"②

屠格涅夫作品的诗意也表现在对自然景物的描绘中。作家对自然景物的描绘常常注入自己的感情,渗透自己的评价,使作品充满浓郁的诗情画意,达到情景交融的境界。

在《猎人笔记》的《森林与草原》中,大自然的景物是通过猎人的眼睛来加以描述的:"夏天七月里的早晨!除了猎人,谁能领略早晨在灌木丛中散步的快乐?您的脚在沾满露珠而发白的草地上留下绿色的痕迹。您拨开潮湿的灌木丛,夜里蕴蓄着的一股温

---

① 《屠格涅夫文集》《前夜 父与子》,丽尼、巴金译,第36—37页。
② 《杜勃罗留波夫选集》第2卷,辛未艾译,第295页。

暖的香气立刻扑鼻而来;空气中洋溢着苦艾的清新苦味、荞麦和三叶草的甘甜;远处一片橡树林壁立着,在阳光下闪闪发光,染成一片嫣红。"①这简直就是一幅七月丛林之晨的风景画,它既有真实生动的画面,又渗透着猎人的欢愉之情,正是在这种情绪的感染下,七月丛林之晨的色彩和光线都显得新鲜、火热、生气勃勃。

莫洛亚在评论屠格涅夫的创作时说过:"把大自然与人的内心激情结合在一起,把个人遭遇重新置于云彩与太阳、春天与冬天、青春与暮年这些广泛的而有节律的运动中去,这样的人便是诗人,同时也是小说家。"②屠格涅夫正是这样的诗人和小说家。在他的作品中,我们常常可以看到寓情于景、情景交融的描写,可以感受到浓郁的诗意。在《幽会》中,起初"整个树林已充满了阳光,四面八方,透过欢乐地喧闹着的树叶可以看见点点仿佛在闪亮的灿烂的蓝天;云彩被大风吹散,已经消失了;阴霾扫尽,天空晴朗,空气转刻干爽清新,使人感到神清气爽"③。这里写的虽然是秋景,却仍然生气蓬勃,这同纯洁、痴情的阿库丽娜的心境是协调的。后来当维克多尔抛弃她时,阿库丽娜伤心已极,这时林中景色也变得满目凄凉:"阳光也仿佛变得暗淡而寒冷";"拳曲的小树叶"在谷场的残株前"急速地飞起";"一只小乌鸦……呱呱叫着";凋零的自然景物使人感到"已经不远的严冬的恐惧已悄悄爬上心头了"④。作家写的是冬天的恐怖逼近了,实际上是不幸向阿库丽娜逼近了。

---

① 〔俄〕屠格涅夫:《猎人笔记》,冯春译,上海译文出版社2011年版,第372页。
② 〔法〕安德烈·莫洛亚:《屠格涅夫传》(第四章),郑其行、谭立德译,《名作欣赏》1982年第4期。
③ 〔俄〕屠格涅夫:《猎人笔记》,冯春译,第254页。
④ 同上书,第261页。

第七章 屠格涅夫:"特殊音调"和"特殊构造的喉咙"

屠格涅夫作品的诗意归根到底是源于作家"容易感受诗意"的能力,而这种能力的获得又是同作家的气质和素养紧密相关的。

屠格涅夫具有诗人的才能、忧郁的气质和多情的性格。作家在年轻的时候曾经迷恋过浪漫主义的诗歌,他是以诗剧《斯节诺》和长诗《巴拉莎》步入文坛的。他从青年时代到老年时代都始终保持诗人的激情,在他60岁上下还能写出像《春潮》和《爱的凯歌》那样充满浪漫主义情调的作品和《散文诗》那样热情洋溢的佳作。就是在病危时,他还从国外写信嘱托朋友——诗人雅·波·波隆斯基:"您去斯巴斯克的时候,请代我向我的宅子、花园和我那棵小橡树告别,——代我向祖国告别,我大概永远看不到它了。"作家热爱祖国、热爱家乡和依恋大自然的赤诚依然如故。看来,正是诗人的敏感和多情,使他特别"容易感受生活的诗意"。

丰厚的艺术素养和敏锐的艺术感受能力,也是屠格涅夫容易感受生活的诗意的原因。屠格涅夫不仅精通文学,而且对音乐有强烈的爱好。他热爱贝多芬、莫扎特、舒伯特、维尔特,李斯特、古诺、柴可夫斯基、鲁宾斯坦,都是他的座上客。同时他还同法国著名声乐艺术家、著名歌剧演员波琳娜·维阿尔多夫人保持40年的友情。丰厚的艺术修养使得屠格涅夫不仅能够通过艺术视觉来观察和捕捉生活中富有诗意的事物,而且还能通过他特别发达的艺术听觉来感受和捕捉生活中富有诗意的事物,非常准确地描绘出大自然富有诗意的声响。屠格涅夫1849年8月7日给波琳娜·维阿尔多夫人的信中有一段夜间大自然声响的生动描绘:

每晚临睡之前,我总要在庭院里做一次小小的散步,昨夜我伫立桥头,静静谛听。我听到各种不同的声音:耳朵里鸣响着呼吸与血液的喧闹。树叶的瑟瑟,不停的私语。夜莺的啼叫——一共有四只栖息在院里的树上。鱼儿浮上水面,发出轻轻的接吻般的声音。水滴坠落下地,带着轻轻的银铃般的音响。一根树枝断了,是谁折断了它?哦,这低沉的声音……这是什么?路上的脚步声?还是人的嗓音?突然间在您的耳旁响起一只蚊子的纤细的女高音。①

这段文字生动地描绘了屠格涅夫如何通过敏锐的听觉感受深夜大自然的各种声响,感受大自然的诗情。正是这种敏锐的艺术听觉,使得作家能够在他的作品中生动地表现出生活和自然的诗意。

在《猎人笔记》的《霍尔和卡里内奇》中有这样一段描写:猎人在霍尔家投宿,睡在储存干草的屋里,黑夜无灯,"我久久不能入梦。一头母牛走到门前大声喷了两口气,狗凛然不可侵犯似的向它狂吠起来,一头猪从门前走过,若有所思地哼哼着;一匹马在附近嚼着干草,打着响鼻……我终于打起瞌睡来。"②

屠格涅夫凭着自己敏锐的听觉,几笔就生动勾勒出农家之夜,这夜不是死寂的,而是蕴含着勃勃生机,而这生机只有热爱生活的作家,只有具有敏锐艺术听觉的作家才能听得到。

俄国诗人巴拉廷斯基在《悼歌德》一诗中,有几行诗句相当生动地描绘了天才作家歌德敏锐地感受自然、感受自然诗意的卓越艺术才能。

---

① 转引自李兆林、叶乃方编:《屠格涅夫研究》,上海译文出版社1989年版,第397页。

② 〔俄〕屠格涅夫:《猎人笔记》,冯春译,第7页。

> 他的生命同大自然一同呼吸：
> 他理解溪流的细语，
> 他懂得树叶的低诉，
> 他感觉得到野草的生长；
> 他能辨认天上的星辰，
> 海浪也同他谈话。①

这几行诗用来形容屠格涅夫容易感受诗意的才能也是很贴切的。正是对大自然的热爱培养了屠格涅夫感受大自然诗意的卓越才能，使他成为俄国文学中著名的"大自然歌手"。

---

① 转引自苏联科学院哲学研究所、艺术史研究所编：《马克思列宁主义美学原理》（上册），陆梅林等译，生活・读书・新知三联书店1961年版，第439页。

第八章　陀思妥耶夫斯基：探索人类心灵奥秘的艺术

陀思妥耶夫斯基是19世纪俄国文学中具有世界影响力的作家，他的创作是一种非常复杂的现象。一个世纪以来，作家的创作无论在俄国还是在西方，一直引起无休止的争论，这在俄国文学乃至世界文学中都是少见的。尽管人们批判他的反动思想，但又毫无例外地一致称赞他的艺术才华。高尔基在指出陀思妥耶夫斯基和托尔斯泰对于自己"黑暗、不幸的祖国……有过不好的影响"的同时，又赞叹"托尔斯泰和陀思妥耶夫斯基是两个最伟大的天才；他们以自己的天才的力量震撼了全世界，使整个欧洲惊愕地注视着俄罗斯，他们两人都足以与莎士比亚、但丁、塞万提斯、卢梭和歌德这些伟大人物并列"。[①] 陀思妥耶夫斯基的创作为俄国文学赢得了世界声誉。1981年，在作家诞辰160周年和逝世100周年的时候，为了纪念他对人类文化的贡献，联合国教科文组织宣布这一年为陀思妥耶夫斯基年。

陀思妥耶夫斯基的创作之所以成为十分复杂和矛盾的现象，固然有社会历史原因和作家世界观方面的原因，同时也是同作家独特的艺术探索相联系的。陀思妥耶夫斯基对于探索人性、探索人类心灵的奥秘怀有非常浓厚的兴趣，并且对人性进行深刻的分

---

① 〔苏〕高尔基：《论文学》（续集），冰夷等译，第50页。

第八章 陀思妥耶夫斯基：探索人类心灵奥秘的艺术

析和独特的艺术表现。正是从这个意义上讲，人们往往称他为心理学家。当然，他并不是严格意义上的心理学家，因为他只擅长剖析人类的心灵，只探索和表现人类心灵的奥秘，而不从中研究心理学的规律。尽管如此，在俄国文学中，很少有像陀思妥耶夫斯基这样同心理学联系得如此紧密的作家，他的创作可以说是文艺心理学研究的极好对象。本章试图从文艺心理学的角度来研究这位充满矛盾的天才作家，研究作家的创作心理、作家创作的思想艺术特色的心理依据、作家艺术思维的特点和作家个性心理特征。

第一节 "在人身上发现人"

鲁迅曾经指出："显示灵魂的深者，每要被人看作心理学家；尤其是陀思妥耶夫斯基那样的作者。他写人物，几乎无须描写外貌，只要以语气，声音，就不独将他们的思想和感情，便是面目和身体也表示着。又因为显示着灵魂的深，所以一读那作品，便令人发生精神的变化。灵魂的深处并不平安，敢于正视的本来就不多，更何况写出？因此有些柔软无力的读者，便往往将他只看作'残酷的天才'。"[①]

陀思妥耶夫斯基创作的最大特色正是敢于对人性进行深刻的大胆的剖析，善于通过种种艺术手段来揭示人的内心的全部奥秘。

陀思妥耶夫斯基在17岁的时候就说过："人是一个秘密，必须识破它。如果识破它需要整整一生，也不能说是浪费时间；我要探

---

① 《鲁迅全集》第1卷，人民文学出版社1958年版，第94页。

索这个秘密。"①年轻的陀思妥耶夫斯基实现了自己的诺言,他果真用毕生的精力探索人的奥秘,并且做出了卓越的贡献,作家晚年在对自己的创作进行总结时又回到人的论题,他认为自己一生的创作是"用完全的现实主义在人身上发现人",他"描绘的是人的内心的全部奥秘"。②这可以说是陀思妥耶夫斯基毕生的创作纲领。

陀思妥耶夫斯基从成名作《穷人》开始,便把作品的重点放在人物的内心世界,他力图通过人物的两重性格和内心的分裂来反映俄国当时那个混乱、动荡的时代。在他的笔下,作品情节的基础是人物心灵的矛盾和撞击,作品人物典型是"灵魂的历史",作品的环境是人物内心具象化的环境。为了揭示人物两重的、分裂的、隐秘的内心世界,作家还采用了无意识、梦幻、变态、象征,甚至是怪诞的艺术手法。显然,探索人性,探索人的内心的全部奥秘,是陀思妥耶夫斯基一生的创作追求。作家之所以确立这样一个独特的创作目标,同时代、同作家的创作个性有密切联系,同时也同作家对艺术本质的深刻理解息息相关。文学是人学,文学是反映现实生活的,但它是通过人和人的内心世界的变化来反映现实生活的变化的。人是社会关系的总和,在人身上体现着种种复杂的社会关系,而人的内心深处更是积淀着社会的、民族的、历史的、文化的、人性的种种复杂因素。艺术家只有善于揭示人的内心的全部奥秘、人的内心的全部矛盾和复杂性,才能深刻反映现实的全部矛盾和复杂性,才能造就真正的人学,这正是陀思妥耶夫斯基创作给我们的深刻启示。

---

① 《陀思妥耶夫斯基论艺术》,国家出版社1973年版,第465页。
② 《陀思妥耶夫斯基书信集》第1卷,国家出版社1928年版,第76页。

第八章　陀思妥耶夫斯基：探索人类心灵奥秘的艺术

俄国文学史上有不少心理分析大师，在他们当中陀思妥耶夫斯基是独树一帜的。屠格涅夫表现的是已形成的个性的心理，社会对人物性格心理的影响，他写的是人物心理活动的结果。托尔斯泰感兴趣的是人物内心的成长和变化，他着重表现人物的"心灵辩证法"，表现人物心理过程本身。陀思妥耶夫斯基最关心的不是人物心理活动的过程，也不是人物心理活动的结果，而是人物内心的差异、矛盾和斗争，人物心理的变态。他从矛盾斗争的角度来揭示人物的内心世界。描写资本主义社会所造成的人物的心理变态——双重性格、性格分裂，这是陀思妥耶夫斯基对俄国文学，乃至对世界文学的独特的突出的贡献。

在陀思妥耶夫斯基最早的小说《穷人》中，主人公杰武什金是一个受屈辱的小人物，同时内心又是善良和自尊的。我们发现这个人物的性格是统一的，他是善的代表，在作品中善与恶分别由两种人物来体现，善与恶被表现为社会的两极，是泾渭分明的。而在作家第二部小说《双重人格》中，情况就有了明显的变化：作品出现了双重人格，善与恶不是由代表社会两极的人物来体现，不是泾渭分明的，而是体现在一个人物身上，体现在主人公高略德金这个性格分裂的典型人物身上。作者认为，这个人物"是一块污秽不堪的破布，但这块破布可非同一般，这块破布会非常自尊，有灵性，而且有感情，虽然是得不到回应的自尊和得不到回应的感情，而且是深藏在这块破布的脏兮兮的折缝里，但毕竟是有感情的……"[①] 关于这个人物，杜勃罗留波夫明确指出："他的精神分裂了，他自己也看到了这种两重性……他积聚他所幻想到的一切卑鄙的、充

---

① 〔俄〕《费·陀思妥耶夫斯基全集》第1卷，磊然、郭家申译，第251页。

满世故的狡猾的手段,一切丑恶而有效的手段;可是有几分是实际上的胆怯,有几分是深邃褶缝里的某个地方还隐藏着道德感情的残余,阻挠了他采取他所设想好的一切阴谋诡计,丑恶行为,于是他的幻想就使他变成'两重人格';这就是他癫狂的基础。"① 在这之后,陀思妥耶夫斯基一系列作品的主人公大多表现出双重人格和精神分裂:在长篇小说《卡拉马佐夫兄弟》中,检察官曾经这样概括卡拉马佐夫性格,说它是"能够兼容并蓄各种各样的矛盾。同时体味两个深渊,一个在头顶上,是高尚的理想的深渊,一个在脚底下,是极为卑鄙丑恶的堕落的深渊",总之,是"善与恶奇妙的交织体"。

陀思妥耶夫斯基所表现的这种双重人格和内心分裂,是资本主义所造成的心理变态和人性扭曲。这些人物由于丧失了道德支柱和精神支柱,在思想上理想与现实、善与恶、崇高与卑劣的斗争达到白热化程度,内心的痛苦难于忍受。这种人正如高尔基所指出的,内心已经支离破碎,而且不断分裂为二,"意识成分与本能成分几乎永远不会在他心中汇合成单一的'我'"。②

陀思妥耶夫斯基描绘双重人格和内心分裂是同作家对人性的认识和分析相联系的。在他看来,"人生来就有良心,就有善与恶的概念"。同时,他又把人的性格看成环境的产物。他对人性的认识是十分深刻的,他不否认人的生物性和遗传性,但他又很明确地指出,人是从属于社会的。他说:"人是从属于社会的。从属,但是不是整个人。"③ 在作家笔下,双重人格和内心分裂归根到底乃

---

① 《杜勃罗留波夫选集》第2卷,辛未艾译,第92页。
② 〔苏〕高尔基:《论文学》(续集),冰夷等译,第69页。
③ 《文学遗产》第83卷,第422页。

是畸形社会和混乱时代的反映。在资本主义社会,金钱势力使人性中的善变成恶,人自身也就异化为非人。作家表现人性的异化归根到底是为了表现社会的畸形,是对资本主义现实的深刻揭露。作家对人性、对人的内心世界的"残酷"剖析,乃是对资本主义的无情批判。陀思妥耶夫斯基认为,"最高意义上的现实主义者"就是要描绘"人的内心的全部奥秘"。他说:"我对现实和现实主义的理解与我们的现实主义作家和批评家完全不同。我的理想主义比他们的现实主义更为现实。天哪!讲清楚我们大家,我们俄国人,在近十年来我国思想发展过程中的体验,这难道不会引起现实主义作家的大喊大叫,说这是虚幻吗!可是这却是本来的、真正的现实主义!"①

陀思妥耶夫斯基表现双重人格和内心分裂又是同他的人道主义信念相联系的。人们称他为"残酷的天才",就在于他敢于"残酷"地挖掘深藏于灵魂中的人性恶,同时更在于他敢于表现灵魂中的人性善以及人性善和人性恶的斗争,能够"在人身上发现人"。当人性中善的部分被种种恶行和重重苦难掩盖、扭曲时,如果不进行近乎"残酷"的挖掘,是无法表现人类内心深处的奥秘的。鲁迅曾指出,陀思妥耶夫斯基是"人的灵魂的伟大的审问者"②,"他把小说中的男男女女,放在万难忍受的境遇里,来试炼它们,不但剥去了表面的洁白,拷问出藏在底下的罪恶,而且还要拷问出藏在那罪恶下的真正洁白来"③。例如,在《白痴》中娜斯塔西娅是被侮辱、

---

① 《陀思妥耶夫斯基论艺术》,冯增义、徐振亚译,漓江出版社1988年版,第327页。
② 《鲁迅全集》第7卷,第95页。
③ 《鲁迅全集》第6卷,第327页。

被损害的人物,是被毁灭了的美的化身。为了报复从小侮辱和损害她的托兹基,她决心嫁给粗野、无耻"抢购"她的罗果静;她不愿嫁给她心中追求的梅思金公爵,则是因不愿意"玷污"他。作家在娜斯塔西娅自暴自弃的变态行为里拷问出她"真正的洁白":她的善良,她的反抗。

第二节 被激动的灵魂的热烈呼吁

陀思妥耶夫斯基对人性、对人的内心世界进行解剖和挖掘时是"残酷"的,然而作家的情感是火热的。当我们阅读陀思妥耶夫斯基的作品时,总会被一种强烈的情感所打动,总会感受到作品字里行间跳动着作家骚动不安的灵魂。正如卢那察尔斯基所说的,"陀思妥耶夫斯基是抒情艺术家。他所有的中篇和长篇小说,都是一道倾泻他的亲身感受的火热的河流"。①正是这种火热的感情,使作品产生一种紧张的气氛,使读者处于一种激动不安的状态。

让我们看看《白痴》中娜斯塔西娅·菲里波芙娜在生日那天"拍卖自己"那惊心动魄的一幕。娜斯塔西娅当众"用一种发高烧似的"口气喊道:"这是十万卢布",它"就在这腥臜的纸包内"。原来这是罗果静买她的十万卢布,也是给她的所谓"生日礼物"。随后,娜斯塔西娅又一一揭露老将军叶潘钦、他的秘书甘尼亚·伊伏尔金和托兹基,并拒绝了自己所爱的梅思金公爵。最后,她把十万卢布扔进熊熊燃烧的壁炉,并要甘尼亚光着手去取,对他说要"我

---

① 《卢那察尔斯基论文学》,蒋路译,第213页。

欣赏一下你的灵魂"。这时气氛简直到了白热化的程度:"周围响起一片惊呼声,许多人甚至画起十字来了","她疯了!她疯了!"人们失去理智地喊叫着。再看甘尼亚·伊伏尔金,"一丝疯狂的微笑飘忽在他那苍白如纸似的脸上……的确,他没法把视线从火上,从开始阴燃的纸包移开",他一动也不动,最后终于支持不住倒地晕过去了。这时娜斯塔西娅从火中钳出钱包,宣布它归甘尼亚所有。①此刻她报了仇,得到了满足。

　　这是一个富有强烈戏剧性的场面,它是由人物性格和心理的尖锐冲突构成的。同时我们看到,作者火热的情感也造成了一种白热化的气氛,在这种气氛中人物形象被扭曲了,变形了,这又大大增强了这个场面的戏剧效果。显然,火热的情感加强了心理冲突,造成了强烈的戏剧效果,使作品产生一种揪心的艺术力量。正如卢那察尔斯基所概括的:"陀思妥耶夫斯基所创造的气氛是火热的,它由于温度的变化而闪烁不定,常常明显地歪曲了来到你面前的事实和对象。陀思妥耶夫斯基笔下的故事叙述人或者干脆用作为登场人物的'我'的名义说话,或者是一个痉挛的、哆嗦的、时而嘲讽时而痛苦的编年史家。"②

　　陀思妥耶夫斯基作品中这种火热的情感是怎么产生的,或者说它是由作家哪些心理因素造成的?据卢那察尔斯基的分析,它来自以下几个方面。③

　　一是"灵魂奥秘的连续的自白"、"披肝沥胆的热烈的渴望"。作

---

① 《费·陀思妥耶夫斯基全集》第9卷《白痴》(上),张捷、郭奇格译,河北教育出版社2010年版,第236—240页。
② 《卢那察尔斯基论文学》,蒋路译,第231页。
③ 《卢那察尔斯基论文学》,蒋路译,第213—215页。

家只有真诚才能打动读者,这是从作家心理素质的角度来分析的。陀思妥耶夫斯基创作心理的重要特点就是真诚,他总是想把自己灵魂的奥秘向读者袒露,把自己的感受和痛苦向读者倾吐。作家这种内在的、热烈的、真诚的情感构成了作品艺术感染力的基础。

二是"当他向读者表白他的信念的时候,总是渴望感染他们,说服和打动他们"。作品要打动读者,首先作家心中必须有读者,这是从艺术接受角度来分析的。陀思妥耶夫斯基并不十分关心他的作品外表的美,他故意使他的文字极端质朴,对自然景物的描绘也十分冷淡。他最关心的乃是"尽快地打动您,向您倾吐心曲",用他所写的内容的独创性来吸引读者。

三是"热烈的、不可抑制的生活渴望"。这是从作家创作的角度,从作家情感体验的角度加以分析的。作家在整个创作过程中总是伴随着强烈的情感体验活动,他在塑造人物形象时总是从自己的情感经验出发,去体验人物的思想感情,并且在人物身上融进自己的情感。所谓"热烈的、不可抑制的生活渴望",实际上讲的就是作家的情感体验。卢那察尔斯基认为,陀思妥耶夫斯基的情感体验有作家自己的特色,它包括以下两个方面。一方面是他同他所有的主角紧密相连:"他的血在他们的血管里奔流,他的心在他所创造的一切形象里面跳动。""他同他的主角一道去犯罪。他同他们一道过着沸腾的生活。他同他们一道忏悔。"另一方面是"陀思妥耶夫斯基除了亲自经历他的主角所遭遇的一切事件,为他们的痛苦而痛苦之外,他还玩赏这些感受。他经常观察各种细节,是为了将他所想象的生活体现得像幻景一样鲜明。他需要这些细节,也是为了把它们当作真正的内心的现实,加以玩味"。卢那察尔斯基指出陀思妥耶夫斯基不仅感受生活,而且玩赏这些感受,这是很深刻的,这真正道出陀思妥耶夫斯基情感体验的特点,也揭示出作家艺术风格的一个重要特点。陀思妥耶夫斯基曾经谈到这样的观点:人生的一切挫折,他都当作快乐来领受,甚至苦楚本身也能带来快乐。

陀思妥耶夫斯基的情感体验常常达到一种炽热的程度,这是其他作家难以比拟的。他曾经这样说过:"如果说我过去什么时候有过幸福的话,那么,这也并不是我因成就而陶醉的最初瞬间,而是当我还没有把我的手稿读给任何人听、拿给任何人看的时候:在那些漫漫的长夜里,我沉湎于兴奋的希望和幻想以及对创作的热爱之中;我同我的想象,同亲手塑造的人物共同生活着,好像他们是我的亲人,是实际活着的人;我热爱他们,与他们同欢乐、共悲愁,有时甚至为我的心地单纯的主人公洒下最真诚的眼泪。"①

陀思妥耶夫斯基创作过程中炽热的情感体验,归根到底是源于作家的生活体验。在作家对作品中主人公的心理活动描绘中,我们往往可以发现作家生活中曾经有过的精神体验的影子。在长篇小说《罪与罚》中,作家和主人公拉斯柯尔尼科夫在不少心理活动上可以说是心心相印。例如拉斯柯尔尼科夫在帮助处理马尔美拉托夫的丧葬时,重新体验到生命的强大和无限,他认为"这种感觉可以和一个被判处死刑、突然获得出乎意外的赦免的囚犯的感觉相似"。主人公的这种感觉正是源于作家曾经亲自体验过的感觉。1849年陀思妥耶夫斯基同彼特拉舍夫斯基小组成员一起被沙皇政府逮捕,他因在一次会上宣读别林斯基致果戈理的那封有名的反农奴制的信等"罪名",被剥夺贵族身份,并判处死刑,临刑时

---

① 古典文艺理论译丛编辑委员会编:《古典文艺理论译丛》第11册,第111页。

又宣谕沙皇尼古拉一世的旨意改处苦役及期满当兵。又如拉斯柯尔尼科夫在流放地"严格地检查了自己的行为,他那颗变得冷酷的良心在他以前的行动中,除了人人都能发生的极平常的失策外,找不到任何别的可怕罪行"。"他失败了,所以他去自首,仅仅在这一点上他服罪了"。这些想法也正是陀思妥耶夫斯基在流放地的内心活动的再现。

当然,作品主人公的心理不可能是作家心理的简单再现,它是现实中人物的心理和作家心理的融合和升华,是各种心理因素的概括和典型化。然而这种典型化的基本方向是由作家的心理定式所决定的。只有作家怀着炽热的感情,同主人公一起经受同样的苦难和折磨,寻求同样的欢乐和慰藉,才有可能打动读者,感染读者,使读者同主人公一起痛苦,一起义愤,一起哭泣,一起欢笑,最后也才能使作品产生强烈的艺术效果。

这里分析的是陀思妥耶夫斯基创作过程中的情感体验和他的作品表现情感的特点,人们并不要求每一个作家都按照统一的模式去表现情感,作家在作品中表现自己的情感可以有多种多样的形式。尽管如此,我们应当看到,作家的真诚、作家热烈丰富的情感是作品生命之所在,也是作品艺术感染力之所在。

第三节　变态心理、潜意识和梦幻

陀思妥耶夫斯基为了揭示心灵的奥秘,为了表现人物的双重性格和分裂性格,表现人物深层的心理,相应地采用一套独具特色的艺术表现手法,他也表现人物的常态心理、显意识和现实生活,但更关注的是人物的变态心理、潜意识以及梦幻生活。作家通过表现人物的变态心理、潜意识和梦幻生活,把人物最隐秘、最深层的内心世界揭示出来。这种独特的表现方法深化了心理分析,把小说艺术推到了一个新的高度,至今世界各国作家仍然对它表现出极大兴趣。

陀思妥耶夫斯基和托尔斯泰都擅长心理分析,他们都是心理分析大师。但是我们从他们作品的人物心理描写来看,托尔斯泰更关注人物的常态心理,而陀思妥耶夫斯基则更关注人物的变态心理。在托尔斯泰笔下,人物心理活动的轮廓分明,人物心理过程的脉络清晰,前后变化十分符合逻辑。而在陀思妥耶夫斯基笔下,人物心理活动往往是混乱的,前后矛盾的,令人难于理喻的。作家正是通过这种变态心理来揭示人物隐秘的深层的心理活动。

在陀思妥耶夫斯基的作品中,作家往往通过人物反常的行为、言谈和笑貌来表现变态心理,让人觉得十分古怪,不可理解。实际上只要我们透过现象深入事物的本质,只要我们稍加深入分析,便会发现变态心理和常态心理的心理内容原来是相同的,只不过表现形式不同罢了。常态心理是变态心理的原型,变态心理是常态心理的扭曲表现。这样一种扭曲在文学作品中表现出来,一是可以借此深入人物的心理深层;二是可以增强作品的艺术感染力。同时,我们在陀思妥耶夫斯基的作品里还可以发现这样一种现象:人物的常态心理和变态心理常常又是相互转化的,常态心理可转化为变态心理,变态心理也可转化为常态心理。不过这种转化需要有一定的条件。这里我们可以举生活中一些简单的事例来加以说明,例如当人们在日常生活中碰到意料不到的喜事时,有人可能是笑,这是常态;有人则可能是哭,这是变态。哭正是笑的扭曲表现,是笑的变形。实际上无论是哭是笑,这两种情感形式所表现的内容都是高兴。同时我们发现在日常生活中笑和哭在一定条件下也是可以转化的,这就是所谓喜极而泣和破涕为笑。

陀思妥耶夫斯基在长篇小说《被侮辱和被损害的》中是这样描绘伊赫缅涅夫的变态心理的。

伊赫缅涅夫老人原是瓦文科夫斯基的管家,被主人视为"亲兄弟"。可是后来却被瓦文科夫斯基逼得倾家荡产,亲人离散。老人受到瓦文科夫斯基的欺凌和侮辱,精神上受到极大的创伤,然而他又是自尊和倔强的。这样就形成了他的矛盾心理和变态心理。他变得非常多疑,常常自言自语,比划手势。老人对离去的女儿娜塔莎由爱变为恨,他同老伴之间"有一种默契,那就是只字不提娜塔莎,仿佛世上根本没有她这个人似的"。实际上老人对女儿依然是爱的,他的自尊、倔强、怨恨只是这种爱的变态。小说对这种变态心理及其转化,有一段十分精彩的描写。

老人偷藏着镶嵌着女儿小时画像的项链。有一次老人急于从兜里掏出文件,把小金盒也带出来了,老伴见了又惊又喜,连忙说道:"亲爱的,这么说你爱着她哪!"老太婆话音未落,老人就火了:

> 不料一听到她的惊呼,他的两眼便射出疯狂的怒火。他抓起小金盒,使劲把它摔在地板上,像疯了似的用脚去踩它。
>
> "我要永远,永远地诅咒你!"他气喘吁吁地、声嘶力竭地喊道,"永远,永远!"
>
> "上帝啊!"老太太叫了起来,"她,她!我的娜塔莎!……他用脚,用脚去踩她的小脸蛋!……暴君!你这个冷酷无情、铁石心肠、狂妄自大的家伙!"

第八章　陀思妥耶夫斯基：探索人类心灵奥秘的艺术

听到老伴的哭号，疯狂的老人停了下来，他被自己所做的事吓坏了。突然，他抓起地板上的小金盒，急忙向室外奔去，但刚跑了两步，便双膝跪下，双手抵住他前面的沙发，浑身无力地垂下了头。

他像孩子、像女人那样号啕大哭。他呼天喊地，哭得透不过气来，似乎心都要碎了。一个威严的老人刹那间变得比孩子还要柔弱。啊，现在他已经不会诅咒她了；现在他在我们面前也不再难为情了，一阵父爱的冲动，促使他当着我们的面，无数遍地亲吻那张他一分钟前还用脚去践踏的画像。看来，被他长期压抑在心中的那份对女儿的柔情和爱，此刻正势不可挡地喷涌而出，而且这激情又是如此强烈，使得他像散了骨架似的，变得浑身无力了。

"宽恕她，宽恕她！"安娜·安德烈芙娜哭号着大声喊道……

"不，不，决不，永远不！"他用嘶哑、哽咽的声音喊道，"永远不！永远不！"[①]

陀思妥耶夫斯基在这个场面里，把老人伊赫缅涅夫的变态心理写得曲折有致、细腻动人，且有一种揪心的艺术力量。老人疯狂的发怒是长期压抑的对女儿的爱的变形，后来他的号啕大哭、他的热吻才是老人的常态心理。不过这种常态是被压抑的、潜藏的，一旦有了外界的刺激才能不可遏止地爆发出来。从作品的描写来看，激发老人心理转化的外界条件一是触物生情，见到女儿小时的画

[①]《费·陀思妥耶夫斯基全集》第4卷《被侮辱和被损害的》，艾腾译，冯南江校，河北教育出版社2010年版，第101—102页。

像引起情感急剧变化;二是老伴言语的刺激,老伴的话一触到他的痛处他就立刻爆发了。从整个场面的描写来看,老人的心理和情感是不断转化的:由怒到爱,又由爱到怒。这样就把伊赫缅涅夫老人恨和爱、冷和热的心理与感情,既表现得十分深刻,又非常富有艺术感染力。这就是陀思妥耶夫斯基表现变态心理的艺术力量之所在,也就是说作家不是为了表现变态心理而表现变态心理。表现变态心理是他的手段,揭示人物的性格才是他的目的。

描绘无意识的行为是陀思妥耶夫斯基揭示人物深层心理的另一种表现手法。一般说来,自觉的意识不容易表现出人物的真情,而无意识的行为恰恰更能流露出人物内心的真情。陀思妥耶夫斯基小说《少年》中主人公的一段话,颇能代表作家对这个问题的看法:"人笑的时候跟睡着的时候一样,多半对自己的脸相一无所知。异常多的人根本不善于笑。其实这不是善于不善于笑的问题:这是一种天赋,而且是无法培养的。真要培养的话,除非是改造自己,使自己变得美好,克服自己个性中坏的本能:到那时,这种人的笑才极有可能变得美好。有的人一笑就会彻底暴露自己,让你一下子看透他的全部底细……笑,首先要求真诚……有些人的性格让您久久捉摸不透,但只要他什么时候很真诚地放声大笑,那么他的整个性格就会一下子让您了如指掌。"[①]纵有许多动作也无法识透人物性格,因为这些动作不是出自人物的本性;相反,只要有出自人物本性的一个动作,就能亮出人物的整个性格。这里着重说明的就是无意识行为和动作对于表现人物内心真情和揭示人物性

[①] 《费·陀思妥耶夫斯基全集》第14卷《少年》(下),陆肇明译,河北教育出版社2010年版,第473—474页。

格的重要作用。

陀思妥耶夫斯基在作品中常常运用各种形式的无意识行为来揭示人物的深层心理。在长篇小说《罪与罚》中，主人公拉斯柯尔尼科夫在杀人之后惊恐不安，陷入极度矛盾和痛苦的状态：一方面想向人倾吐内心的秘密，另一方面又惊恐、多疑。这时作家运用下面几种无意识行为来揭示主人公这种矛盾和痛苦的心理。

一种是无目的、莫名其妙的行为。拉斯柯尔尼科夫既想对人吐露真情，可又害怕泄露内心的秘密，结果是他忽而在街头无目的地漫游，差点被马车轧死，忽而又找到老同学拉祖米兴那里，可是又马上莫名其妙地离开。

另一种是不合情理的相互排斥的情绪和行为。拉斯柯尔尼科夫杀人之后怕露马脚，虽然把赃物藏得很严实，仍然无法掩盖自己内心的惊恐不安，结果是一会儿在睡了一觉之后突然又想起什么事情来，又反反复复检查自己的衣服，一会儿又无意识地走到自己行凶的房间，对正在修理房间的工匠说："老太婆同她的妹妹被人杀害了。这儿有一摊血哩！"两个工匠听了感到莫名其妙，还以为他是疯子。

正是这些莫名其妙、相互排斥的行为，活现了主人公极端矛盾和痛苦的心境，作品人物这种深层的心理活动，是正常的情绪和行为难以表现的。

梦幻和梦境也是陀思妥耶夫斯基揭示人物深层心理活动的一种手段。日有所思，夜有所梦，梦幻和梦境往往集中了人物的潜意识，最能体现人物内心的秘密。作家通过作品中的人物伊凡·卡拉马佐夫的嘴说明了这种心理现象："在睡梦中，尤其在做噩梦的时候，嗯，比如说由于消化不良或者由于别的什么，有时候一个人会做一种富有艺术性的梦，梦见十分复杂的真实的现实生活，梦见许多事，甚至色彩纷呈，令人眼花缭乱，而且情节错综复杂，细节又是那么出人意料，从您最高尚的表现直到胸衣上的最后一个纽扣，这样的故事，我敢向你发誓，连列夫·托尔斯泰也编不出来。"①显然，作家在这里是把梦境和梦幻作为揭示人物深层心理活动的一种手段，认为梦可以体现复杂而真实的思想，甚至可以发掘人物最高尚的精神表现。

在《罪与罚》中，陀思妥耶夫斯基就成功地运用梦境和梦幻来展示人物的心理。主人公拉斯柯尔尼科夫在杀人犯罪之前，曾经梦到儿童时期看见一群醉汉凶狠地鞭打一匹疲惫瘦弱的老马，让它驾着重载奔驰，直至老马不支而死。这是主人公过去的体验和现实的印象相融合的虚幻再现。拉斯柯尔尼科夫在杀人之后则是梦见自己在街上走着，有个陌生人向他招手，他跟那个人走进一幢黑洞洞的楼房，里面空无一人。他忽然看见那个被他杀死的放高利贷的老太婆坐在椅子上，不让他看清自己。他勃然大怒，拿起斧头用足力气向她的天灵盖猛砍过去，然而怎么也砍不动，越砍那个老太婆越笑得厉害。他惊恐万状，发现到处都是人，人们望着他交头接耳，他觉得自己无路可逃了。这个梦境恰好是留在拉斯柯尔尼科夫潜意识中的杀人犯罪的切实体验的真实再现，同时也表现了他杀人之后走投无路的惊恐心理。正是这种草木皆兵的感觉使主人公的精神防线完全崩溃了，最后为寻求解脱，只好去自首了。

我们为了说明问题，把陀思妥耶夫斯基表现人物深层心理的

---

① 《费·陀思妥耶夫斯基全集》第16卷《卡拉马佐夫兄弟》（下），臧仲伦译，河北教育出版社2010年版，第987页。

三种形式——变态、无意识和梦幻分别加以分析。实际上，作家在作品中运用这些表现形式时往往是把它们融合在一起的。人物的潜意识和双重性格是变态心理、无意识行为和梦幻的根源。三种表现形式的交融运用往往就能更充分和更深刻地揭示人物的深层心理，构成震撼人心的艺术效果，陀思妥耶夫斯基在《罪与罚》中交互运用变态行为和梦幻等手法来刻画斯维德里加依洛夫的双重性格就是很好的例子。当他把杜尼雅诱骗到自己房间时，按照他的本性是完全可能野蛮地奸污她的。可是这时他"内心展开了剧烈的斗争"。结果是"他突然放开手，转过身子，快步朝窗口走去"；把钥匙扔给她，再三催促她"快走"。①从这些反常的动作和行为中可以看出，在斯维德里加依洛夫身上那难以抑制的兽性和情欲，同潜意识中残留的人性和良心展开了剧烈的搏斗，最终正如他自己所分析的，"一瞬间，他是多么怜悯她，仿佛他的心都停止跳动了"。②之后，在一个凄风苦雨之夜，他在一家小旅店里又产生一系列梦幻：一个已经死去的大理石雕塑一样的少女面容，她是由于纯洁的心灵受到凌辱而自尽的；③一个被酗酒的妈妈遗弃的五岁的小女孩被他抢回屋里之后，向他露出妓女那样的淫笑，其中"有某种十分丑恶的、侮辱性的东西"，④他不禁惊叫起来。前面的变态行为和后面的梦幻融合在一起，就更生动和真实地揭示了斯维德里加依洛夫身上人性与兽性剧烈搏斗的深层心理。

---

① 《费·陀思妥耶夫斯基全集》第8卷《罪与罚》（下），袁亚楠译，白春仁校，河北教育出版社2010年版，第628页。
② 同上书，第639页。
③ 同上书，第640页。
④ 同上书，第643页。

第四节 奇特的小说形式

以往我们只注意到文学作品的艺术内容同心理因素的联系，对于艺术形式同心理因素的联系往往重视得不够。实际上任何一种艺术形式的产生和运用都是同艺术家的心理相联系的，这点在陀思妥耶夫斯基的创作中也表现得很充分。陀思妥耶夫斯基对人物深层心理的挖掘和表现不仅同作品内容紧密相关，还形成作品奇特的艺术形式。卢那察尔斯基曾经敏锐地觉察到这种现象，他说："他的小说的形式往往非常奇特。研究这一点很有意思，正像地质学家研究埃特纳火山（在意大利西西里岛）或研究富士山的起因一样。"[①] 卢那察尔斯基的这个观点极富启示性：火山表层的地质结构是火山深层长年积聚的岩浆爆发的产物，研究火山不仅要研究表层地质结构，而且也要研究火山的起因。同样，陀思妥耶夫斯基小说奇特的形式也是作品人物长期郁结的深层意识和心理爆发的产物，我们研究作家的艺术形式必须从心理方面寻找根源。

我们在陀思妥耶夫斯基的作品中发现，作家许多独特的艺术表现形式都是为深入心理分析服务的，都是为揭示人物深层心理服务的。他善于选择和虚构那种骇人听闻的和惊心动魄的事件来表现人物心灵的搏斗，通过作品情节的逆转来表现人物的心理，而作品中情节的发展过程又是同人物心灵的运动紧紧相连的。他在作品中所安排的环境往往是人物心理的外化，他着重表现的不是

---

① 《卢那察尔斯基论文学》，蒋路译，第213—214页。

物质的时间和空间,而是心理的时间和空间。陀思妥耶夫斯基作品艺术形式的心理问题越来越引起人们的关注和兴趣。

从陀思妥耶夫斯基作品的选材来看,作家感兴趣的不是日常生活,而是特殊的事件,古里古怪的事件,甚至是骇人听闻的、令人惊心动魄的事件。在作家的笔记本里,我们可以看到作家记下的各种耸人听闻的奇特的人物、事件:弑父的孩子们;强迫妻子代替拉边套的马在皮鞭驱赶下猛跑几十俄里的丈夫;由于小孩向狗扔石头而吩咐放出群狗追捕小孩的地主将军;为三个卢布而发生的残忍凶杀,等等。① 这些素材写进作品就成为惊心动魄的情节,诸如《罪与罚》中的杀人、《卡拉马佐夫兄弟》中的弑父等。对此,陀思妥耶夫斯基在谈到《恶魔》时曾经明确指出:"我认为我自己是一件个别的意味深长的事件的记叙者,这件事在我们这里突然发生,出人意外……当然,由于事件不是发生在天上,毕竟在我们这里,因而我有时就不能不涉及我们省城的日常生活图景;但我要提醒注意,我只是在最必要的范围才这样做,我决不专门描写我们当代的日常生活。"②

陀思妥耶夫斯基选择特殊的事件是同他的创作思想相联系的,是为了表现病态、畸形的社会,也是为了更好地表现双重人格的内心矛盾和心灵搏斗。因此他认为,文学不应当回避社会的病态现象和畸形现象,并且对批评界不能正确看待这种现象表示不满:"我们这个社会骨子里就有毛病,存在着病态,要是谁能发现并讲出来,大家便群起而攻之。"③ 在他看来,这些事件虽然是特殊的,甚至是虚构的,然而不是作家臆造的,它是现实生活的一部分,有时甚至

---

① 〔苏〕梅拉赫:《创作过程和艺术接受》,程正民、徐玉琴、张冰译,第150页。
② 《陀思妥耶夫斯基的创作》,俄文版,1955年,第566页。
③ 《陀思妥耶夫斯基书信集》第4卷,俄文版,第62—63页。

构成生活的本质。陀思妥耶夫斯基一再强调:"我对现实(艺术中的)有自己独特的看法而且被大多数人称之为几乎是荒诞的和特殊的事物,对于我来说,有时构成了现实的本质。事物的平凡性和对它的陈腐看法,依我看来,还不能算现实主义,甚至恰好相反。"①

陀思妥耶夫斯基在1860年代和屠格涅夫的通信中,曾经提出过虚幻在艺术中的表现问题。他认为,艺术中的虚幻和艺术真实并不矛盾。他在谈到自己的小说《一个温顺的女人》时说得更加明确:"我称它为'虚幻的',其实我自己认为它是高度现实的。不过这里确实有虚幻的东西,恰好是在小说的形式方面。"②陀思妥耶夫斯基对虚幻的理解是深刻的,在他看来,虚幻主要是艺术表现形式,它从根本上讲并不违背艺术的真实。例如《白痴》第一部分,梅思金公爵一天之内巧遇并经历了许多戏剧性事件,在时间上看来是不现实的,但事件本身还是可能的。这种"虚幻的"形式虽然同生活真实不一致,但并不违背艺术真实。当然陀思妥耶夫斯基认为,艺术中的虚幻也是有限度的,他说:"艺术中的虚幻是有限度的,也是有规则的,虚幻尽可能接近现实,以期达到几乎要信以为真的程度。"③

陀思妥耶夫斯基作品情节的安排也是服务于揭示人物内心奥秘、表现人物深层心理这个总目的。在作家的作品中,事件常常只是外在的框架,情节的真正推动力是人物的心理活动和心理冲突。不管作品外在的情节多么曲折离奇,作品的情节乃是人物心灵活动的历史。长篇小说《罪与罚》的情节线索是犯罪和审讯,而情节的真正推动力却是主人公拉斯柯尔尼科夫的内心冲突,整部

---

① 《陀思妥耶夫斯基论艺术》,冯增义、徐振亚译,第328—329页。
② 同上书,第406页。
③ 《陀思妥耶夫斯基书信集》第4卷,俄文版,第178页。

作品实际上就是他的心灵的活动史。陀思妥耶夫斯基的其他作品也都是作家的主要人物的心灵活动和内心冲突的历史,作家在事件的流动过程中深入挖掘人物矛盾的深层的心理活动。人物的心理冲突决定了事件的进程,而事件的进程就是人物心理的展示过程。

陀思妥耶夫斯基安排情节的另一个特点是通过情节的突然逆转来展示人物的心理。突然逆转的情节一是能够让人物的灵魂曝光,二是能充分表现人物心理的复杂性。《白痴》中生日的一幕就是情节的突然逆转。娜斯塔西娅把罗果静买她的十万卢布扔进燃烧的壁炉,这种情节的突然逆转无异于对在场的每一个人施行一场灵魂绞刑,它不仅拷问出每个人灵魂深处的罪恶,同时也使作品的情节具有强烈的戏剧性和艺术感染力。在《罪与罚》中,陀思妥耶夫斯基也安排了许多突然逆转的情节来展示主人公拉斯柯尔尼科夫心理活动的矛盾性和复杂性,把他的内心冲突不断推向高潮,同时也使整个故事腾挪跌宕,引人入胜。例如,拉斯柯尔尼科夫杀人之后在严重的精神折磨之下走投无路。正在这时,情节突然发生逆转:马尔美拉托夫被马车碾死了。于是拉斯柯尔尼科夫立即解囊相助,把母亲寄来的仅剩下的20卢布交给卡杰琳娜·伊凡诺夫娜办丧事,得到一家人的感激。这时,他的精神陡然一振,"内心充满一种全新的深广无尽的感受,觉得突然涌来充沛而强大的生命力,仿佛一个死囚突然获得意想不到的赦免"。[1]"……还有生活!难道我现在不是活着吗?我的生活没有与那个老太婆同归于尽!……让我们较量一番吧!"[2]这段潜台词只有在情节逆转的情

----

[1] 《费·陀思妥耶夫斯基全集》第7卷《罪与罚》(上),力冈、袁亚楠译,河北教育出版社2010年版,第234—235页。

[2] 同上书,第237页。

况下才有可能出现，它透露出拉斯柯尔尼科夫对生的渴求，也表露出他想继续做"超人"的企图。后来警察局侦查科长波尔菲里对他进行三次精神攻势，诱逼他去自首。这时作家又安排了三次情节逆转，直到最后，拉斯柯尔尼科夫在警察局门口看到离入口处不远站着惊惶失色的索尼娅，她"脸上流露出痛苦、惊讶和失望的神色"，这才促使他下决心到警察局自首。

陀思妥耶夫斯基作品的环境描写更是独具一格，完全服务于对人物心理的揭示。在传统的现实主义那里，人物所处的环境得到具体的描绘，而且是通过作家的视觉来描绘的。在陀思妥耶夫斯基那里，他所关注的不是人物所处的环境本身，而是人物的内心世界，因此作家强调的是人物的主体性，他不是通过作家的视角来描绘环境，而是通过人物的视角来描绘环境。他着重描绘的是人物对环境的感受，环境往往是人物心理的外化，是人物内心世界的具象化。《罪与罚》的主人公从棺材似的斗室走到街上，看到的是污秽的街道，肮脏的小酒店，卖身的妓女，卧倒的醉汉；听到的是吉他声、妇女的尖叫声和疯狂的鞋跟踏地声；闻到的是小酒馆桌上粗糙的马铃薯煎牛排散发出的腐臭的腥味。这时，时钟响着"被锁紧了咽喉似的嘎声"，街灯也像"鬼火似的"闪烁着，甚至连"风也像求施的讨厌的乞丐似的呻吟着"。这幅破败、零乱、阴暗的街景，正是主人公焦躁不安、心烦意乱情绪的外化。反过来，正是出于主人公矛盾、紊乱的心理他才把街景看成破败、零乱和阴暗的。在这里，街景已不是主人公心理的衬托和象征，而是主人公心理的体现。

环境的描绘依附人物的心理，由人物的心理来主宰，因此陀思妥耶夫斯基作品中的环境往往不是独立的、完整的图景，它随人物心理的变化而变化,甚至被人物的感受所切割。①《罪与罚》中的涅瓦河是通过拉斯柯尔尼科夫的视角和感受来描绘的:主人公的心理状态不同,他所看到的涅瓦河也不同,整个涅瓦河的景象似乎是被主人公不同心理状态下的不同视角切割,作品中从来没有出现过涅瓦河的全景。

第一次是在主人公童年之梦苏醒过来之后,这时他准备抛弃杀人的念头,心情比较平静。"他走过桥的时候,悄悄地、心境宁静地望着涅瓦河,望着那嫣红的太阳。"他所平视的河和太阳是他平静心情的外化。

第二次是在杀死老太婆之后,拉斯柯尔尼科夫挨了马车夫一鞭子,路人同情他,塞给他20戈比。他手握银币走了十来步路,"转过身来面对着涅瓦河,沿着冬宫的方向。天上没有一丝云,河水几乎是蓝的,这在涅瓦河里是很少见的。大教堂的圆顶,不论从哪个角度看,都不如在这桥上离钟楼不到二十步远的地方看得真切,这样光辉灿烂,透过明净的空气,连每一个装饰物都清晰可辨"。②浅蓝色的河水,晴朗的天空,洁净的空气,以及他所仰视的光彩夺目的教堂,这是主人公感受到人类之爱的内心温暖感情的外化。

第三次是在他精神恍惚之时,"他俯身看着河,无意识地望着那落日余晖的粉红色的反照……他又望望河里那片黑黝黝的水,似乎看得很用心"。这是主人公对涅瓦河的俯视。当时他感到绝望,甚至想投河一死,这里所俯视的落日余晖,黑黝黝的河水,就

---

① 参见樊锦鑫:《陀思妥耶夫斯基艺术世界中的时间和空间》,《国外文学》1983年第3期。
② 《费·陀思妥耶夫斯基全集》第7卷《罪与罚》(上),力冈、袁亚楠译,第141—142页。

是这种绝望心情的外化。

显然，主人公处于不同心情，他所看到的河水的色调和所注意的景观是完全不同的：心情平静时没有注意到河水的颜色，所注意的是嫣红的太阳；心情温暖时，河水是浅蓝色的，所注意的是教堂；心情绝望时，河水是黑黝黝的，所注意的是落日。作家与其说是在描绘涅瓦河的景色，不如说是在表现主人公心理的变化。涅瓦河的景色在作家笔下完全是人物心情的外化。

在陀思妥耶夫斯基作品中，时间同样是人物心理所感受的时间，而不是日常生活中的时间，作家作品中的时间是被高度浓缩的，常常不是按照日常生活的时间流程循序发展，而是跳跃的、突变的，主要是服从于人物当时的心理情绪。例如《罪与罚》中拉斯柯尔尼科夫在杀死老太婆和丽扎韦塔之后病了一场，五天之后他又无意识地来到她们所住的房间：

> 这套房子也在重新装修，里边有工人。这似乎令他吃惊。不知为什么他感觉现在看到的必定还是上次临走时的样子，甚至连尸体都可能还在原处，躺在地板上。可如今见到的，是光秃秃的墙壁，什么家具也没有。真奇怪！①

这段描写确实十分奇特。实际情况是，主人公在五天之前来到这个房间，而且杀了人。五天之后这个房间已经面目全非，然而主人公全然没有想到时间已经过了五天，全然没有看到房间发生的变

---

① 《费·陀思妥耶夫斯基全集》第7卷《罪与罚》（上），力冈、袁亚楠译，第215页。

化,他脑子的兴奋点还停留在杀人的那一天,还是那一天的那个房间的那个现场。在主人公心理的作用下,作品的时间描写显然完全超越了现实的时间和空间,完全是主人公的心理时间和空间。

以人物的心理为依据,超越物理世界的时间和空间,重构心理的时间和空间,形成独特的艺术世界,这就是陀思妥耶夫斯基环境描写的独创性,也就是卢那察尔斯基所指出的一种"十分奇特的形式"。

第五节　充满矛盾和活力的艺术思维

前面我们主要依据陀思妥耶夫斯基的创作,从内容和形式两个方面来探讨作家的创作特色——窥探人类心灵奥秘的艺术。作家创作的特色源于作家创作个性的特点和艺术思维的特点。后面两节将更多依据作家创作过程的材料,着重从艺术思维和艺术个性的角度进一步探讨作家创作的特征。

陀思妥耶夫斯基生前和身后的几十年,在俄苏乃至世界范围,对作家的创作一直存在激烈的争论。传统深厚的强大的现实主义阵营始终不愿割舍这位享有世界声誉的伟大作家,然而又往往把他视为异端;蔑视传统的、后来崛起的现代主义阵营却始终十分崇拜陀思妥耶夫斯基,常常把他视为鼻祖。从艺术思维的角度看,争论涉及一个重要问题:陀思妥耶夫斯基究竟是直觉主义者还是理性主义者?西方的一些人从陀思妥耶夫斯基表现变态心理、无意识、幻觉、梦幻出发,断定他是直觉主义者,认为他的创作都是来自潜意识冲动,来自神秘主义的悟性;而另一些人从陀思妥耶夫斯基宣扬宗教理念出发,断定他是理性主义者。苏联学者梅拉赫认为,他们的看法实际上脱离了作家的创作实际,"忽略了他的艺术思维的真正独创性"①。所谓陀思妥耶夫斯基是直觉主义者或理性主义者的看法是抓住了作家艺术思维的某些特征,但是没有从总体上,从矛盾斗争的角度把握作家艺术思维的特征。总的看来,陀思妥耶夫斯基的创作是自觉的,有明确的指导思想的。然而光看到这一点还是不够的,重要的是还要看到作家的艺术思维既是充满活力的,又是充满矛盾的。

梅拉赫指出,陀思妥耶夫斯基艺术思维的基本特点是"认识—分析倾向"。作家的创作有明确的指导思想,陀思妥耶夫斯基常常指出,作家在分析当代现实生活时必须寻找一定的规则和指导线索,他说:"如果社会生活处于这种早已存在、现在尤甚的混乱中,尚不能给艺术家找到正常的规则和指导线索,甚至可能连莎士比亚式的诗律也找不到,那么至少,哪怕不希求指导线索,有谁能阐明这混乱的哪怕一部分也好啊?"②他非常强调研究当代社会和未来社会的规律,他说:"我们现在毫无疑义地有正在瓦解的生活,所以有正在瓦解的家庭。然而必定也有已经建立在新的基础上的、重新建立起来的生活。谁来发现这些新基础,谁又来指出它们呢?有谁哪怕能够稍微确定和表达一下这个瓦解和新建的规律也好啊!或者说这样的要求还为时过早?"③虽然作家无法揭示这些规律,但我们从这些表白看到了一种强烈要求认识和分析生活的

---

① 转引自〔苏〕梅拉赫:《创作过程和艺术接受》,程正民、徐玉琴、张冰译,第131页。
② 《陀思妥耶夫斯基全集》第25卷,科学出版社1927—1990年版,第35页。
③ 《陀思妥耶夫斯基全集》第28卷,第35页。

倾向,这推动他的创作的发展。他认为,他的创作的基本任务就是抓住最尖锐、最折磨人的问题,揭示出当代生活中普通人发现不了的最隐秘的现象。具体说,就是力求搞清楚在当代混乱、畸形社会中所产生的偶合家庭和双重性格。陀思妥耶夫斯基一系列长篇小说的构思和中心思想,都是同作家对当代生活这一基本看法和基本意向相联系的。例如在谈到《卡拉马佐夫兄弟》时,作家曾经说过:"把这四个性格(指费多尔、伊凡、德米特里和阿列克赛·卡拉马佐夫——作者)综合到一起,您就会得到哪怕缩小到千分之一的,我们当代现实、我们当代知识分子的俄罗斯的描写。"①

陀思妥耶夫斯基艺术思维的另一个特点是综合的倾向。在作家的艺术思维中,理性逻辑的和具体感性的、理性的和直觉的、思想的和形象的各种因素的对比关系是不断变化的。当作家艺术思维中理性逻辑因素占优势时,他就面临着损害浓烈情感因素和生动形象的危险。作家告诫过自己:"艺术性是首要的事情,因为它能以突出的画面和形象帮助表达思想,当只是表达思想而缺乏艺术性的时候,我们写出来的只是枯燥乏味的东西,留给读者的是平庸和肤浅,有时是对没有得到正确表达的思想的不信任。"②因此作家在创作中力求把理性逻辑的因素和具体感性的因素综合在一起,把不仅由理性法则,而且由心灵追求而产生的各种思想综合在一起,把细腻的抒情、心理分析同政论性逻辑性很强的对白和独白结合在一起。他的作品虽然对白和议论不少,但读者仍然能感受到主人公说话的姿态、语调以及他们对周围世界的反应,能够根据作家所

---

① 《陀思妥耶夫斯基全集》第15卷,第435页。
② 转引自〔苏〕梅拉赫:《创作过程和艺术接受》,程正民、徐玉琴、张冰译,第130—131页。

提供的个别细节和特征再现出人物的完整形象。正如鲁迅所说的："他写人物，几乎无须描写外貌，只要以语气，声音，就不独将他们的思想和感情，便是面目和身体也表示着。"①

陀思妥耶夫斯基的艺术思维尽管有认识分析的特点和综合的特点，但它也是充满矛盾的，也就是说，作家艺术思维中理性逻辑的因素和情绪情感的因素，思想的因素和形象的因素，不都是处于平衡的与和谐的状态，而是常常处于不平衡的和矛盾的状态。②

作家非常重视思想在创作中的作用，他说："诗歌需要有热情，需要有您的思想，而且一定要有热情举起的、能做指示的手指。"③然而他认为艺术创作的活力不仅来自思想，更重要的是来自生活，来自思想和生活的联系，思想一旦离开生活，理性因素不能同形象因素相融合，创作便会遭到失败。他曾经结合自己的创作经验这样说过，"为了写小说，首先需要积累一个或几个确实由作者心灵体验到的强烈印象。诗人的事情就在于此，由这个印象生发出主题、提纲和严整的整体"。④

从创作实践来看，陀思妥耶夫斯基的创作是充满深刻矛盾的。他一方面憎恨暴力的、残酷的和庸俗的世界，追求人道主义的思想，另一方面又宣扬宗教，鼓吹向恶的势力屈服。这种世界观的矛盾决定了作家创作的深刻矛盾。在陀思妥耶夫斯基的创作中，既

---

① 《鲁迅全集》第7卷，第94页。
② 参见〔苏〕梅拉赫：《创作过程和艺术接受》，程正民、徐玉琴、张冰译，第144页。
③ 陀思妥耶夫斯基笔记本12号，转引自〔苏〕梅拉赫：《创作过程和艺术接受》，程正民、徐玉琴、张冰译，第132页。
④ 《文学遗产》第57卷，第64页。

有作家对当代生活及其骇人听闻的混乱的天才批判，又有对未来反动而神秘的省悟。从艺术思维的角度看，当作家的思想是来自现实生活的直接体验，现实生活的直接体验战胜了抽象的思想，思想和形象、理性逻辑和情绪情感和谐融合，这时他的创作就会充满活力，就能成功。相反，当作家的思想与生活隔绝，纯粹来自宗教说教，抽象的思想只是拿形象稍加点缀，形象和思想是割裂的，这时他的创作就没有生命力，就必然遭到失败。这两种情况在陀思妥耶夫斯基的长篇小说《卡拉马佐夫兄弟》第二部第五卷和第六卷中分别得到充分的体现。

在第五卷《赞成与反对》里，陀思妥耶夫斯基试图表现"上帝是否存在"的主题。然而这一亵渎神明的主题在作品中是不能以抽象的形式展开的，而是以艺术形象的形式展开。作品这部分的重要章节的内容都是建立在一般议论、概念同具体形象冲突的基础上，它是以现实生活为基础、以艺术形象为内容的，在这里理性逻辑的因素和情绪情感的因素融为一体。伊凡·卡拉马佐夫关于基督上帝不能胜任自己任务的议论，关于新约学说软弱无力的议论，在作品里都化为现实生活中残酷的、缺乏人性的、可怕但完整的形象。据伊凡·卡拉马佐夫说，"理智动摇并隐匿了起来"，无神论的论据被现实的生动形象充实起来了。这时小说出现了一个个残酷可怕的画面，其中最震撼人心的是一个小男孩的故事：一个小男孩在玩的时候打伤了地主将军一只狗的腿，地主将军立即命令放出一群猎犬去追扑这个倒霉的小男孩，结果小男孩当着母亲的面被猎犬撕成碎片。当伊凡·卡拉马佐夫向自己的弟弟苦修士阿辽沙·卡拉马佐夫讲述这件骇人听闻的故事，并向他提出应当拿将军怎么办时，阿辽沙·卡拉马佐夫竟然违背了自己所敬重的基督教教义，说了一句："枪毙！"在这里形象的力量压倒了抽象的教义，作家否定宗教的思想是同生活形象完全融为一体的，艺术思维中理性逻辑的因素和情绪情感的因素是融为一体的，因此具有强烈的艺术感染力量。

在第五卷《赞成与反对》里，我们看到的是抽象的教义被现实形象所覆盖，而在第六卷《俄罗斯教士》里，我们看到的却是抽象的教义压倒了生活的形象，脱离生活的思想成了干巴巴的说教。按照陀思妥耶夫斯基的创作意图，他企图在第六卷里解决第五卷里所提出的社会矛盾，塑造出一个"谦逊而伟大的人物"，即基督教教士的形象。如果说作家在第五卷里用艺术形象展示的是上帝所创造的世界的不公平，人在这个染满鲜血的地球上不可能有幸福，那么在第六卷里作家就想确定一个至善至美的世界，表现被基督教教义平息下来的人类灵魂的天堂。然而由于思想脱离了现实，思想和形象割裂，结果是艺术家的陀思妥耶夫斯基变成了基督教教士，这一卷的创作完全失败：他力求树立的正面理想成了基督教教义千篇一律的、枯燥无味的空洞说教，尽管作家试图用一些具体形象加以点缀，结果也无法使概念和形象得到融合。

第六节　俄国专制时代的精神病者

这一节要谈的是作家的个性和作家创作的关系，这是本章最后一节，也是最难把握的一节。在谈到这个题目时，自然要触及陀思妥耶夫斯基的癫痫病问题。人们常常把作家的疾病同他的创作相联系，认为他的疾病是他的创作的推动力，这种看法是需要具体分析的。作家的疾病同作家的创作无疑是有联系的,然而把作家创作的动力完全归于疾病,就不够全面了。一个作家的创作首先是同时代相联系,时代造就了作家,特别是历史大变动、大动荡的时代更容易造就伟大的作家。同时,作家的创作又是同作家的个性和心理素质相联系的,这种个性和心理素质既得力于先天的气质,更得力于后天的生活实践,其中有生理因素,而社会因素则起更大的作用。

陀思妥耶夫斯基是生活在俄国农奴制走向崩溃、资本主义迅猛发展的时代,这是俄国社会激烈动荡和危机四起的时代。托尔斯泰和陀思妥耶夫斯基分别从不同阶级的立场出发反映了这个时代。如果说托尔斯泰是站在俄国宗法制下农民的立场反映这个时代,那么陀思妥耶夫斯基则是站在城市小市民及其知识分子的立场反映这个时代。城市的小市民既憎恨金钱和权势又追求功名利禄,他们向往着富贵的生活,实际却注定要过一贫如洗的生活。陀思妥耶夫斯基的创作正是反映了在资本主义飓风包围下的城市小市民的生活,表现了他们的抗议、幻想和失败,也表现了他们的劣根性:试图从宗教当中得到解脱,试图用俄国社会长期积淀下来的宽容忍顺、和谐虔诚的精神去抵御无情的资本主义飓风。陀思妥耶夫斯基创作中存在的深刻矛盾,正是危机时代的被吞噬的小资产阶级及其知识分子骚动不安的内心的表现,这是具有强烈的时代感的现象。正如卢那察尔斯基所指出的:"痉挛得发抖的小市民,特别是小市民知识分子,是把这个爱慕虚荣的病态人物当作自己的伟大表现者的。"[①]

[①] 《卢那察尔斯基论文学》,蒋路译,第200页。

陀思妥耶夫斯基的创作个性同时又是同他一生特殊的经历、疾病以及先天和后天形成的气质相联系的。

陀思妥耶夫斯基坎坷的一生在他的创作中，留下了深深的烙印。他的许多作品源于生活的直接体验和生活冲动，他出生于莫斯科贫民区的医生家庭，小人物悲酸的生活给他留下强烈的印象。作家在谈到《穷人》的构思时曾经说过："那时，另一件事情，历历浮现在眼前，在某个黑洞洞的角落里，跳动着一颗九等文官的心，一颗正直而纯洁、有道义而忠于上级的心；跟他一起的是一个受尽屈辱、抑郁寡欢的小姑娘。他们的事情深深地叩动了我的心弦，使我感到心碎。"[①]正是对小人物生活的体验和对小人物的同情，使他写出震撼人心的《穷人》。同样，在西伯利亚四年苦役所受的难于想象的折磨和熬煎促使他写成《死屋手记》，真实记录了俄国专制暴政的黑暗和俄罗斯劳动人民美好的品德。1854年他的苦役一解除就给哥哥M.陀思妥耶夫斯基写信，信中谈到了苦役地的专制和黑暗，同时也谈到了俄罗斯人民的美好品质。他说："在狱中四年，我终于在强盗中看到了人。你信吗？存在着深沉的、坚强的、美好的人，在粗糙的外壳下面挖掘金子多么愉快……我在狱中得到了多少民间的典型和人物啊！我和他们一起住惯了，因而，我觉得，对他们很了解。有多少流浪汉和强盗的故事以及一般平民不幸的故事啊，足够写出几大本书。多么好的人民！总之我的时间没有白过。如果我对俄罗斯还不够了解，至少我很好地了解俄罗斯人民，而且

[①] 《用诗和散文描述的彼得堡梦景》，见《陀思妥耶夫斯基中短篇小说选》（下），人民文学出版社1982年版，第97页。

了解得如此充分,能达到这样深度的人大概是不多的。"① 除了坎坷的一生,陀思妥耶夫斯基的疾病也在他的创作中留下痕迹。

作家一生受尽癫痫病的折磨,我们发现他的小说的许多人物都患有癫痫病,像《被侮辱和被损害的》中的涅莉,《白痴》中的梅思金公爵,以及《卡拉马佐夫兄弟》中的斯麦尔加科夫。在这些人物身上都真实地再现了陀思妥耶夫斯基患癫痫病时肉体痛苦和精神痛苦的体验。

陀思妥耶夫斯基的生活经历和疾病对作家创作的影响,当然不只限于作家描写自己所经历过的生活和表现自己的生活体验,更重要的是作家的特殊生活经历和特殊的疾病造成了作家特殊的气质,归根到底是这种特殊的气质最后形成了作家独特的创作个性。苦役的生活和反复发作的癫痫病使陀思妥耶夫斯基身心受到极大的痛苦和折磨,使他形成一种多疑、敏感、好冲动和忧郁的性格,经常处于一种强烈的感情生活和精神生活中,这一切造成作家十分独特的创作个性和十分独特的艺术风格。

强烈的感情常常使得他的作品成为一道道火热的河流。他所创造的气氛是火热的,由于温度的变化和升高,他笔下的人物和事情往往好像是恍恍惚惚的、变形的、扭曲的,而叙述者的声调也往往是痉挛的、哆嗦的,这就形成一种强烈的感染力。

强烈的情感生活和紧张的精神生活使作家和作品的人物完全融为一体,为他们的痛苦而痛苦,并且津津有味地去玩味这种痛苦,正如卢那察尔斯基所说:"陀思妥耶夫斯基在痛苦中生育他的

---

① 〔俄〕陀思妥耶夫斯基:《书信选》,冯增义、徐振亚译,人民文学出版社1986年版,第58—59页。

形象，他的心急剧地跳动着，他吃力地喘息着。"①鉴于此，他的作品比其他作家的作品更具有一种震撼人心的力量。

神经的敏感使作家能够感受到当时社会条件下绵绵不尽的痛苦，也使作家能敏锐地感受和深入复杂的现实世界，特别是更能使他洞察人类隐秘的心灵世界，并且进行惊心动魄的心理解剖。

强烈的情感和紧张的神经往往能够激发作家丰富的想象和奇妙的幻觉。我们发现当作家处于高度紧张的精神状态时，处于神魂颠倒、心迷神醉的状态时，特别能感受到无人知晓的美妙的幻觉。看来，陀思妥耶夫斯基作品中常常出现的梦幻、幻觉是源于作家强烈的情感和紧张的神经。

最后，作家火热的情感和紧张敏感的神经也给他的作品留下了惶惑不安的痕迹，造成一种紧张和忧郁的基调。

在这一节的结尾，还需要认真探讨一番癫痫病对陀思妥耶夫斯基创作影响的问题。在这个问题上存在两种倾向：一种是只强调社会因素，根本不承认生理因素对创作的影响；一种是过分夸大生理因素对创作的影响，把癫痫病视为陀思妥耶夫斯基创作的推动力和认识生活的手段。茨威格在《陀思妥耶夫斯基》中认为，癫痫病"使他达到了正常人的感觉所达不到的高度紧张的精神状态，使他得以洞视隐秘的感觉世界和人所不知的心灵领域"。"他把对自己生命的最可怕的威胁——癫痫病变成其艺术的伟大秘诀：在头晕目眩的预感的瞬间，从不可思议地汇集着令人神魂颠倒的'自我'陶醉的感觉状态中，他感受到至今无人知晓的玄妙美景。"②肯

---

① 《卢那察尔斯基论文学》，蒋路译，第214页。
② 转引自〔苏〕列夫丘克：《精神分析学说和艺术创作》，吴泽林译，北京师范大学出版社1986年版，第127—128页。

特在《果戈理、陀思妥耶夫斯基和他们的先驱者的下意识》中认为，陀思妥耶夫斯基创作中通过癫痫发作的形式表现出来的下意识，原来都是"认识生活和认清理想的最强大的手段"。①

我们并不简单否认癫痫病同陀思妥耶夫斯基创作的密切联系，问题是不能离开社会因素过分夸大生理因素的影响。癫痫病是有遗传性的，但它的发作同后天的因素相联系，据陀思妥耶夫斯基本人证实，他初次发病正是在服苦役的时候，是在一次关于宗教问题的争论之后。陀思妥耶夫斯基癫痫病的发作，显然是同作家在肉体上和精神上所受的残酷折磨相联系的，它多半是精神性的，而不是官能性的。卢那察尔斯基曾经指出："可见是社会原因促使陀思妥耶夫斯基害了'神圣的病'，社会原因在生理学性质的前提中找到一个适当的基础（这基础无疑与他的才能本身有关），于是同时产生了他的世界观、创作风格和他的病。"②鲁迅先生也曾就这个问题做过一番精辟的分析，他说："医学者往往用病态来解释陀思妥耶夫斯基的作品。这伦勃罗梭式的说明，在现今的大多数的国度里，恐怕实在也非常便利，能得一般人们的赞许的。但是，即使他是神经病者，也是俄国专制时代的神经病者，倘若谁身受了和他相类的重压，那么，愈身受，也就会愈懂得他那夹着夸张的真实，热到发冷的热情，快要破裂的忍从，于是爱他起来的罢。"③显然，是后天的社会因素引发了先天因素造成的癫痫病，最后造成作家特殊的气质和独特的创作风格。在这里，社会因素是主要的，起到

---

① 转引自〔苏〕梅拉赫：《创作过程和艺术接受》，程正民、徐玉琴、张冰译，第57页。
② 《卢那察尔斯基论文学》，蒋路译，第217页。
③ 《鲁迅全集》第6卷，第328页。

重要作用。

癫痫病和陀思妥耶夫斯基创作关系的另一个问题是:癫痫病能否对作家创作直接起作用,能否成为作家创作的直接推动力? 如前所述,我们认为癫痫病只能对作家创作间接起作用,比如癫痫病的经历可能进入创作的内容,更重要的是癫痫病会造成作家特殊的气质,进而影响创作的风格,而癫痫病本身是很难成为创作的动力的。

其一,癫痫病发作时,作家在精神上和肉体上都是很痛苦的,此时此刻是无法进行创作的。陀思妥耶夫斯基在他的通信中,常常谈到这种痛苦的情况及其对创作的影响。1866年2月18日他在给亚·叶·弗兰格尔的信中说:"长篇小说是艺术创作,进行创作时要求情绪稳定和富有想象。可是债主总是折磨我,即以送我坐班房相威胁……请您理解我有多么不安。这会破坏情绪和感情,而且常常一连几天,可是却必须坐下来写作,有时候这是不可能做到的。这就是很难找到平静的时刻与老朋友谈谈的原因。天啊! 还有病痛。回国以后不久,癫痫病发作得很厉害,像是要补足在国外三个月没有发病的次数似的。而现在痔疮已经折磨了我一个月。"[①]

1868年8月28日给阿·尼·迈科夫的信中说:"您知道我出国的原因。主要有两个:其一,要挽救的不仅仅是健康,甚至可以说是生命。癫痫病每周发作,清楚地感觉并意识到这种神经性和大脑的疾患是非常痛苦的。神志确实混乱了,这是真的。我感到这种情况,神经的疾患有时使我发狂。"[②]

---

① 〔俄〕陀思妥耶夫斯基:《书信选》,冯增义、徐振亚译,第147—148页。
② 同上书,第168页。

以上两封信就足以说明陀思妥耶夫斯基在患癫痫病期间是无法进行创作的,那种认为癫痫病是作家创作推动力的说法是很难令人相信的。

其二,处于病态的作家的心理活动和处于健康状态的作家的心理活动是有区别的。在病人那里,他的心理活动是不受控制和监督的,这种活动常带有冲动性和无目的性;在身心健康的作家那里,他的心理活动在任何时候都是要受控制和监督的,他能够使自己的作品客体化。作家在创作中常常处于一种高度激动的状态,但他始终能控制住自己,在作品中他有很强的分寸感,能把抒情的兴奋和病态的激情严格区分开来。

第九章　托尔斯泰：情感的世界

列夫·托尔斯泰是俄国19世纪伟大的作家，他的创作是19世纪俄国文学的顶峰，同时也是19世纪欧洲文学的顶峰。列宁曾发表一系列评论，给予托尔斯泰创作以崇高的评价，称他是"俄国革命的镜子"，是"真正伟大的艺术家"[①]，指出："托尔斯泰在自己的作品里能以提出这么多重大的问题，能以达到这样大的艺术力量，使他的作品在世界文学中占了一个第一流的位子。由于托尔斯泰的天才描述，一个被农奴主压迫的国家的革命准备时期，竟成为全人类艺术发展中向前跨进的一步了。"[②] 从托尔斯泰走上俄国文坛开始，其每一部作品都引起强烈的反响，一百多年来对托尔斯泰的研究不断，光是托尔斯泰的研究史就足以写成一部皇皇巨著。人们研究过托尔斯泰矛盾复杂的思想世界，雄浑奇妙的艺术世界，绚丽多彩的人物世界……然而至今仍然无法穷尽他那博大精深的世界。本章从创作心理的角度，撩开托尔斯泰世界帷幕的一角，遨游一番托尔斯泰的情感世界。托尔斯泰对艺术创作活动中的情感有自己独特的理解和独特的表现：他把艺术的本质归结为情感的交流，视作家的真诚为决定作品价值的重要条件；他强调作家要热爱

[①] 《列宁论文学与艺术》，第201页。
[②] 同上书，第210页。

所描写的对象，认为如果对描写的对象缺乏强烈的情感是无法进入创作的；他的作品以表现"纯洁的道德情感"和描写"心灵的辩证法"的方式为俄国现实主义的发展做出独特的贡献。总之，在俄国作家中很难找到比托尔斯泰更看重艺术情感的作家了！

情感当然无法概括托尔斯泰创作心理的全部内涵，但情感确实是托尔斯泰创作心理的核心，抓住了情感就等于抓住了托尔斯泰创作心理的关键。下面从情感和艺术的本质、情感和创作过程、情感和艺术的内容、情感和表现形式四个方面揭示托尔斯泰的情感世界，考察托尔斯泰的创作心理。

第一节 情感和艺术的本质

人类任何创造活动都包含情感因素，正如列宁所指出的，"没有'人的感情'，就从来没有也不可能有人对于真理的追求"①。在艺术创作活动中，情感的作用就更加突出了，也可以说没有情感就从来没有也不可能有人对艺术的追求。

中外古今的作家和理论家都把情感看作文艺创作的重要因素。《礼记·乐记》谈到音乐创作时指出，"情动于中，故形于声。声成文，谓之音"。《毛诗序》在谈到诗歌创作时也表达了同样的见解："情动于中而形于言，言之不足，故嗟叹之，嗟叹之不足，故永歌之，永歌之不足，不知手之舞之，足之蹈之也。"刘勰在《文心雕龙》的《情采》篇中指出，"情者文之经"，在《知音》篇中又指出，

---

① 《列宁全集》第20卷，第255页。

"夫缀文者情动而辞发,观文者披文以入情。沿波讨源,虽幽必显"。白居易在《与元九书》中说:"感人心者,莫先乎情,莫始乎言,莫切乎声,莫深乎义。诗者,根情,苗言,华声,实义。上自圣贤,下至愚骏,微及豚鱼,幽及鬼神,群分而气同,形异而情一,未有声入而不应,情交而不感者。"白居易的见解是很精彩的,他把情感放在首要地位,把情和言比作根苗关系,把声和义比作华实关系,同时又说明情感同思想、语言、音乐是有机结合的。

在西方,早在古希腊罗马时期,情感就被充分重视,古罗马哲学家、文学家西塞罗在《神性论》中说:"德谟克利特不承认有某人可以不充满热情而成为大诗人。"[1]文艺复兴以后情感就更被重视,狄德罗说:"根据情感和兴趣去描写,这就是诗人的才华"[2],"情绪表现得愈激烈,剧本的兴趣就愈浓厚"[3]。"没有感情这个品质,任何笔调都不可能打动人心"[4]。康德在人的知、情、意三个精神领域中,把情专门划归文学艺术。俄国文学批评家别林斯基则认为,"感情是诗情天性的最主要的动力之一;没有感情,就没有诗人,也没有诗歌"。[5]

中外作家和理论家显然都非常重视情感在艺术创作中的重要地位,但只要我们仔细分析他们的言论便会发现,他们谈的大都是

---

[1] 北京大学哲学系外国哲学史教研室编译:《古希腊罗马哲学》,生活·读书·新知三联书店1957年版,第107页。
[2] 文艺理论译丛编辑委员会编:《文艺理论译丛》第2期,陈占元等译,人民文学出版社1958年版,第129页。
[3] 文艺理论译丛编辑委员会编:《文艺理论译丛》第1期,田德望、罗大冈等译,第148、149页。
[4] 同上。
[5] 古典文艺理论译丛编辑委员会编:《古典文艺理论译丛》第11册,人民文学出版社1966年版。

情感在文艺创作中的地位和作用，很少有人把情感同文学的本质联系在一起，很少有人把情感提高到文艺本体论的地位。在这方面，托尔斯泰的观点非同寻常，是他首次把情感同文学的本质联系起来，赋予情感以文学本体的重要地位。

托尔斯泰在《艺术论》中是这样确定艺术的本质的：

> 作者所体验过的感情感染了观众或听众，这就是艺术。
> 在自己心里唤起曾经一度体验过的感情，在唤起这种感情之后，用动作、线条、色彩、声音，以及言词所表达的形象来传达出这种感情，使别人也能体验到这同样的感情——这就是艺术活动。艺术是这样的一项人类的活动：一个人用某种外在的标志有意识地把自己体验过的感情传达给别人，而别人为这些感情所感染，也体验到这种感情。①

托尔斯泰把艺术界定为情感交流是别具一格的，他不是从静止的、凝固的观点来考察艺术的本质，而是从动态的、变化的观点来考察艺术的本质。他认为，艺术首先是一种人类活动，然而艺术活动又不同于其他人类活动，艺术的本质是情感的交流，他不仅把艺术理解为情感的表现，而且理解为情感的交流。他是从作家的艺术创作过程和读者的艺术接受过程来把握艺术的情感本质的，认为艺术不仅要表现作者所体验过的情感，而且要让读者也受到感染，也体验到这种情感。

---

① 〔俄〕列夫·托尔斯泰：《艺术论》，丰陈宝译，人民文学出版社1958年版，第47—48页。

托尔斯泰的这种艺术定义包含着丰富的内容,它涉及一系列重要问题。

核心是艺术感染力问题,托尔斯泰非常重视艺术感染力,他认为:"区分真正的艺术和虚假的艺术的肯定无疑的标志,是艺术的感染力。"① "不但感染性是艺术的一个肯定无疑的标志,而且感染的程度也是衡量艺术价值的唯一标准。"② 托尔斯泰所指的艺术感染力问题,实际上是作者和读者、听众、观众的关系问题,是艺术接受的问题。在他看来,真正的艺术必须引起读者、听众和观众的共鸣,艺术情感在他们之间是相通的。他说:"如果一个人体验到这种感情,受到作者所处的心情的感染,并且感觉到自己和其他的人融合在一起,那么唤起这种心情的东西便是艺术;没有这种感染,没有这种和作者的融合以及和欣赏同一作品的人们的融合,就没有艺术。"③

那么情感、艺术情感怎样才能感染人,怎样才能引起作者和读者、观众、听众的交流呢?托尔斯泰在他的艺术定义中主要从情感的内容和情感的形式这两个方面加以说明。

首先是情感的内容。托尔斯泰认为艺术作品要具有感染力,首要的条件是创作主体在作品中所传达的情感必须是自己深切体验过的,同时接受主体对创作主体在艺术作品中所传达的情感也必须是自己体验过和自己所能体验得到的。显然,托尔斯泰非常重视艺术情感的体验特性。他的这种看法是很有见地的,因为不包含作者或读者亲身体验的情感就不是艺术情感,就不可能有艺

---

① 〔俄〕列夫·托尔斯泰:《艺术论》,丰陈宝译,第148页。
② 同上书,第149—150页。
③ 同上书,第149页。

术感染力。托尔斯泰不仅重视艺术情感的体验性,而且提出了具体的要求,这就是:"所传达的感情具有多大的独特性;这种感情的传达有多么清晰;艺术家的真挚程度如何,换言之,艺术家自己体验他所传达的那种感情的力量如何。"①

其次是情感的形式。托尔斯泰在肯定情感的艺术内容的同时,并不忽视情感的艺术形式。他认为决定艺术本质的是情感,是情感内容的特性,同时又认为情感在艺术作品中是无法孤立存在的,它必须通过一定的形式加以表现,这种形式不是逻辑的形式,而是形象的形式,这就是托尔斯泰所说的,"用动作、线条、色彩、声音,以及言辞所表达的形象来传达出这种感情"。

托尔斯泰的艺术定义的核心显然是艺术情感,是情感的交流,他是从创作和接受相结合、内容和形式相结合、情感和形象相结合的角度来把握艺术的情感本质的。托尔斯泰的艺术定义虽不能说是尽善尽美、无懈可击(实际上也不存在这种定义),但它毕竟是作家一生创作经验的结晶,是作家深思熟虑的结果。应当说托尔斯泰强调艺术的情感交流,比以往的艺术定义更准确地切入艺术的本质,他从情感和形象相结合的角度把握艺术的本质,比起从思想和情感相结合的角度把握艺术的本质,高出一筹。

对于托尔斯泰的艺术定义历来有不同看法。其中最有代表性的、最有影响的是普列汉诺夫的批评。普列汉诺夫对托尔斯泰艺术定义的批评主要有两点。

一是批评托尔斯泰所说"一个人使用语言向别人传达自己的思想,而人们使用艺术互相传达自己的感情"。普列汉诺夫指

---

① 〔俄〕列夫·托尔斯泰:《艺术论》,丰陈宝译,第150页。

出："依据托尔斯泰伯爵的意见，艺术表现人们的感情，而语言表现他们的思想。这是不对的。语言服务于人们，不仅是表现他们的思想，而且也表现他们的感情。证据是：诗歌正是以语言作工具的。"①

二是批评托尔斯泰所说"在自己心里唤起曾经一度体验过的感情，并且在唤起这种感情之后，用动作、线条、色彩、声音，以及言词所表达的形象来传达出这种感情，使别人也能体验到这同样的感情——这就是艺术活动"。普列汉诺夫指出："说艺术只是表现人们的感情，这一点也是不对的。不，艺术既表现人们的感情，也表现人们的思想，但是并非抽象地表现，而是用生动的形象来表现。艺术的主要特点就在于此。"② "我认为，艺术开始于一个人在自己心里重新唤起他在四周的现实的影响下所体验过的感情和思想，并且给予它们以一定的形象的表现。"③

普列汉诺夫认为，托尔斯泰所说的"语言表现思想，艺术表现情感"是正确的，然而批评托尔斯泰关于艺术只表现情感不表现思想的观点。在托尔斯泰的艺术定义中虽然没有出现"思想"这两个字，但不等于说托尔斯泰认为艺术不表现思想。普列汉诺夫对托尔斯泰的批评，是由于他对托尔斯泰的艺术思想缺乏全面的把握，对托尔斯泰艺术定义的形成过程更是缺乏历史的了解。

首先我们看看托尔斯泰的艺术定义是如何形成的④。托尔斯

---

① 《普列汉诺夫美学论文集》第1卷，曹葆华译，人民文学出版社1983年版，第308页。
② 同上。
③ 同上。
④ 参见李正荣：《论托尔斯泰的"感情说"》，《北京师范大学学报》1988年增刊。

泰从19世纪七八十年代产生思想危机之后就开始冷静思考艺术的本质问题。从1882年写给H.A.亚历山大罗夫的信,到1898—1899年发表《艺术论》,他用了二十多年时间探索艺术的本质,其间阅读大量美学书籍,写了好几篇专门论述艺术的文章,如《论艺术》(1889),《论什么是艺术,什么不是;什么时候艺术是重要的事业,什么时候它是一件空洞的事情》(1889),《科学与艺术》(1889—1891),《论科学与艺术》(1891),《论什么是艺术》(1896),等等。

托尔斯泰探寻艺术本质的过程是艰辛的。他寻找艺术本质是从这样一个基本点出发的:要探寻艺术成为人类不可缺少的手段的因素,寻找出否定当时所流行的只供享乐的作品的根据。他在探寻过程中迈出的重要一步是区分艺术和科学的异同。在《论什么是艺术,什么不是;什么时候艺术是重要的事业,什么时候它是一件空洞的事情》一文中,他首先认为艺术是人类精神活动之一,之后又把人类精神活动分为教育、科学和艺术,进而比较教育同科学、艺术的差别,提出艺术和科学同是一种创造;最后再进一步区分艺术和科学的差别。托尔斯泰说:"什么是科学和艺术的创造呢?科学与艺术的创造是这样一种精神活动,它使那些人们不清楚的思想或者感情变得如此清晰、明白,使别的人都能够掌握这种思想,都同样地感受到这种感情。"① 在这里,托尔斯泰注意的是艺术和科学的共性,认为两者都是创造,也都传达思想和感情。然而我们不难发现,在《艺术论》中,在托尔斯泰比较的艺术定义中,在界定艺术特性时,"思想"这两个字不见了。

---

① 《托尔斯泰全集》第30卷,俄文版,第319页。

为什么托尔斯泰对最后的定义感到满意呢？主要是这个定义同他原来探索艺术本质的出发点是一致的：把艺术界定为情感交流，一方面可以使以情感为内容的艺术成为对全人类来说具有普遍意义的、非常重要的事业；另一方面又找到了使艺术区别于其他精神活动的内在特征——把情感作为艺术的特殊对象。

为什么托尔斯泰不用思想而用情感来界定艺术的本质呢？显然，他认为思想观念是科学的内容所具有的特征，而只有传达情感才是真正艺术所共有的内在特征，它可以把艺术同"科学创造"、"游戏的娱乐"区分开。

从托尔斯泰探索艺术本质的过程来看，他是从艺术对于人类的重要意义和艺术与科学的区别的角度来考虑问题的，他在定义中没有提到思想，并不等于他不重视思想。

其次，从托尔斯泰《艺术论》和托尔斯泰文艺思想的完整体系来看，这个问题就更清楚了。

托尔斯泰在《艺术论》中指出："我的基本思想——关于现代艺术所走的不正确道路、关于它走上这条道路的原因以及关于什么是艺术的真正使命的基本思想，是正确无误的。"[①]围绕这一基本思想，他批判颓废主义、自然主义、"纯艺术"的文艺思想，坚持现实主义文学的重要原则：真实性和思想性。可见托尔斯泰对文学艺术作品的思想内容是极为重视的。

托尔斯泰在《艺术论》中，还把作家的思想水平看作作家创作的重要条件。他说："一个人要创造真正的艺术品，必须具备很多条件。这个人必须处于他那个时代最高的世界观的水平，他必须

---

① 〔俄〕列夫·托尔斯泰：《艺术论》，丰陈宝译，第192页。

体验过某种感情,而且他有愿望、也有可能把这种感情传达出来,同时,他还必须在某一种艺术方面具有一定的才能","我所谓的才能,是指能力而言:在文学中,指的是把自己的思想和印象很方便地表达出来"。① 在这里,他把思想放在相当重要的位置。他在1876年4月23日写给尼·尼·斯特拉霍夫的信中说:"在我所写的全部作品,差不多是全部作品中,指导我的是:为了表现,必须将彼此联系的思想搜集起来。"② 这怎么能说托尔斯泰认为艺术不表现思想呢?

最后,再看看托尔斯泰所说的情感的具体内容同思想的关系。我们从托尔斯泰论述艺术条件和艺术情感特征的言论中可以发现,托尔斯泰总是要求文学艺术作品所表达的情感要以崇高的道德伦理作为基础,以坚定的思想方向作为指南。

他在1894年所写的《〈莫泊桑文集〉序》中谈到的艺术的条件是:"(1)作者对待事物正确的、亦即道德的态度。(2)叙述的清晰,或者说,形式的美,这是同一个东西。(3)真诚,亦即艺术家对他所描绘的事物的真实的爱憎感情。"③ 这里(1)(3)两条说的都是作家的主观态度,作家的道德思想倾向。

总之,托尔斯泰把艺术本质界定为传达情感是别具一格的,是有丰富的、深刻的内容的,是有其历史形成原因的,是有其完整的思想的。当然,托尔斯泰的艺术定义的缺点也是十分明显的,比如

---

① 〔俄〕列夫·托尔斯泰:《艺术论》,丰陈宝译,第113—114页。
② 古典文艺理论译丛编辑委员会编:《文艺理论译丛》第1册,田德望、罗大冈等译,第231页。
③ 北京大学文学研究所编:《文学研究集刊》第4册,人民文学出版社1956年版,第300页。

在他的定义中就没有清楚地说明情感和思想的关系，没有说明情感和生活的关系。尽管如此，托尔斯泰的艺术定义比起那些把艺术界定为形象反映生活或者形象表现思想，又或是只字不提情感的定义，还是更接近艺术的本质和特征。实际上恐怕只有把情感、思想和形象融为一体来考察，最后才有可能真正洞悉艺术的本质，托尔斯泰在这方面迈出了可贵的、重要的一步。

第二节　情感和创作过程

黑格尔曾经在《美学》中指出，在艺术创作"这种使理性内容和现实形象互相渗透融汇的过程中，艺术家一方面要求助于常醒的理解力，另一方面也要求助于深厚的心胸和灌注生气的情感"①。

托尔斯泰从把情感传达界定为艺术的本质的观点出发，一贯非常重视情感在创作过程中的作用。他首先认为情感是创作的动力。

1851年3—5月托尔斯泰在一段日记中写道："正如果戈理在最后一篇小说（《它是从我内心唱出来的》）中所说的那样，作品要写得好，就必须从作者的内心唱出来。"②

在写《战争与和平》的第二年，托尔斯泰在1864年11月16日写给索·安·托尔斯泰雅的信中谈道："我现在在早晨向塔尼亚口

---

① 〔德〕黑格尔:《美学》第1卷，朱光潜译，商务印书馆1984年版，第359页。
② 转引自倪蕊琴编:《俄国作家批评家论列夫·托尔斯泰》，中国社会科学出版社1982年版，第452—454页。

授将近一小时,但不好,很平静,缺乏激情,而如果缺乏激情,我们作家的创作是搞不好的。"①

后来,在1867年,托尔斯泰还在继续写《战争与和平》,索菲亚·安德烈耶芙娜在日记中写道:"辽沃其卡整个冬天肝火旺盛,他流着泪,满怀激情地进行创作。"②

1908年托尔斯泰在给列昂尼德·安德烈夫的信中说:"要表达的思想萦怀在心,当它尚未得到完美的表现之前,你无法摆脱它,只有在这种情况下才应该写作。"③

1908年12月6日托尔斯泰在日记中写道:"很想写作,但我不动手,因为没有写作的强烈愿望,没有非写不可的东西,这和结婚一样,我只能在不得不结婚的时候才结婚。"④

托尔斯泰的这些言论集中说明,情感是作家创作的动力。作家如果没有激情,没有强烈的创作欲望,是无法进入创作的。有人把创作说成一种燃烧是很有道理的,托尔斯泰在进入创作高潮时不就是泪流满面吗?作家创作的实践告诉我们,当作家表现出不可遏止的创作欲望时,他的内心情感的汹涌可以使记忆表象浮上心头,并且激发出丰富的艺术想象,这就是所谓的"文思如泉涌"。

问题在于:作家这种创作动力——强烈的情感和欲望是从何而来的?

文学创作作为一种带有社会性质的创造活动,它的创作动力

---

① 转引自倪蕊琴编:《俄国作家批评家论列夫·托尔斯泰》,第452—454页。
② 同上。
③ 同上。
④ 同上。

是同社会要求和作家内心的要求相联系的。托尔斯泰在《那么我们该怎么办》(1882—1886)中说:"思想家与艺术家将永远不能安坐在奥林匹斯山上,像我们惯常想象的那样。思想家与艺术家应当与众人一同受苦,以寻求拯救和安慰。除此以外,他的受苦还由于他经常不断地激动不安——他本可以解答和说出:何者能给予人们以幸福;拯救他们于苦难;给予他们以安慰。可是他没有照他份内那么说,那么描写;他丝毫没有解答过,丝毫没有说过,而到明天,可能就要迟了——他要死去了。正因为如此,受苦与自我牺牲将永远是思想家和艺术家的命运。"因此,他认为,吸引艺术家创作的有"两种不可抗拒的力量",这就是"内心的要求和人们的要求"。①

在创作过程中,社会的要求和作家内心的要求都是创作的动力,然而这两股动力并不是平行起作用的,社会要求是无法直接成为作家的创作动力的。只有社会要求和作家的内心要求融为一体,也就是只有社会要求化为作家内心的要求,两股不可抗拒的力量合二为一,才可能真正成为艺术创作的情感动力。

那么,社会要求怎样才能转化为作家的内心要求从而形成创作的情感动力呢?其中的关键是作家的内心同生活中人物或事件的碰撞,只有现实生活中的人物或事件在作家心中激起不可抑制的情感,才有可能形成创作的动力。

让我们来看看《复活》创作的情感动力。托尔斯泰的《复活》写于1889—1899年,用了整整十年时间。1890年代正是俄国第一次革命的前夜。推动托尔斯泰创作《复活》的情感动力,从大的方

---

① 《文学研究集刊》第4册,第344页。

第九章 托尔斯泰：情感的世界

面来讲，是更猛烈地抨击沙皇专制制度的社会要求。这种社会要求只有在托尔斯泰听了担任地方法院检察官的朋友科尼向他讲了一个妓女的故事之后，特别是在作家对故事中的人物产生了强烈的感情之后，才化为他的内心要求，才真正成为《复活》创作的情感动力。

科尼向托尔斯泰讲的故事是这样的：在科尼担任地方法院检察官时，有个青年找他，说自己准备同一个女犯人结婚。这个女犯人叫罗扎丽雅·奥尼，是个下等妓院的妓女，因为偷了喝醉酒的嫖客的100卢布被判了刑。科尼听了这件事后大吃一惊。虽经科尼再三劝阻，青年人仍然坚持要结婚，女犯人也表示同意。不久，女犯人得斑疹伤寒死去，婚礼未能举行。据女监看守说，罗扎丽雅的父亲是贵族的佃户，父亲死后女主人收她当佣人，她在16岁时被青年人（女主人的亲戚）诱奸，有了身孕之后又被女主人赶走。她被赶走后生活过不下去了，最终沦为妓女。故事结尾，两人在法庭重见，受害的罗扎丽雅坐在被告席上，而有罪的青年人却坐在陪审员的安乐椅上。①

科尼的故事深深打动了早已因尖锐的社会问题而情绪激动的托尔斯泰，激起了他的强烈的创作欲望。他在1888年5月9日给索菲亚·安德烈耶芙娜的信中说："情节极妙，好得很，我很想写。"②然而在创作过程中却困难重重，接连几年创作一直进行不下去。究其原因就是作家抨击沙皇专制制度的强烈情感同"科尼的故事"没能很好地结合起来，作家对所描写的人物没有产生强烈的

---

① 〔苏〕多宾：《生活素材和艺术情节》，第105页。
② 同上书，第108页。

发自内心的感情。拿托尔斯泰的话说,"科尼的故事不是产生在我自己的心里;因此就显得棘手"①。可见听来的故事不等于作家亲身体验的故事,从听到故事到真正进入创作,还需要一个情感激发的过程。直到1895年,情况才有了变化。托尔斯泰在1895年11月5日的日记中写道:"现在出去散步,我清楚懂得《复活》为什么写不下去:开头写得不对……我懂得了应该从农民生活写起,他们是主体,是积极人物,而其他不过是影子,是消极人物。"②这样一来,作家才找到作品真正的主人公——下层被压迫的农民,并且对他们开始产生强烈的感情。作家把自己的感情从贵族聂赫留多夫身上转到了农民喀秋莎身上,作品所表现的不再是贵族悔罪的故事,而是通过喀秋莎悲惨的命运对专制制度提出强烈的控诉。在这里,社会的要求和作家内心要求——宗法制农民的立场和情感完全融合起来,从而形成了真正的情感动力,从此《复活》的写作也就进入了顺境。

除了情感动力,托尔斯泰在创作过程中特别注意情感体验。他指出:"艺术家之所以为艺术家,只是因为他并不是按照他所想要看的那样去看事物,而是按照事物的本来面目去看事物。"③他根据自己丰富的创作经验,给一个跟他通信的人写道:"您设身处地体会您所描写的人物,把他们的内心感受通过形象描写出来;人物自己会按照他们的性格做出需要做的事情,也就是说,从人物的性

---

① 转引自〔苏〕贝奇柯夫:《托尔斯泰评传》,吴钧燮译,人民文学出版社1981年版,第496页。
② 〔苏〕多宾:《生活素材和艺术情节》,第113页。
③ 《托尔斯泰全集》第30卷,俄文版,第20页。

格和处境所得出的结局，会自然而然地来到……"①托尔斯泰这种来自创作实践的经验之谈非常重要，作家在创作过程中只有从自己的情感经历出发，去"设身处地体会"人物的心理和情感，才能真正表现人物的性格，才能使作品有艺术感染力。

托尔斯泰写《安娜·卡列尼娜》时，当写到安娜决定离开丈夫，有一天偷偷跑到以前住过的房子里与儿子见面时，他非常苦闷，多次回到自己旧家体验。他不满足于自己所想的，觉得未必真实，例如安娜回到旧家是怎样想的，怎样与仆人说话，这些问题使托尔斯泰很苦闷。有天清早，托尔斯泰跑进餐厅时很愉快，他说："我找到了！"这就是说，托尔斯泰通过一番实地考察和情感体验，最后真正找到了安娜准确和真实的内心感受。

有一次，加·安·鲁萨诺夫埋怨托尔斯泰，说他让安娜·卡列尼娜卧轨自杀，未免过于残酷。托尔斯泰笑了笑回答道："这个意见……使我想起了普希金遇到过的一件事。有一次他对自己的一位朋友说，'想想看，我那位塔吉雅娜跟我开了多大的玩笑！她竟嫁了人！我简直怎么也没有想到她会这样做'。关于安娜·卡列尼娜我也可以说同样的话。根本讲来我那些男女主人公有时就常常闹出一些违反我本意的把戏来：他们做了在实际生活中常有的事和应该做的事，而不是做了我所希望他们做的事。"②

在《复活》的创作过程中也出现过同样的情况。托尔斯泰原先打算让喀秋莎和聂赫留多夫结婚，但最后作家还是否定了原来的创作意图。索菲亚·安德烈耶夫娜在1898年8月23日的日记中

---

① 《托尔斯泰全集》第63卷，俄文版，第424页。
② 〔苏〕贝奇柯夫：《托尔斯泰评传》，第344—345页。

写道:"早晨列夫·尼古拉耶维奇写了《复活》,对那天的工作非常满意。当我走到他面前的时候,他对我说:'告诉你,她没有跟他结婚。我今天全部写完了,换句话说,解决得非常好!'"①

乍一看,好像主人公跟作家开了玩笑,人物的行动违背了作家的意图。仔细一想,这正说明作家通过情感体验和理性思考,加深了对人物性格和心理的理解。不论是安娜的卧轨自杀,还是喀秋莎拒绝同聂赫留多夫结婚,都是作家设身处地体验人物内心情感的结果。试想,当贵族阶级抛弃了安娜,法律剥夺了她的儿子,而沃伦斯基又使她感到失望,这时处于绝境的安娜能不卧轨吗?事实证明,作家只有通过情感体验,才能真实表现人物的性格和心理,才能有真正的艺术说服力。

托尔斯泰在创作过程中还十分重视移情作用,他常常把自己的情感移入描写对象之中,使对象富有感情色彩,从而增强形象的艺术感染力。这就是刘勰在《文心雕龙》的《神思》篇中所说的,"登山则情满于山,观海则意溢于海"。

托尔斯泰无论是描写人物还是景物,都移入自己的感情。他在1867年写给A.A.费特的信中谈到屠格涅夫的《烟》时说,"没有爱的力量便没有诗"②。托尔斯泰一生的创作都坚持这一观点。

还在青年时代,在写《圣诞节之夜》的时候,托尔斯泰便在日记中指出:"开始写的短篇小说并不吸引我。其中没有我喜爱的高尚人物。"③在写《战争与和平》期间,1865年1月,托尔斯泰关于

---

① 〔苏〕多宾:《生活素材和艺术情节》,第114页。
② 倪蕊琴编:《俄国作家批评家论列夫·托尔斯泰》,第487页。
③ 同上书,第452页。

这部长篇小说写道:"那里有许多好人,我很喜爱他们。"①

相反,如果托尔斯泰对作品人物没有好感,那么他就写不下去。他在1909年1月1日的日记中写道:"昨天我还理解了一个错误——从描写不喜欢的人物开始创作。"②

托尔斯泰在自己所描写的人物身上总是倾注了自己的情感。在《复活》的创作过程中,作家为了写好自己所喜爱的人物玛丝洛娃在法庭第一次出场的形象,进行了20次的修改。头几稿是这样描写玛丝洛娃的形象的:

> 她是瘦削而丑陋的黑发女人,她之所以丑陋,是因为她那个扁塌的鼻子。
>
> 高高的个子,带有凝神和病态的样子。
>
> 一个矮个子的黑发女人,与其说她是胖的,还不如说她是瘦的。她的脸本来并不漂亮,而在脸上又带堕落的痕迹。

这几稿只突出了玛丝洛娃的丑陋和堕落,看不出值得同情的地方,作家很不满意。于是又改为:

> 美丽的前额,卷曲的头发,匀正的鼻子,在两条平直的眉毛下面,有一双秀丽的黑眼睛。③

这一稿把玛丝洛娃改漂亮了,但不符合人物的身份和遭遇,违

---

① 倪蕊琴编:《俄国作家批评家论列夫·托尔斯泰》,第487页。
② 同上。
③ 以上引文均见纪录片《托尔斯泰手稿》译文。

背了生活的真实。于是托尔斯泰又反复修改,直到第20稿,才改成现在小说所描写的样子:

> 一个小小的、胸脯丰满的女人,贴身穿一套白色布衣布裙,外面套一件灰色的囚大衣……她头上扎着头巾,明明故意的让一两绺头发从头巾里面溜出来,披在额上。这女人的面色显出长久受监禁的人的那种苍白,叫人联想到地窖里储藏着的白蕃薯所发的芽……两只眼睛又黑又亮,虽然浮肿,却仍然发光(其中一只眼睛稍稍有点斜睨),跟她那惨白的脸儿恰好成了有力的对照。①

托尔斯泰对最后一稿显然是满意的。两只仍旧发光的、又黑又亮的眼睛,让人想起玛丝洛娃天真可爱的少女时代,显示出这个纯朴的下层妇女美好的内心世界;故意留在头巾外面的一两绺头发、浮肿的眼睛和惨白的脸色,却显露出这个被侮辱和被损害的人物的精神创伤和内心痛苦。通过这两个特征的强烈对比,作家有力地展示出人物前后的巨大变化,一个惨遭沙皇专制制度和贵族阶级踩躏的劳动妇女形象跃然纸上,作家深厚的爱憎情感也饱含其中,从而形成一种巨大的艺术感染力。

托尔斯泰在景物描写中同样把自己的情感移入景物之中,使景物情绪化、人格化,形成一种艺术力量。

在《战争与和平》中,我们看到安德烈两次看到同一棵橡树竟

---

① 〔俄〕列夫·托尔斯泰:《复活》,汝龙译,人民文学出版社1957年版,第6—7页。

然是两种截然不同的形象。第一次,安德烈在经历战争和丧妻之后看到的橡树"象一个老态龙钟、满脸怒容、蔑视一切的怪物在微微含笑的桦树中间站着。只有它对春天的魅力不愿屈服,既不愿看到春天,也不愿看到太阳"[①]。这棵被"蒙上强烈感情色彩的"橡树显然是安德烈当时那种阴冷和绝望的心情的写照。一个星期后,当安德烈在认识娜塔莎之后,再看到那棵橡树时,同样的一棵橡树却"完全变了样,它伸展着枝叶苍翠茂盛的华盖,呆呆地屹立着,在夕阳光照下微微摇曳,不论是疙瘩流星的手指,不论是伤疤,不论是旧时的怀疑和悲伤的表情,都一扫而光了。透过坚硬的百年老树皮,在没有枝杈的地方,钻出嫩绿的叶子"[②]。这棵被蒙上新的情感色彩的老树,显然是安德烈在见到娜塔莎之后充满了喜悦和希望的情感的写照。

在《安娜·卡列尼娜》中有一段暴风雪的描写也很精彩。安娜在舞会上征服了沃伦斯基后,意识到事态的严重,于是悄悄乘火车离开莫斯科,赶回彼得堡。作家是这样描写的:"狂暴的风雪在火车的车轮之间、在柱子的周围、在车站的转角处呼啸着、冲击着。火车、柱子、人们和一切看得出来的东西都半边盖满了雪,而且愈盖愈厚了。风雪平静了片刻,接着又猛烈地刮着,简直好像是抵挡不住。""在这一瞬间,风好像征服了一切障碍,把积雪从车顶上吹下来,使吹掉了的什么铁皮发出铿锵声,火车头的深沉的汽笛在前面凄惋而又忧郁地鸣叫着。暴风雪的一切恐怖景象在她现在看

[①] 《列夫·托尔斯泰》第6卷《战争与和平》(二),刘辽逸译,人民文学出版社1986年版,第175页。
[②] 同上书,第180页。

来似乎更显得壮丽了。"① 这场暴风雪实际上成了安娜心中正在掀起的风暴的折射,被安娜涂上了强烈的感情色彩,在她眼里这场风雪既有恐怖的一面,又有壮丽的一面,这两种形象恰好同她内心的冲突——既喜悦又惊惶的情感交相辉映,显得无比动人。

第三节 情感和艺术的内容

既然托尔斯泰把情感作为艺术的本质和艺术创作的动力来理解,那么他把情感当作艺术的内容来看待也就不奇怪了。问题是,情感一旦介入艺术,它便不是一般的情感,而是艺术的情感。托尔斯泰认为作为艺术内容的情感有自己的特征。他在探索艺术本质的过程中,在不同时期结合对艺术的要求,对艺术情感的特征也提出了一系列看法。

在《论艺术》(1889)一文的手稿中,他提出艺术的三个条件:

> 为了使艺术作品尽善尽美,那就要求艺术家所说的东西必须是崭新的,对所有人来说都是重要的;而且要用很美的形式去表现它;还要艺术家从内心的要求出发说出这些,因而也就是真实地说出这些。②

在《论什么是艺术,什么不是;什么时候艺术是重要的事业,

---

① 《列夫·托尔斯泰文集》第9卷《安娜·卡列尼娜》(上),周扬译,人民文学出版社1992年版,第138页。
② 《托尔斯泰全集》第30卷,俄文版,第213页。

什么时候它是一件空洞的事情》（1889）中，他也谈到艺术的三个条件：

> 他所见到的新的东西应是对于人们是重要的东西，他不应当过自私自利的生活，而应当参与人类的共同生活。当他一旦发现了这个新的重要的东西，他就会找到表现它的形式，也将具有那个作为文艺作品的必要条件的赤诚之心。①

1889年在给戈果采夫的信中又谈到艺术的三个条件：

> 艺术作品是好是坏决定于，艺术家说的是什么、他怎样说的以及在多大程度上是由衷说的。（1）为了让艺术家知道他应该说什么，必须使他知道什么是全人类所固有的东西以及与此同时什么是全人类尚不知晓的东西……（2）为了让他好好地说出他想说的东西（"说"一词，我指的是思想的任何表达方式），艺术家应当掌握技巧……（3）为了使自己说出的话完全出自内心，艺术家必须热爱他的工作对象。而为了这个，必须不准开口说出那对它冷漠或可以对它闭嘴的事情，而只能说出那不得不说的事情，只能说出那些他爱得心痛的事情。②

在《〈莫泊桑文集〉序言》（1893—1894）中，他再一次谈到艺

---

① 《列夫·托尔斯泰论创作》，戴启篁译，漓江出版社1982年版，第131页。
② 《托尔斯泰全集》第30卷，俄文版，第130页。

术的三个条件：

> 一，作者对事物的正确的即道德的态度；二，叙述的明晰，或者说，形式的美，这是同一个东西；三，真诚，即艺术家对他所描写的事物的真诚的爱憎感情。①

在《艺术论》(1897—1898)中，他专就艺术感染力谈了三个条件：

> 感染越有力，则艺术之为艺术就越优秀——这里的艺术并非就其内容而言，即是说，不问它所传达的感情好坏如何。
> 艺术感染的深浅程度决定于下列三个条件：(1)所传达的感情具有多大的独特性；(2)传达这种感情的清晰程度如何；(3)艺术家真诚的程度如何，即是说，艺术家自己体验他所传达的那种感情的力量如何。②

托尔斯泰以上五处言论谈的大都是对艺术的要求，只有第五处专门谈到了对艺术情感的要求，尽管如此，我们通过作家对艺术必备条件的反复阐明可以看出他对艺术情感的一些基本要求。这些要求可以开列一大堆，但是集中起来，大致可以归纳为真、善、美三大要求。

所谓"真"就是真诚。托尔斯泰认为，艺术和艺术情感的首要

---

① 《列夫·托尔斯泰论创作》，戴启篁译，第85页。
② 同上书，第24页。

条件是真诚。他在不同时期、不同场合对艺术和艺术情感提出的三个条件尽管内容和表达方式各不相同，但不变的是将真诚视为首要的决定性的条件。他在《艺术论》中论及三个条件时说："我说艺术的价值和感染力决定于三个条件，而实际上只决定于最后一个条件，就是艺术家内心有一个要求，要表达出自己的感情。""因此这第三个条件——真诚——是三个条件中最重要的一个。"①他在致戈果采夫的信中谈到三个条件时也说："上述三个基本条件是任何艺术作品所必备的，而第三条是主要的：缺了这一条，即缺了对工作对象的热爱，退一步说，缺乏对它真诚的正确的态度，艺术作品便完蛋了。"②

托尔斯泰为什么将真诚视为艺术作品和艺术情感的首要条件呢？

这主要同托尔斯泰对艺术本质的理解有关。他把艺术本质界定为情感的传达。真正的艺术作品是来自作家内心的要求，是作家激情的产物，作家对自己的描写对象必须有"狂恋式的爱"。艺术家如果对描写对象是冷冰冰的、无动于衷的，那么作品就不可能有艺术感染力。在托尔斯泰看来，如果艺术家在作品中所表现的情感是自己亲身体验过的，是令自己深深激动过的，而不是单纯为了影响读者，这样艺术家的情感就会感染读者；相反，如果艺术家在作品中所表现的情感不是自己亲身体验过的，不是令自己深深激动过的，而是单纯为了影响读者，那么就会引起读者反感。托尔斯泰认为，真诚这个条件在民间艺术中经常存在，所以民间艺术才

---

① 《列夫·托尔斯泰论创作》，戴启篁译，第25页。
② 同上书，第130页。

会那样强烈地感动人；而在上层阶级的艺术中，真诚这个条件完全不存在，所以上层阶级的艺术就缺乏动人的力量。显然，在这里托尔斯泰是把情感的真诚当作艺术情感交流的基础来看待，艺术如果没有真诚的情感，也就不成为艺术，没有存在的价值了。

同时，托尔斯泰是从真诚和艺术其他条件的相互关系来论述真诚对艺术作品的重要意义的。就真诚和艺术作品内容与形式的关系而言，他认为情感的真诚决定作品内容的充实和形式的美。他说："艺术的神经就是艺术家对他的工作对象的狂恋式的爱情，如果有了这一条，那么一切不在话下，他的作品必将符合其他条件——内容充实和形式完美：内容必然充实，因为不可能热爱下贱的东西；形式必然完美，因为他既已热爱他的对象，艺术家就会不惜任何心血以使他所爱恋的内容披上最美好的形式。"[①]就情感的真诚与情感的独特和清晰而言，他认为情感的真诚决定情感的独特和清晰。他说："如果艺术家很真诚，那么他就会把感情表达得正象他所体验的那样。因为每一个人都和其他人不相似，所以他的这种感情对其他任何人说来都将是很独特的；艺术家越是从心灵深处汲取感情，感情越是真诚，那么它就越是独特。这种真诚使艺术家能为他所要传达的那种感情找到清晰的表达。"[②]

真诚是艺术的首要条件，也是艺术情感的首要条件，这是托尔斯泰毕生艺术创作经验的高度总结。读过托尔斯泰的作品会被艺术家情感的真诚打动。在他的作品中，无论是对专制制度和官方教会的无情揭露，对资本主义的强烈抗议，还是对下层劳动群众的

[①] 《列夫·托尔斯泰论创作》，戴启篁译，第130—131页。
[②] 同上书，第25页。

深切同情,甚至是对"道德自我完善"和"不以暴力抗恶"的虔诚追求,都是来自宗法制农民的真诚,作家"把农民的心理放在自己的批判、自己的学说当中"。①正因为如此,列宁在论托尔斯泰的文章中,多次提到托尔斯泰创作的真诚,并把它视为伟大作家创作的重要特点。例如,"他对社会上的撒谎和虚伪作了非常有力的、直率的、真诚的抗议"②;他"曾经以巨大的力量、信念和真诚提出许多有关现代政治和社会制度的基本特点的问题"③;托尔斯泰的批判"有这样的充沛感情,这样的热情,这样有说服力,这样的新鲜、诚恳……"④;"托尔斯泰以巨大的力量和真诚鞭挞了统治阶级……"⑤列宁在自己的文章里,正是从思想和艺术的结合上独具慧眼地抓住了托尔斯泰创作的一个重要特点。

托尔斯泰认为,艺术和艺术情感的另一个条件是"善",也就是作者对事物正确的道德态度。他在谈到艺术和艺术情感的首要条件是真诚时,有时也说暂且"不问它所传达的感情的好坏如何"。可是实际上,托尔斯泰是很看重文艺作品艺术情感的道德内容的。

托尔斯泰在1896年的日记中写道:"美学是伦理学的表现,即按俄国的说法,艺术表现艺术家所体验的感情。如果感情是好的、高尚的,那么艺术也将是好的、高尚的,或者相反。如果艺术家是个有道德的人,那么他的艺术也将是有道德的,或者相反。"⑥

托尔斯泰在《〈莫泊桑文集〉序言》中更是集中阐明了作家情

---

① 《列宁论文学与艺术》,第218页。
② 同上书,第202页。
③ 同上书,第216页。
④ 同上书,第218页。
⑤ 同上书,第220页。
⑥ 《列夫·托尔斯泰论创作》,戴启篁译,第12—13页。

感的道德内容问题。托尔斯泰按艺术三条件衡量莫泊桑的创作。在他看来,莫泊桑有能见人之所不能见的能力,他的作品有"美丽的形式",也"具有一种真诚,绝不假装着是爱还是恨,而确确实实热爱或者憎恨他所描写的事物"。然而他认为,莫泊桑的作品缺乏艺术作品的主要条件,"缺乏对他所描绘的事物的正确的道德的态度"。① 具体说,就是指莫泊桑喜爱而且描绘了那些不应该喜爱、不应该描绘的东西,而独不爱也不去描绘那些应该爱、应该描绘的东西,例如他在自己的作品里不厌其烦、津津乐道地描写了女人怎样污辱了男人和男人怎样污辱了女人,描写了许多令人难以理解的秽行,而对待这一切并没有正确的道德态度。同时,托尔斯泰也指出,莫泊桑后来写的小说《她的一生》和《俊友》放弃了早期作品的客观态度,鲜明地表现了作者的道德态度。这两部小说都是"以严肃的思想和情感作为基础的"。② 托尔斯泰认为莫泊桑如果在《她的一生》中感到困惑,那么在《俊友》中表示的就是愤慨了。他说:"作者在《她的一生》里,似乎在问:为了什么,一个优美的女性被戕害了? 为什么发生这种事情? 而在《俊友》里,他似乎是回答这个问题:一切纯洁的善良的东西在我们社会里已经被毁灭了,而且正在被毁灭着,因为社会是堕落的、狂妄的、可怕的。"③

  托尔斯泰不仅对艺术和艺术情感提出"正确的道德态度"的要求,而且他一生的创作也鲜明地体现这种态度。车尔尼雪夫斯基在托尔斯泰刚刚走上文坛时,就在《童年与少年·战争小说集》(1856)中指出,托尔斯泰创作的一个重要特色,就是"道德情感的

---

① 《列夫·托尔斯泰论创作》,戴启篁译,第85页。
② 同上书,第87页。
③ 同上书,第88页。

纯洁",而这种纯洁的道德感情又给托尔斯泰的作品"添上一种完全独特价值的力量","添上一种独特的——令人感动而和谐的——魅力"。①

托尔斯泰创作中纯洁的艺术感情是有具体的阶级内容的,前后期是有明显变化的。如果说托尔斯泰前期是站在贵族阶级立场来揭露社会罪恶,企图从道德上矫正贵族阶级的弊病,他的情感是先进贵族的情感;那么,在后期,当他从贵族立场转到宗法制农民立场上来时,这时托尔斯泰创作中的纯洁的道德情感就是俄国农民的情感的体现。他在作品中表现出的对专制制度和资本主义的强烈仇恨、愤怒的批判和彻底的否定,力图寻找出群众灾难的真实原因的穷根究底的大无畏精神,以及"不以暴力抗恶"和"道德自我完善"的说教,都是来自俄国农民的感情。

托尔斯泰创作中道德情感的前后变化,也明显影响到他的创作风格的变化。正如俄国著名文艺学家奥夫相尼科-库里科夫斯基所指出的,托尔斯泰早期的创作属于观察型,他比较客观全面地反映生活的各个方面,"作为一个艺术家,他具有保持非凡的平衡的特点,而且几乎总是能为自己不安的观察和热情的探索找到艺术表现的史诗般从容不迫的形式"。②而托尔斯泰后期的创作则属于实验型的,这类创作故意选择某些特点和特殊的解释,"因此造成对生活片面的、粗线条的、不完整的反映,加浓了它的色调,突出了在现实生活中并不明显,或者只在个别场合才突出的东西"。③

---

① 《车尔尼雪夫斯基论文学》下卷(一),辛未艾译,上海译文出版社1982年版,第268—269页。
② 倪蕊琴编:《俄国作家批评家论列夫·托尔斯泰》,第184—186页。
③ 同上。

在他的后期作品中，我们看到的是在早期作品中难以看到的"充满了热情的号召、愤怒、辛辣的讽刺、不满、蔑视、在罪恶和道德沦丧深渊之前的恐怖"。①显然，"托尔斯泰在解决激动着他的宗教和道德方面的问题时所具有的冷静与明智都和非常冲动和满怀激情的写作风格结合起来"。②

托尔斯泰对艺术情感除了要求真（真诚）、善（纯洁的道德感）外，还要求美，所谓美就是艺术情感必须通过美的形式表现出来。在托尔斯泰看来，所谓艺术情感美的表现形式，有以下三个方面的特点。

一是独创性。托尔斯泰把艺术情感的独特、新鲜和深刻联系在一起。他说："对于婴儿，一切都是新鲜的，因此他有许多艺术印象。对于我们来说，只有某种感情的深刻性，即表现一个人区别于其他一切人的个性的感情的深刻性才会是新鲜的。"③从另一个角度讲，他认为情感越独特就越有感染力，他说："所传达的感情越是独特，这种感情对感受者的影响就越大。感受者所感受的心情越是独特，他所体验到的喜悦就越大，因此也就越发容易而深刻地融合在这种感情里。"④

二是清晰性。托尔斯泰认为，作家所传达的情感的清晰程度决定艺术感染力的深浅程度。他说："感情的清晰的表达也有助于感染，因为感情（这种感情对感受者来说好象是早就熟悉并早就在体验着的，到现在为止他才为这种感情找到了表达）表达得越是清

---

① 倪蕊琴编：《俄国作家批评家论列夫·托尔斯泰》，第184—186页。
② 同上。
③ 《列夫·托尔斯泰论创作》，戴启篁译，第132—133页。
④ 同上书，第24—25页。

楚,感受者在自己的意识中和作者融合时所感到的满足也越大。"①

三是分寸感。除了独特、清晰,托尔斯泰特别看重艺术情感的分寸感。在他看来,艺术情感不论是表现得不够充分,还是表现得过分,都无感染力。只有掌握好分寸,才能产生强大的艺术感染力,据马科维茨基记述,托尔斯泰在1907年曾经谈道,"艺术中最主要的是分寸感"。②他在《艺术论》中谈到俄国画家勃留洛夫有一次给学生修改习作,他只在几处稍微动了几笔,这幅毫无生气的习作立刻变活了。一个学生说:"看!只不过稍微点了几笔,一切就都改变了。"勃留洛夫回答说:"艺术就是从这'稍微'两个字开始的地方开始的。"托尔斯泰非常欣赏勃留洛夫这句话,认为它"正好说出了艺术的特征"。他说:"所有一切艺术都是一样:只要稍微明亮一点,稍微暗淡一点,稍微高一点,低一点,偏右一点,偏左一点(在绘画中);只要音调稍微减弱一点或加强一点,或者稍微提早一点,稍微延迟一点(在戏剧艺术中);只要稍微说得不够一点,稍微说得过分一点,稍微夸大一点(在诗中),那就没有感染力了。只有当艺术家找到构成艺术作品的无限小因素时,他才可能感染别人,而且感染程度也要看在任何程度上找到这些因素而定。要用外表的方式教人找到这些无限小的因素,那是绝对不可能的:这些因素只有当一个人沉醉于感情中才能找到。"③这里托尔斯泰阐明了两个问题:一是艺术的感染力是同艺术的分寸感相联系的,艺术感染力的程度取决于艺术家对艺术分寸的把握;二是艺术分寸感

---

① 《列夫·托尔斯泰论创作》,戴启篁译,第24—25页。
② 转引自上海译文出版社编:《托尔斯泰研究论文集》,上海译文出版社1983年版,第230页。
③ 〔俄〕列夫·托尔斯泰:《艺术论》,丰陈宝译,第124—125页。

不仅仅是形式问题,而且是内容问题,不仅仅是艺术技巧问题,而且也是艺术家对待生活的态度和思想道德评价问题。在托尔斯泰看来,艺术家只有沉醉于感情之中,只有具有真诚的感情,才有可能受到内心的提示,才有可能找到表达自己感情的恰如其分的音调、色彩、线条、动作和诗句。

第四节　情感和表现形式

托尔斯泰在重视情感的内容的同时,也十分重视情感的表现形式。托尔斯泰对俄国现实主义革新的意义之一,就在于他对于艺术再现人的心灵、人的情感这个既隐秘又广阔的世界所作的贡献,他的作品真实而动人地表现了人的复杂的感情,有着强烈的艺术感染力。托尔斯泰曾经说过:"艺术是一架显微镜,艺术家用它来对准自己灵魂的秘密,并且把这些人所共有的秘密展示给人们。"[①] 显然,托尔斯泰对人的心理和情感的研究及表现是从自我分析、自我体验入手的。我们从他的日记、书信和札记可以看到,他从少年时代起就喜欢自我分析、自我反省和自我观察,并对自己的内心体验进行精细入微的剖析。同时,他又善于从自己心理和情感的剖析中去寻找"人所共有"的东西,去寻找人的心理和情感产生、变化和发展的规律。正如车尔尼雪夫斯基所指出的:"谁要是不从本身研究人,他就永远不会对人们达到深刻的认识……他十分注意从自己内心之中研究人类精神生活的秘密;这种知识的

---

① 《托尔斯泰全集》第53卷,俄文版,第94页。

可贵,不只是因为他能够描写出我们要使读者注意的人的思想的内在活动的图景,但也许,更多的是因为这给他研究一般人类生活、猜测人物性格与行为的动力,以及热情与印象的斗争提供一种坚实的基础。我们要是说:自我观照一般说应该使他的观察力变得十分敏锐,教会他使用洞察万有的目光来观察人们,这是不会错的。"①

托尔斯泰对人的心理和情感的分析,不仅源于作家的自我分析,而且继承了前人的传统,其中有俄国作家普希金、果戈理、莱蒙托夫、屠格涅夫的传统,也有欧洲作家斯泰恩、司汤达的传统,同时又有自己独特的创造。托尔斯泰作品在分析和表现人的心理和情感方面有以下几个重要的特点。

首先是善于表现心理和情感的过程。在托尔斯泰之前,作家们往往是静态地表现人的心理和情感,或者只是侧重表现一种心理活动和情感活动的开端和结果。托尔斯泰的独特贡献在于从动态的角度来表现人的心理和情感,表现心理和情感的过程本身。拿托尔斯泰自己的话说,就是表现人的心灵的运动。他曾经写道:"主要在于描写人的内部的、心灵的运动,要加以表现的并不是运动的结果,而是实际的运动过程。"②车尔尼雪夫斯基把它称为表现"心灵的辩证法",他在托尔斯泰刚步入文坛时,就敏锐地发现托尔斯泰创作的这一重要特点。他在列举心理分析的各种不同倾向之后指出:"托尔斯泰伯爵最感兴趣的却是心理过程本身,心理过程的形式,心理过程的规律,用明确的述语来表达,这就是心灵的辩

---

① 《车尔尼雪夫斯基论文学》下卷(一),辛未艾译,第267—268页。
② 转引自上海译文出版社编:《托尔斯泰研究论文集》,第288页。

下编　从作家个性心理的新视角探寻俄罗斯文学的魅力

证法。"①

所谓"心灵的辩证法",按照托尔斯泰和车尔尼雪夫斯基的理解,就是指人物心灵的运动,人物由一种情感状态向另一种情感状态不断运动、变化的心理过程,也就是把人物的心理和情感作为动态来加以表现。

托尔斯泰在《战争与和平》中,就细致入微地描写了尼古拉赌博输掉43,000卢布巨款前前后后的心理过程。开始,他同多洛霍夫开赌时是存有戒心的;随着输款激增,他就产生了大难临头的恐惧;最后,当输掉巨款回家时,他的心情是沉重、后悔、羞愧,几乎是绝望的,他甚至想自杀。正在这个时候,他听到了娜塔莎的歌声,他简直受不了。

"这是怎么回事?"尼古拉听到她的歌声,眼睛睁得大大地在想。"她怎么了?她今天唱得这么好啊?"他想。忽然整个世界对他来说只有一件事:期待着下一个音符,下一个歌句,整个世界都变成三拍:"On mio crudele affetto②……一、二、三……一、二、三……一……On mio crudele affetto……一、二、三……一。嘿,我们的生活多么愚蠢啊!"尼古拉在想。"什么不幸、金钱、多洛霍夫、怨恨、名誉,所有这一切都是扯淡……只有这才是真正的东西……嘿,娜塔莎,嘿,亲爱的!嘿,真有你的!……看她怎样唱好这个Si③?唱得好!谢谢上帝!"他不知不觉也唱起来,用高三度的第二音来加强这

---

① 《车尔尼雪夫斯基论文学》下卷(一),辛未艾译,第261页。
② 此句为意大利语,可译为"哦,我这残酷的爱情"。
③ 长音阶中的第七音。

个 si,"我的天！多么好啊！难道我真的唱出来了吗？多么幸运！"他在想。

啊，听听这个三度音的震颤吧，它触动了罗斯托夫灵魂中最美好的东西，它与世界上的一切无关，它高出世上的一切。输钱、多洛霍夫、誓言，算得了什么！……都是扯淡！①

在这段里，托尔斯泰生动地描写了处于绝望之中的尼古拉在听到娜塔莎歌声后发生的情感变化过程：当他绝望时，妹妹的歌声带来的生活欢乐的感觉吸引了他，这时他豁然省悟，觉得这种生活欢乐的感觉比世上的一切都重要，这样他的痛苦和绝望就被赶跑了。通过这一心理过程的展示，我们可以看到涉世不深的尼古拉的单纯。

其次，善于表现心理和情感的复杂性。人的心理和情感是复杂的，托尔斯泰就善于通过复杂的心理矛盾来揭示人物的性格特征，他说："要知道，小说中的人物完全和我们自己一样，这就是说，是杂色的，好的和坏的方面同时并存于一个人身上。"②他在《复活》中，以"人好比河"这句格言来表现人物的心理和情感。他写道："人好比河：所有的河里的水都一样……可是每一条河都是有的地方河身狭窄，有的地方水流湍急，有的地方河身宽阔，有的地方水流缓慢，有的地方河水清澄……人也是这样。每一个人身上都有一切人性的胚胎……他常常变得完全不像他自己，同时却又始终

---

① 《列夫·托尔斯泰文集》第6卷《战争与和平》（二），刘辽逸译，人民文学出版社1986年版，第69页。
② 《俄罗斯作家论文学劳动》第3卷，第497页。

是他自己。"①

基于上述见解,托尔斯泰在表现人物心理和情感时,总是不急于显露其统一的基本方面,而是通过表现其矛盾斗争最终显示出统一的基本方面。在他的笔下,人物的心理和情感总是经历复杂的矛盾斗争,然又不失去基本的性格特征。《战争与和平》中的娜塔莎有天真、纯朴、诗一般迷人的性格,但从成为安德烈的未婚妻到成为彼埃尔的妻子,她的心理和情感是发生很大变化的,其间经历许多心理冲突,感情波澜,如她对浪子阿那托里有过盲目的感情,然而她的基本性格始终不变。反过来说,如果托尔斯泰不写娜塔莎心理和情感复杂矛盾的一面,这个人物也就不会那么真实可信了。

托尔斯泰认为人的心理和情感的复杂也表现在:人的各种心理和情感并不是以"纯粹"的形态并存的,而是以相互结合的形态存在的。在《战争与和平》的安娜·舍列尔的晚会上,娇艳的爱伦引起了彼埃尔的肉欲,后者企图求助于理智战胜这种欲望,尽量去想她身上丑恶的东西。"他正这样推论时(这些推论还没有完成),他发现自己在微笑,他意识到,另有一串推论从前面一串推论中间浮现出来,他在想到她毫无价值的同时,又幻想着她将成为他的妻子,她可能爱他,她可能变成一个完全不同的人,他所想到的和听到的有关她的一切,可能是不真实的。"②托尔斯泰在这里遵照生活和性格的逻辑,真实生动地揭示了彼埃尔两种心理和情感的联系和冲突,并没有把彼埃尔对爱伦的迷恋简单加以否定,在托尔斯泰

---

① 《列夫·托尔斯泰文集》第11卷《复活》,汝龙译,人民文学出版社1989年版,第262页。
② 《列夫·托尔斯泰文集》第5卷《战争与和平》(一),刘辽逸译,人民文学出版社1986年版,第301页。

看来,"联系着这群人的那些委琐虚伪的趣味中间,却夹进一对美丽的健康的青年男女互相吸引的纯真的感情。这种人类的感情压倒了一切,凌驾于他们那些装腔作势的闲言碎语之上"。①

托尔斯泰所描写的人的心理和情感的复杂性还表现在心理和情感的多层性上。②在作家笔下有的心理和情感活动是表面的,是能意识到的,而另外一些心理和情感活动则是深层的,自己没有意识到,或者只是模糊猜测到的。托尔斯泰在刻画人物性格时,特别注意揭示人物深层的心理和情感。在他看来,深层的心理和情感同表层的心理和情感往往处于矛盾状态,但是前者往往比后者更为真实和深刻。在《安娜·卡列尼娜》中,当安娜同丈夫进行艰难的谈话之后,针对丈夫提出的保持"体面"的要求,她决定同他决裂。"'哼,我要冲破它,冲破它!'她忍住眼泪,叫着跳起来。她走到写字桌旁,想另外给他写一封信。但她心里感觉到,她无力冲破任何罗网,无力摆脱这样的处境,不论它是多么虚伪和可耻。"托尔斯泰正是通过多层次地描写人物的心理和情感,描写表层和深层心理情感的联系和矛盾,深刻揭示了人物的性格特征,构成强烈的艺术感染力。

最后,善于表现人物心理、情感活动和社会历史现实的联系。人是社会关系的总和,人物心理和情感的产生和变化归根到底是有一定的社会历史原因的。在托尔斯泰笔下,我们可以看到他的人物心理、情感活动同社会历史活动的深刻联系。这种联系有的是比较直接的,有的是比较间接的。在《战争与和平》中,库图佐

---

① 《列夫·托尔斯泰文集》第5卷《战争与和平》(一),刘辽逸译,第306页。
② 〔苏〕赫拉普钦科:《艺术家托尔斯泰》,刘逢祺、张捷译,上海译文出版社1987年版,第479页。

夫、巴格拉季昂、图申等人的心理情感描写就直接被纳入重大历史事件的叙述之中。彼埃尔虽然没有直接介入重大历史事件,但他的心理和情感、他的精神探索都受到重大历史事件的深刻影响。在《安娜·卡列尼娜》中,面对失恋,列文企图通过繁忙农务得到慰藉,他终于建立美满和谐的家庭,美满和谐的家庭也无法使他摆脱精神痛苦,最后终于从宗教教义中得到精神解脱,达到所谓"内心的和谐",透过主人公这一系列心理和情感的变化,可以让人感到农奴制改革后俄国的社会危机和思想危机有鲜明的时代历史特征。列文一方面坚持地主贵族阶级的利益,同农民始终对立,另一方面又无力抵抗资本主义洪水猛兽般的袭击,因此他是无力的,是没有出路的。

托尔斯泰不仅揭示社会历史现实对人的心理和情感活动的作用,而且表现人的心理和情感对现实的影响。在作家笔下,现实常常被染上主人公的情感色调,成为同主人公情感相一致的东西。《安娜·卡列尼娜》中,当列文向吉提表白爱情后,周围的一切在他眼里仿佛都具有特殊的性质,人们似乎都急于同他分享巨大的欢乐。"他当时所看到的东西,他以后再也不会看见了。上学去的小孩子们,从房顶上飞到人行道上的蓝灰色的鸽子,被一只见不到的手陈列出来的盖满了面粉的面包,特别打动了他。这些面包、这些鸽子,这两个孩子都不是尘世的东西……车夫们显然明白了这一切。他们喜笑颜开地围住列文,互相争执着,兜揽着生意。列文极力不得罪旁的车夫,应允下次雇他们的车,就叫了其中的一部,吩咐驶到谢尔巴茨基家去。"① 显然,列文周围的环境被他那兴奋的心

---

① 《列夫·托尔斯泰文集》第9卷《安娜·卡列尼娜》(上),周扬译,人民文学出版社1992年版,第541—542页。

情大大渲染了。在《伊凡·伊里奇之死》中,这一特点表现得更加突出。主人公重病之后,"觉得街上的一切都是阴郁的,马车夫是阴郁的;房子是阴郁的,行人和商店都是阴郁的"。在这里,主人公阴郁的心情投射到现实的一切事物上,它表现了主人公巨大的心理真实。

　　托尔斯泰笔下人物的心理情感对现实影响的另一个表现是,通过人物情感描写揭示重大事件的意义,而且往往比直接描写重大事件更深刻更动人。在《战争与和平》中,娜塔莎在从莫斯科撤退时得知包尔康斯基受了致命伤后承受巨大痛苦,后来又在梅季希看到莫斯科的大火,"'哎呀,多么可怕!'索尼娅打着冷战,惊慌地从院子里回来说。'我看整个莫斯科都烧起来了,多么可怕的火光!娜塔莎,现在你从窗口就可以看得见,'她对表妹说这话,显然想分散她的注意力。但是娜塔莎望着她,仿佛不明白对她说的话,眼睛又盯着炉子的一角。从当天早晨开始……娜塔莎就陷入呆滞的状态。"①这里作家的叙事和心理描写完全融为一体了。安娜·塞格尔斯在一篇文章中曾经指出,由于心事重重的娜塔莎几乎没有去注意莫斯科大火,因而这场大火"要比浓墨重彩的描写更为动人"。

　　托尔斯泰在表现人物的心理和情感时除了具有上述几个特征以外,他在具体描写时还采用了一些具体手法,其中较有特色的有以下几种。

　　一是内心独白。内心独白在托尔斯泰表现人物心理和情感中

---

① 《列夫·托尔斯泰文集》第7卷《战争与和平》(三),刘辽逸译,人民文学出版社1987年版,第436—437页。

起着重要作用。这种独白运用于以下几种场合：表现人物在紧张时刻的感受；描述人物对人生意义的探索；说明人物行为动机；揭示人物的愿望，袒露人物的心声，等等。在《战争与和平》中，娜塔莎在野战医院会见受重伤的安德烈，她向安德烈跪下，安德烈也终于向她伸出手来，安德烈有一段独白："于是他明白了她的感情、她的痛苦、羞耻和悔恨。他现在第一次懂得了他的拒绝是多么残忍，看出他和她决裂是多么无情。'我多么希望再见她一次。只要一次，看看那双眼睛，说……'"①在这段内心独白中，托尔斯泰揭示了安德烈向娜塔莎伸出手来的思想动机，描写了安德烈对娜塔莎真切的爱。

托尔斯泰的内心独白有鲜明的特色，这就是作家把内心独白当作表现人物性格的一个环节，内心独白不离开人物性格。因此托尔斯泰的人物内心独白具有个性化的特点，它取决于人物总的心理特征。《战争与和平》中尼古拉的独白带有具体性，安德烈的独白则比较抽象。在《安娜·卡列尼娜》中，卡列宁的独白使用的是文牍式语言。在《复活》中，聂赫留多夫的内心独白常常是长篇大论，他善于沉思默想，而玛丝洛娃的内心独白就比较简洁。这些都十分符合生活的真实和人物的身份。

托尔斯泰塑造的人物的内心独白不仅是个性化的，同人物心理相联系的，而且同人物周围环境相联系。在《安娜·卡列尼娜》中，奥勃朗斯基参加了莉季雅·伊凡诺夫娜伯爵夫人的晚会，女主人和卡列宁假仁假义的谈话，以及准备朗道降神的场面给人留下非常不快的印象。听着女主人的朗读，觉察朗道盯着他，"他头脑

---

① 《列夫·托尔斯泰文集》第7卷《战争与和平》(三)，刘辽逸译，第445页。

感到有说不出的沉重。五花八门的思想在他头脑里搅成一团……"他的思想和感觉都很乱,这反映了他对一切抽象议论的冷漠和沮丧,而这种情绪完全是由女主人家那种令人窒息的沉闷引发的。

二是潜意识。托尔斯泰善于通过人物的潜意识的描写来表现人物的心理和情感。这种潜意识往往带有很大的随意性和跳跃性,有时缺乏内在逻辑,然而却真实表现人物深藏的心理和情感。正如B.斯塔索夫在给托尔斯泰的信中所说的:"几乎在任何人那里,在任何地方都没有这种真正的真实性、偶然性、不规则性、不连贯性、不完结性和各种跳跃。几乎所有的作者(其中包括屠格涅夫、陀思妥耶夫斯基、果戈理、普希金和格里鲍耶陀夫)写的独白都是完全规则的、连贯的、搞得笔直笔直的,作过过分的修饰,变得最合乎逻辑而又前后一贯……直到目前为止,我只找到一个唯一的例外:这就是列夫·托尔斯泰伯爵。只有他在小说里和剧本里写出了真正的独白,这些独白正好具有全面不规则性、偶然性、不完结性和跳跃。"[①]

托尔斯泰所描写的人物的潜意识有两个明显的特点:一是人物的潜意识往往是同人物的意识相联系的、互为表里的;二是人物的潜意识的种种表现都是由外界事物引发的。

关于托尔斯泰所描写的安娜临死前的潜意识心理活动,小说里呈现了三个场面。

第一个场面是安娜同沃伦斯基吵架,沃伦斯基不辞而别,安娜乘车去杜丽家倾诉衷肠。一路车窗外街上的一切引起她对自己短暂一生的回忆和即将消逝的青春的哀叹。她想起很久以前她只有

[①] 〔苏〕赫拉普钦科:《艺术家托尔斯泰》,刘逢祺、张捷译,第479页。

17岁;同姑妈去朝拜三圣修道院……她又看见林荫道上三个男孩在奔跑,玩赛马游戏,这时她又想到儿子,"谢廖沙!我失去了一切,我找不回他来了"。①这是表现安娜对失去的爱的伤感和哀怨。

第二个场面是安娜在杜丽家受到吉提的冷遇,在回家路上心情更加恶劣。她感到给她带来不幸和痛苦的现实本来就是那么虚伪,充满谎言、欺骗和痛苦。安娜在马车上看到一个肥胖红润的绅士迎面过来,错把她当熟人,摘下礼帽,她想:"他以为他认识我。但他和世界上其他的人一样,同我毫不相识哩。连我自己都不认识我。"接着是晚祷钟声响了,两个商人一本正经画着十字,安娜由此想到:"这些教堂、这些钟声、这些欺诈,都是用来做什么的呢?无非是用来掩饰我们彼此之间的仇恨,就像那些破口对骂的车夫一样。"②

第三个场面是安娜回家仍不见沃伦斯基,顿时萌发"报仇欲望",决心上火车站,一路上安娜心中的郁闷、愤怒到了顶点。她在马车上看见一个正被警察带走的喝得烂醉如泥的工人,从他身上引起联想,一目了然地看清她和沃伦斯基的关系,我同沃伦斯基"也没有找到这种乐趣,虽然我们那么期望"。于是一系列往事回忆使她陷入痛苦之中,"他在我身上寻求什么呢?与其说是爱情,还不如说是要满足他的虚荣心","如果,他不爱我,却由于责任感而对我曲意温存,但是却没有我所渴望的情感,这比怨恨还要坏千百倍呢!这简直是地狱!"③通过对社会清醒的批判和自我内心

---

① 《列夫·托尔斯泰文集》第10卷《安娜·卡列尼娜》(下),周扬译,人民文学出版社1992年版,第1013页。
② 同上书,第1017—1018页。
③ 《列夫·托尔斯泰文集》第10卷《安娜·卡列尼娜》(下),周扬译,第1020—1021页。

世界的剖析,安娜正一步步走向死亡。

从这三个场面看,安娜的一切潜意识和自我联想都是由外界事物引发的,这些思绪表面看来是凌乱的、跳跃的、不连贯的,可实际上都有内在的逻辑性,这就是安娜被沃伦斯基、被社会抛弃后心中的痛苦和哀怨,它们都非常真实地表现了安娜的心理状态和情感状态。

三是景物描写。托尔斯泰还特别善于通过自然景物的描写来烘托和表现人物的心理和情感,常常以景寓情,达到情景交融的境界。如在《战争与和平》中,奥斯特里茨的天空引起安德烈的沉思就是一段精彩的描写。当安德烈在奥斯特里茨战场上身负重伤,仰望高高的天空和"天空里静静移动的一片片灰色云彩"的时候,他认识到荣誉的渺小和功名的虚幻。大自然及其无限性引发了安德烈的沉思,使他了解到自己的错误。后来,当他回到家园充满痛苦和绝望时,也正是大自然,正是那棵"复活"的大橡树,使他重新萌发对生活的热爱。从中我们看到,托尔斯泰在通过自然景物表现人物的心理和情感时,不仅是以景寓情,情景交融,而且富有一种托尔斯泰式的深沉的哲理意味。

第十章 契诃夫：童年经验、客观性和分析型艺术思维

在俄国作家中，契诃夫生活和创作的命运是十分独特的：一个农奴的后代、一个食品杂货铺的小伙计，最后竟然成为向世界贡献了最精美的短篇小说和剧本的伟大作家。高尔基曾情不自禁地赞叹道："安东·巴甫洛维奇，你是一个非常好的人，是一个了不起的天才。"[①] 列夫·托尔斯泰在赞赏他的一篇小说时也这样说道："这好像是一个纯洁的处女编织的花边。古代曾经有这样的编织花边的姑娘，她们把自己的整个一生、把自己关于幸福的一切幻想都织进了花边。她们用花纹来幻想最心爱的东西，她们把自己的朦胧而纯洁的爱情全部都织进了花边。"

契诃夫独特的生活命运和创作生涯，自然引起研究者的关注，然而作家本人却始终很少谈及。他在1899年写道："我生着一种病，它叫自传恐惧症。阅读那些关于我的详细叙述，尤其是要我为报刊撰写关于我自己的东西，——这一切对我来说简直是一种折磨。"[②] 由于作家本人守口如瓶，人们对契诃夫"创作实验室"奥秘的了解少得可怜。高尔基说："关于他的文学创作，他谈得很少，

---

① 《高尔基全集》(30卷本) 第23卷，俄文版，苏联国家文学出版社，第443页。
② 《契诃夫作品书信全集》(20卷集) 第18卷，俄文版，苏联国家文学出版社，第242页。

而且很勉强；我倒想用'贞节地'这个字眼，或者还可以说像他谈到列夫·托尔斯泰的时候那样的谨慎。"①

库普林在关于契诃夫的回忆录中也这样写道："泛泛而论，我们不仅对他的创作秘密几乎一无所知，就连他写作的外在习惯手法也不了解。在这方面，安东·巴甫洛维奇不露心境和守口如瓶到了令人纳闷的程度……他谁也不相信，从不揭示自己的创作道路。"②

库普林对契诃夫关于对谁也不相信和从不谈自己的创作的评论有些言过其实，高尔基说契诃夫对谈论创作持谨慎态度则是符合实际的。这种情况的出现为研究契诃夫的创作，特别是给研究契诃夫的创作心理带来很大困难。尽管如此，契诃夫的书信（《契诃夫论文学》，人民文学出版社1958年版）、创作笔记和日记（《契诃夫的手记》，浙江人民出版社1982年版）、同时代人对契诃夫的回忆以及契诃夫的作品，都在不同程度上揭开了契诃夫创作的奥秘。

通过这些珍贵的材料，我们可以深入契诃夫的创作过程、创作心理，尽力捕捉作家艺术思维的一些重要特点。

第一节　童年经验的超越和升华

在俄国作家中，特别是在那些贵族出身的作家中，无论是普希

---

① 〔苏〕高尔基：《回忆录选》，巴金、曹葆华译，人民文学出版社1959年版，第169—170页。
② 《同时代人回忆契诃夫》，苏联国家文学出版社1960年版，第556—557页。

金、莱蒙托夫、果戈理、屠格涅夫、阿克萨科夫,还是冈察洛夫、涅克拉索夫、列夫·托尔斯泰,都有过幸福、快乐的童年,唯独平民出身的契诃夫没有幸福快乐的童年。契诃夫曾经说过,"在我的童年没有童年"①,"在我们的童年里,只有痛苦"。②

痛苦的童年作为一种精神经历,作为一种具有强烈个性色彩的精神经历,对作家独特的创作个性的形成以及作品独特的深层意蕴的形成,有着不可低估的作用,它在作家的创作中留下深深的烙印。痛苦的童年经验对契诃夫的创作有极大的影响,俄国任何一个作家童年经验对创作的影响,都无法同痛苦的童年经验对契诃夫创作的影响相比拟。遗憾的是,这一重要现象往往被研究者忽略,没有引起足够的重视,唯有叶尔米洛夫的《契诃夫传》涉及这个问题。笔者以为,从某种意义上讲,只有了解契诃夫童年的精神经历,才能比较透彻地理解契诃夫的创作心理和创作个性,才能比较深入地把握契诃夫作品深层的意蕴。

契诃夫所说的"我的童年没有童年"这句话包含着许多痛苦的内容,这首先指的是家庭的专制、棍棒纪律和囚犯似的劳役。

在契诃夫的童年中,父亲的毒打给他留下最痛苦的印象,这是对儿童心灵的摧残,对人的尊严的摧残。他曾经对聂米罗维奇-丹钦科说道:"你知道,我永远也不能原谅父亲在童年时代这样打我。"③

---

① 〔苏〕叶尔米洛夫:《契诃夫传》,张守慎译,人民文学出版社1960年版,第10页。
② 同上书,第8页。
③ 同上书,第10页。

第十章 契诃夫：童年经验、客观性和分析型艺术思维

在家里，契诃夫是父亲杂货铺里的小伙计，从小就得学会算账，熟悉招徕顾客的办法，乃至"假秤、假斗和各种做生意的小骗术"。作家的哥哥亚历山大在回忆契诃夫这段囚徒般的生活时写道，"在父亲的小杂货铺里，他马马虎虎复习自己的功课；在这里他经受冬日的严寒，冻得手足发麻；在这小杂货铺里，他像一个囚徒在监牢里一样，苦闷地度过学校放假的美好时光"①。

再有就是宗教教育，唱圣诗，做早祷。契诃夫兄弟三人在父亲组织的教堂唱诗班里差不多唱了十年的圣诗。契诃夫后来回忆说："我和我的两个哥哥唱三重唱，唱《悔改吧！》或《阿尔汉格尔斯克之声》，人们都非常感动地看着我们，他们都很羡慕我们的父母，而我们三人这时都感到自己是小苦役犯人。"②（1892年3月9日写给谢格洛夫的信）哥哥亚历山大的回忆更是令人心酸："可怜的安托沙非常受罪，他当时还是一个刚刚长大的孩子，胸部还不发达，耳音既差，嗓子也弱……在练唱的时候流了不少眼泪，这些迟至深夜的练习也夺去了他许多童年的甜蜜的睡眠。凡是和宗教礼拜有关的事情，巴维尔·叶果罗维奇都是一丝不苟，严格而苛刻的。每逢大节期，需要做早弥撒的时候，他总是深夜两三点钟就把孩子叫起，不管什么天气，也必定要带他们去教堂……对于巴维尔·叶果罗维奇的孩子们来说，星期天和假日也是劳动的日子，就像工作日一样。"③

在家里受压制，而学校更是形同监狱。当局要把学生培养成

---

① 《同时代人回忆契诃夫》，第32页。
② 〔苏〕安·屠尔科夫：《安·巴·契诃夫和他的时代》，朱逸森译，中国社会科学出版社1984年版，第3—4页。
③ 〔苏〕叶尔米洛夫：《契诃夫传》，张守慎译，第6—7页。

别里科夫似的"套中人",常把学生折磨到唯命是从、战栗不安的地步。曾经在塔干罗格中学(契诃夫上的中学)念书的作家、契诃夫的同学写道:"塔干罗格中学实质上是一种特殊的犯人劳动大队。那是一个感化营,不同的只是用希腊文和拉丁文的课堂译作替代了棍棒和皮鞭。"①作家的哥哥亚历山大回忆说:"我的许多同学都是满腔悲痛地离开学校的。我自己则几乎到五十岁还时常在夜里梦见严格的考试、校长可怕的申斥和教员的挑剔。在中学生活里,我从来没有过过一天愉快的日子。"②契诃夫在1886年的一封信里也承认:"我到现在有时还会梦见中学时代的生活:功课没有温熟,害怕教师叫到我……"③

无论是在家庭还是在学校,契诃夫处处感到专制和谎言的压迫,感到一种社会想把他变成奴隶的威胁,因此从童年起他就痛恨专制和谎言,痛恨小市民习气。契诃夫在责备哥哥亚历山大不该对妻儿那样专制和粗暴的信中(1889)说:"我请你回忆一下,专制和谎言怎样毁掉了你母亲的青春吧。专制和谎言毁掉了我们的童年,使我们现在回想起来都感到恶心和可怕。你还可以回忆一下父亲在饭桌上由于汤做咸了而大发雷霆,骂母亲是笨货的时候我们所感到的恐怖和厌恶……"④

正是童年痛苦的精神经历,使契诃夫决定维护人的尊严,争取人的自由。这一切不仅造就了契诃夫忧郁和自尊的性格和心理,同时也构成了作家创作的主要内容和作品深层的意蕴。俄国

---

① 〔苏〕安·屠尔科夫:《安·巴·契诃夫和他的时代》,朱逸森译,第4页。
② 〔苏〕叶尔米洛夫:《契诃夫传》,张守慎译,第17页。
③ 同上。
④ 同上书,第4页。

社会污浊的现实、令人"不堪忍受的生活",常常使契诃夫感到"苦闷和忧郁",他在1888年12月26日的一封信中写道:"请原谅我的忧郁心情,我自己也不喜欢这种心情,这种心情是由许多因素引起的,而这些因素又不是我造成的。"①面对现实的丑恶,契诃夫不仅感到忧郁,他还十分痛恨,他极力要维护人的尊严。在他的作品里既有契诃夫式的忧郁,又有崇高的人道主义精神。契诃夫曾经在1888年10月4日给普列谢耶夫的信中明确地表明自己的文学创作纲领。他说:"我痛恨以一切形式出现的虚伪和暴力……伪善、愚蠢、专横,不是仅仅在商人家庭里和监狱里盛行;我在科学方面,文学方面,青年当中,也看见它们。……我心目中的最神圣的东西是人的身体、健康、智慧、才能、灵感、爱情、最最绝对的自由——免于暴力和虚伪的自由,不问这暴力和虚伪用什么方式表现出来。如果我是个大艺术家,那么这就是我要遵循的纲领。"②

前面所说的是契诃夫童年精神经历中的主要方面,同时我们也不应忽视另一方面,这就是家庭艺术环境对契诃夫的熏陶。契诃夫一家三代人都具有艺术家的气质,耽于幻想。他的祖父写信常用文学笔调,不断转换人称。他的父亲多才多艺,还积极为教堂组织唱诗班。契诃夫在谈到自己和他的兄弟姐妹时曾经这样说过:"我们的才能来自父亲,我们的心灵来自母亲。"③契诃夫的两个哥哥也具有艺术天赋:大哥亚历山大进入莫斯科大学,后来成为新闻记者,又写小说;二哥尼古拉进入莫斯科绘画、雕塑、建筑学校,成

---

① 《契诃夫全集》第14卷,第264页。
② 《契诃夫论文学》,汝龙译,人民文学出版社1958年版,第96页。
③ 〔苏〕叶尔米洛夫:《契诃夫传》,张守慎译,第6页。

了画家。在这样一种家庭艺术氛围中,契诃夫从小就不自觉地以幽默和嘲讽"抵御"童年的痛苦。他善于即兴表演,扮演各种各样的人物,常上剧院看演出,还参加《钦差大臣》的家庭演出,在学校主办手抄刊物,写诗讽刺学监。更有意思的是,他们兄弟三人常常凑在一起演话剧和小戏。两个哥哥到莫斯科上学以后,契诃夫还特意为他们出版称之为《兔子》的幽默刊物,按期寄到莫斯科。

童年的艺术经历对契诃夫后来成为作家是至关重要的,它体现并培养了作家幽默、讽刺的才能。其中父辈的艺术熏陶固然重要,三个兄弟之间亲密无间的艺术交流和艺术创造的环境更为可贵,契诃夫童年的艺术经历告诉我们,作家和艺术家早期的艺术教育不只是一种消极的艺术接受和艺术熏陶,更重要的、更具有决定意义的应当是一种艺术交流和艺术创造,特别是要形成一种和谐、融洽和富有创造性的艺术环境和艺术气氛,在这种环境中,未来的作家和艺术家能够相互理解和交流,引起思想上和艺术上的共鸣,在这种愉快的、富有生气的气氛中,未来的天才的任何创造都能得到回应,得到肯定,同时又激发出新的思想、新的灵感和新的创造。这种情况不仅出现在契诃夫三兄弟身上,而且也出现在英国女作家夏洛蒂·勃朗特、艾米莉·勃朗特和安妮·勃朗特三姐妹身上。勃朗特姐妹从小失去母亲,她们居住在远离城市的荒凉的约克郡豪渥斯的乡村,只靠书籍和报刊才得以同外部世界建立联系。三姐妹自幼爱好文学,抱有成为作家的梦想。她们的童年生活在双重的世界里,一个是深居闺房的、家世不幸的现实世界,一个是三姐妹相互交流和创造的文学世界。冬夜每天九点后,她们相濡以沫,一起朗读和讨论各自的创作。像盖斯凯尔夫人所说的,夏洛蒂、艾米莉和安妮"像不安的野生动物似地在客厅里来回踱步",创造"她们奇妙的故事"。这些故事一直编到她们二十多岁,计手稿一百多种,成了勃朗特姐妹发挥想象、构思练笔的园地。① 同契诃夫三兄弟一样,勃朗特三姐妹日后成为著名作家,是同童年时代有一个能够相互交流和共同创造的艺术环境相联系的。

这里出现一个问题:是不是有痛苦童年的精神经历的人,有童年艺术经历的人,日后都能成为作家和艺术家呢?回答当然是否定的。契诃夫和他两个哥哥的生活遭遇就是很好的例证。契诃夫两个哥哥同他一样,都有童年痛苦的精神经历,都十分憎恨专制制度和小市民习气,也都有艺术才能,然而最后却都葬送了自己的艺术天赋。他们反对专制制度和小市民习气,同时又害怕艰苦的劳动,一上了大学就尽情享受"自由",每天出门做客,经常喝得酩酊大醉,过着放荡不羁的名士派生活,最后陷入小市民泥沼里。大哥亚历山大是一个很有学识的记者,写过几篇颇有才华的小说,最后却默默无闻地、悲惨而凄凉地死去。二哥尼古拉是个画家,俄国著名画家列维坦很看重他的才华,然而酗酒使他的肺病迅速恶化,结果正当31岁的盛年就去世了。契诃夫在1883年4月给大哥亚历山大的信中这样谈到二哥尼古拉:"尼古拉成天闲荡;一个强有力的出色的俄罗斯天才就这样毁掉了,毁得毫无价值。你看见过他最近的作品。他画的是什么呢?尽在画一些庸俗的、一文不值的东西……而堂屋里却放着那幅已经开了头的杰出的画。"② (指尼古拉一幅未完成的巨画,画着一个缝纫女工在晨曦之时伏在工作台上睡

---

① 贺兴安:《柔弱而倔强的灵魂——访勃朗特姐妹故居》,《光明日报》1988年3月27日。

② 〔苏〕叶尔米洛夫:《契诃夫传》,张守慎译,第184页。

着了。)

　　从契诃夫三兄弟的命运可以看出,作家的童年经验只是造就作家的条件,只是作家的摇篮,要真正成为作家还需要思想上和艺术上的磨炼,需要有一个对童年经验超越和升华的过程。在这方面,契诃夫曾经历了一个艰难的过程。

　　契诃夫在1889年1月7日给苏沃林的信中写下了一段著名的话:

　　　　贵族出身的作家从自然界毫不费力的取得的东西,平民作家却要用整个青春的代价去买来。您该写一篇小说,描写一个青年,原是农奴的儿子,做过店员和唱诗班的歌手,进过中学和大学,从小受到要尊敬长上,要吻神甫的手,要崇拜别人的思想,要为每一小块面包道谢,挨过许多次打,出去教家馆的时候没有雨鞋穿,常常打架,虐待动物,喜欢在阔亲戚家里吃饭,只是因为觉得自己渺小就毫无必要的在上帝和别人面前假充正经;请您写这个青年怎样把自己身上的奴性一点一滴的挤出去,怎样在一个美妙的早晨醒来,觉得自己血管里流着的已经不是奴隶的血,而是真正的人的血了。……①

　　在这段话里契诃夫总结了自己的一生和自己思想的发展历程。他既不同于祖辈和父辈,也不同于兄辈:祖辈和父辈也憧憬过自由,想"独自经营",但是最终也没有获得真正的自由,因为专制

---

① 《契诃夫论文学》,汝龙译,第141页。

第十章 契诃夫:童年经验、客观性和分析型艺术思维

制度已在他们灵魂中生了根;兄辈似乎也"自由"了,然而他们最终也不能摆脱小市民习气的束缚。在契诃夫看来,要获得真正的自由,要获得人的尊严,就必须摆脱专制制度、私有制和小市民习气的一切思想束缚,一点一滴地挤出自己身上的奴性。在这方面,契诃夫表现出极大的勇气和韧性。

契诃夫首先坦率承认自己身上的奴性,并勇敢解剖它。他在1888年的一封信中痛苦地说:"我出生在一个金钱万能的社会里,而且在这种环境中成长、学习和开始写作——这给了我极坏的影响。"①在1903年2月11日给克尼碧尔-契诃娃的信中,他这样谈到自己:"你说,你羡慕我的性格。应当告诉你,我的性格本来是暴躁的,我又容易发火,又有许许多多别的毛病。可是我养成了控制自己的习惯,因为一个正派的人是不应该放任自己的。早先,天晓得我干了些什么事情。你要知道,我的祖父在信仰方面是一个热烈拥护农奴制的人啊。"②

契诃夫从自己身上挤掉奴性的过程从小就开始了,他坚持不懈地反对专制、谎言、虚伪和奴性,坚决捍卫人的独立人格和尊严。

他在1879年4月6—8日给弟弟米哈伊尔的信中说:"有一件事情我不喜欢:你为什么自称是'你的渺小无闻的弟弟'?你承认自己渺小吗?并不是所有的米沙都是一样的,弟弟。……在人们当中需要晓得自己的尊严。你又不是骗子手,你是个正直的人,对吧?那就尊敬自己是个正直的人吧,要知道,正直的人并不是渺小的。不要把'谦虚'和'妄自菲薄'混为一谈。"③

---

① 〔苏〕叶尔米洛夫:《契诃夫传》,张守慎译,第15页。
② 《契诃夫论文学》,汝龙译,第38页。
③ 〔苏〕叶尔米洛夫:《契诃夫传》,张守慎译,第27页。

哥哥亚历山大同妻子只是举行"世俗"婚礼而没有经过教堂仪式,当他为此受到父亲谴责而感到痛苦时,契诃夫在1883年4月给他的信中说:"你不敢硬对着石头碰,却好象在竭力向它谄媚讨好。……他爱怎么想就怎么想好了。……你知道你是对的,那你就应该坚持你自己的立场,别人再怎么说,再怎么苦恼,你也不必理睬。……朋友,生活的全部精义就在于毫无谄媚讨好地反抗到底。"①

勃洛克说过这样的话:作家的作品"只是秘密成长的心灵的外在成果"②。经过坚持不懈的自我斗争和自我教育,经过所谓"痛苦的抗拒",契诃夫最终超越了童年的精神经历,得到了思想的升华,把自己培养成为真正的人,并且把真正的人的思想和情感体现在自己的作品之中。

童年的精神经历需要超越和升华,童年的艺术经历同样需要超越和升华。契诃夫并不满足从小形成的艺术才能,而是在创作实践中不断提高自己的艺术素养,不断进行创造性的劳动。他从一个专门写讽刺幽默小品的小品文作者"契洪特"(早期笔名)成长为伟大的作家契诃夫,其中既有思想的超越和升华,又有苦行僧式的艺术劳动。

艺术才能对于契诃夫来说就是劳动。高尔基曾经这样谈到契诃夫:"我从来没有看见过有谁像安东·巴甫洛维奇那样深刻而全面地感到了作为文化基础的劳动的意义。"③在契诃夫心中,再也没

---

① 〔苏〕叶尔米洛夫:《契诃夫传》,张守慎译,第177页。
② 《勃洛克文集》(8卷本)第5卷,第369、370页。
③ 〔苏〕高尔基:《回忆录选》,巴金、曹葆华译,人民文学出版社1959年版,第168页。译文略有更动。

有比劳动更加美好、更加崇高和更加合乎人性的事业!

蒲宁在回忆录中谈道,契诃夫最喜欢的话题是工作,他常说"应当不住手地工作","工作一辈子","在工作中应当真诚朴素,要达到苦行僧的程度"。"如果一个人不工作,不经常生活在那能使艺术家头脑清醒的艺术气氛里,那么即使他有所罗门那样的智慧,他也仍然会感到自己头脑空虚,碌碌无为。有时候他从抽屉里拿出自己的札记本来,扬着脸,夹鼻眼镜的镜片闪闪发光,挥着那个本子说:'整整一百套情节!是的,亲爱的先生!……真正的工作者!怎么样?卖两三个给您好吗?'"①

契诃夫为了成为一个真正的作家,在艺术上整整锻炼了一生,但他仍然认为自己是"门外汉",对自己从不满足。他在1889年4月8日给苏沃林的信中说:"看书比写作快乐。我暗想:要是我能再活四十年,而在这四十年中我一味看书,看书,看书,学会写得有才气,也就是写得简练,那么四十年后我就会用一尊大炮向你们大家放它一炮,震得天空都发抖。……"②

在契诃夫身上,把自己培养成真正的人同把自己培养成艺术家是一致的,童年精神经历和艺术经历的超越和升华也是同步进行的。深怀痛苦而又超越痛苦,在痛苦童年的土壤上结出深沉和崇高的思想果实;艺术早慧而又超越早慧,在辛勤耕耘的土壤上开出灿烂的艺术之花,这就是契诃夫童年经验对作家创作影响所给予我们的深刻启示。

---

① 《同时代人回忆契诃夫》,第473页。
② 《契诃夫论文学》,汝龙译,第152页。

第二节　寓倾向和情感于客观描写之中

在文学创作中，作家的主观倾向、情感同作品的客观描写是一对基本矛盾，这一矛盾的处理是否得当，直接关系到作品的成败和艺术水平的高低。我们常常看到，一些作品离开现实生活的真实描写，赤裸裸地表现作者的倾向和情感，结果成为政治说教；另外一些作品在描写客观现实生活时则沉溺于琐屑的细节，既没有明确的目的也没有作者的情感，结果堕入客观主义和自然主义的泥淖。正是在总结文学创作经验的基础上，恩格斯在给敏·考茨基的信中明确指出："我决不是反对倾向性本身……可是我认为倾向应当从场面和情节中自然而然地流露出来，而不应当特别把它指点出来；同时我认为作家不必要把他所描写的社会冲突的历史的未来的解决办法硬塞给读者。"[1]他在给玛·哈克奈斯的信中又一次反对用所谓"倾向小说""来鼓吹作者的社会观点和政治观点"，认为"作者的见解愈隐蔽，对艺术作品来说就愈好"。[2]恩格斯所指出的文学作品的倾向应当通过对现实生活真实而艺术的描写表现出来，是现实主义文学创作一条重要的规律，文学史上一切伟大作家都是遵循这一规律的，契诃夫就是其中的一位。

契诃夫的文学创作是有独特的艺术个性的，他一贯反对主观成分，主张客观地描写现实，他的倾向完全寓于形象之中，寓于客

---

[1]《马克思恩格斯全集》第36卷，人民出版社1975年版，第386页。
[2]《马克思恩格斯全集》第4卷，人民出版社1984年版，第462页。

观描写之中。他的倾向和情感在早期(讽刺幽默小说)是隐蔽在明快、欢乐、幽默的描写之中的,后来则是隐蔽在表面冷淡和极度客观的描写之中。然而通过这种含蓄和客观的描写,我们仍然可以从字里行间感受到作家对人民深沉的爱,对专制制度和小市民习气强烈的恨,和对自由热烈的渴望。

契诃夫早在1883年2月给他哥哥亚历山大的信中,就明确反对创作中的"主观态度"。他说:"你就是在作品里也极力注意那些无聊的东西。……可是随便说一句,你并非生来就是抱主观态度的作家。……只要老实一点就行了:完全撇开自己,不要把自己硬塞到小说的主人公身上去,哪怕只把自己丢开半个钟头也好。你有一个短篇小说,那里面一对青年夫妇在吃一顿饭的工夫里老是接吻啦、哼哼唧唧啦、胡闹啦。……一句正经话也没有,一味轻飘飘!你不是为读者写它。……你写它,是因为你自己觉得这样扯淡有意思。……可是你这样描写这顿饭:他们怎样吃,吃些什么,厨娘是什么样儿,你的男主人公满足于游手好闲的幸福,是怎样的庸俗,你的女主人公也怎样的庸俗,她爱上这么一个围着食巾、心满意足、塞得饱饱的蠢鹅是多么可笑。……"①契诃夫在这里所说的"主观态度"是一种委婉的说法,实际上指的是他哥哥亚历山大在小说中所表现的小市民习气,对饱食终日、无所用心的小市民的庸俗生活的欣赏。他认为,亚历山大只有"丢开这种主观态度",客观地描写生活,才能"成为一个最有益处的艺术家"。

契诃夫在1886年5月10日给哥哥亚历山大的信中,又明确指出:"要符合下列条件才能成为艺术品:(1)不要那种政治、社会、

---

① 《契诃夫论文学》,汝龙译,第7—8页。

经济性质的冗长的高谈阔论;(2)彻底的客观态度;(3)人物和事物的描写的真实;(4)加倍的简练;(5)大胆和独创精神,避免陈腔滥调;(6)诚恳。"①在这六个条件中,契诃夫强调的仍然是反对主观态度,提倡彻底的客观态度。

然而正是在这个问题上契诃夫遭到了非议,当时有人指责他是一个"没有世界观的人",是一个"对善和恶漠不关心的人"。这实际上是对作家创作的极大歪曲。

首先,应当看到契诃夫不是笼统地反对倾向性,他反对的是反动的倾向性,资产阶级自由派的倾向性,自由民粹派的倾向性,以及一切错误的倾向性和政治说教。

亚·谢·拉查列夫-格鲁津斯基在回忆录中曾经这样说过:"契诃夫在80年代遗留下来的有关写作的言论中有一条是始终不变的,那就是防止写作中的倾向性。契诃夫在那些年是倾向性的可怕的反对者,他以一种经久不息的热烈的坚持精神反复谈论这个问题。"②

契诃夫为什么总是激烈地反对倾向性呢?下面是他的一段自白:

> 既然我所知道的政治集团或"党派"都是薄闻浅见、持有错误倾向的,那我不如超出一切集团和党派,超然于一切政治倾向之外,不使任何东西蒙蔽我的眼睛,不使任何政治偏见和教条妨碍我完成我的艺术家的职责;我的职责是以实事求是

---

① 《契诃夫论文学》,汝龙译,第26页。
② 《同时代人回忆契诃夫》,第123页。

第十章 契诃夫:童年经验、客观性和分析型艺术思维

的冷静的态度,按照生活的实际情况,真实地、正直地、独立地、客观地描写俄罗斯生活,而不是按照……民粹派的宗派主义者或自由派的"空谈家"们的种种无中生有的、公式化的、持有狭隘集团偏见的想法来描写生活。①

对契诃夫这种超然不群的立场应当持一分为二的态度。他力图摆脱一切错误政治偏见和教条的束缚,从现实生活出发,客观地反映现实生活,这是他思想主导的方面,是应当充分肯定的。然而这种超然的立场也有消极的一面,他一方面追求一种明确的世界观,另一方面又排斥一切政党和派别,连先进的政党也一概不闻不问,这就必然为自己获取先进世界观的道路设限,这就使他的艺术视野受到限制,使他始终感到痛苦和空虚,不能看到俄国社会的主要形势——工人阶级革命运动的兴起。

其次,还应当看到契诃夫是有明确的倾向性的,他的作品反对沙皇专制制度,揭露资本主义的罪恶,批判小市民的庸俗习气,同情和热爱下层人民,强烈向往俄罗斯光明的未来。特别是从库页岛归来之后,他开始认识到,一个作家需要的不是"最最绝对的自由",而是"比空气更为宝贵的正义感";作家应该"生活在人民中间",应该有"社会生活和政治生活,哪怕是一点点也是好的"。②

他在1888年写给阿·尼·普列谢耶夫的信中说:"难道在最近这个短篇小说里(指《命名日》)人会看不出有什么'倾向'吗?您有一回对我说:我的小说里缺乏抗议的因素,我的小说里没有同

---

① 〔苏〕叶尔米洛夫:《契诃夫传》,张守慎译,第228页。
② 《契诃夫论文学》,汝龙译,第196页。

情,也没有恶感。……可是难道在这篇小说里我不是从头到尾都在对虚伪提出抗议吗?难道这不是思想倾向吗?"①

他在1892年10月25日写给苏沃林的信中强调,一切优秀的现实主义作家在描写现实时都有崇高的目标和理想。他说:"最优秀的作家都是现实主义的,按照生活的本来面目描写生活,不过由于每一行都像浸透汗水似的浸透了目标感,您除了看见目前生活的本来面目以外就还感觉到生活应当是什么样子,这一点就迷住您了。可是我们呢?我们啊!我们也按照生活的本来面目描写生活,再往前就一步也动不得了。"②

显然,契诃夫不是笼统地反对在文学作品中表现倾向性,而是反对在文学作品中表现错误的乃至反动的倾向,反对用赤裸裸的政治说教代替对现实的真实描写。如果是进步的倾向,文学作品又该如何表现呢?在契诃夫看来,即使是进步的倾向性,在文学作品中也不能赤裸裸地加以表现,必须采取严格的客观态度,让作者的倾向和情感完全寓于现实的客观描写之中。契诃夫之所以毕生坚持这一创作原则,关键在于他认为这一创作原则不仅符合文学创作的规律,而且符合文学接受的规律,不仅符合作家的创作心理,而且符合读者的接受心理。

契诃夫对文学创作采取彻底客观的态度,首先是为了排除一切主观成分的干扰,真实地反映生活。在他看来,作家反映生活应当从生活出发,按照生活本来的面目来描写生活,而不应当从作者的主观愿望出发,从一些脱离生活的教条出发,去任意宰割生活,

---

① 《契诃夫论文学》,汝龙译,第98页。
② 同上书,第217页。

歪曲生活。契诃夫写了一个短篇小说《泥潭》,他的朋友玛·符·基塞列娃看完写信给他,尖锐地否定了《泥潭》的主题。在她看来,契诃夫不该描写生活的阴暗面。她说:"这世界上充斥着肮脏、坏男人和坏女人,他们产生的印象并不新鲜。然而另一方面,如果有一个作家在领着您穿过粪堆的那股臭气的时候在那儿拣出一颗珍珠,那么人们对他会多么感激啊!"基塞列娃虽然是契诃夫的亲密朋友,但作家对她的观点是不敢恭维的。他在1887年1月14日的信中尖锐地反驳了基塞列娃的见解:"讲到这世界上'充斥着坏男人和坏女人',这话是不错的。人性并不完美,因此如果在人世间只看见正人君子,那倒奇怪了。然而认为文学的职责就在于从坏人堆里挖出'珍珠'来,那就等于否定文学本身。文学之所以叫做艺术,就是因为它按生活的本来面目描写生活。它的任务是无条件的、直率的真实。把文学的职能缩小成为搜罗'珍珠'之类的专门工作,那是致命打击,如同您叫列维丹画一棵树,却又吩咐他不要画上肮脏的树皮和正在发黄的树叶一样。我同意'珍珠'是好东西,不过要知道,文学家不是糖果贩子,不是化妆专家,不是给人消愁解闷的;他是一个负着责任的人,受着自己的责任感和良心的约束。"①在这段话里,契诃夫是从作家的使命出发,来肯定客观描写的创作原则的。在他看来,文学作品反映客观现实应当是无条件的、直率的,作家一旦走上粉饰生活的道路,也就从根本上违背了作家的道德。

文学作品不仅要真实地反映生活,同时也要形象生动地反映现实。契诃夫认为只有对现实采取完全客观的态度,才能生动形

---

① 《契诃夫论文学》,汝龙译,第35页。

象地反映现实,提高文学作品的艺术真实性,增强文学作品的艺术感染力。在这方面,契诃夫着重论述了以下两个问题。

第一,为了把人物写活,必须用人物的语言说话,按照他们的方式来思索,按照他们的心理来感觉,如果更多地加进作家的"主观成分",形象就会模糊不清。

契诃夫在1888年5月30日写给苏沃林的信中说:"艺术家不应当做自己的人物和他们所说的话的审判官,而只应当做它们的不偏不倚的见证人。我听见两个俄罗斯人针对悲观主义说了许多杂乱的、什么也没有解决的话,那我就应当把这些话按照我原来听见的那种样子转达给读者,让陪审员,也就是读者来评价它。我的任务只在于我得有才能,那就是我得善于把重要的供词跟不重要的供词分开,善于把人物写活,用他们的语言来说话。"①

他在1890年4月1日写给苏沃林的信中又谈道:"您希望我在描写偷马贼(指契诃夫的小说《偷马贼》)的时候应该说明:偷马是坏事。不过话说回来,这种话就是我不说,别人也早已知道了。让陪审员(指读者)去裁判吧,我的工作只在于表明他们是什么样的人……要知道,为了在七百行文字里描写偷马贼,我得随时按他们的方式说话和思索,按他们的心理来感觉,要不然,如果我加进主观成分去,形象就会模糊。"②

第二,为了增强作品感染人的力量,作家的感情不应当外露,作家越冷淡,人物的痛苦就越动人。

契诃夫在1892年3月19日写给丽·维·阿维洛娃的信中说:"我

---

① 《契诃夫论文学》,汝龙译,第87—88页。
② 同上书,第186页。

以读者的身分给您提一个意见：您描写苦命人和可怜虫，而又希望引起读者怜悯的时候，自己要极力冷心肠才行，这会给别人的痛苦一种近似背景的东西，那种痛苦在这背景上就会更明显地露出来。可是如今在您的小说里，您的主人公哭，您自己也在叹气。是的，应当冷心肠才对。"①

过了一个月，契诃夫在4月29日给阿维洛娃的信中，又反复谈起这个问题。他说："是的！有一回我写信给您说，人在写悲惨的小说的时候应当冷淡。您没有明白我的意思。人可以为自己的小说哭泣，呻吟，可以跟自己的主人公一块儿痛苦，可是我认为这应该做得让读者看不出来才对。态度越是客观，所产生的印象就越有力。我要说的就是这个意思。"②

契诃夫是很懂得创作规律、创作心理和创作辩证法的。不论是让人物按自己的语言、行为方式和心理来说话、行动、感觉也好，还是对人物的痛苦要冷心肠也好，契诃夫谈的都是要发挥生活本身的力量、形象本身的力量，因为生活本身和形象本身比作家本身直露的、一览无余的叙述蕴含着更为生动和丰富的内容，同时也就更具有感人的力量。所谓态度越客观印象就越有力，看来就是这个意思。

契诃夫主张对现实采取彻底的客观态度，同时也是符合艺术接受规律的。契诃夫是很懂得读者接受心理的，他在创作时心中经常装着读者。他向来反对作者主观说教，反对作者将自己的主观意图强加于读者，主张要"充分信赖读者"，要"留有余地"，要

---

① 《契诃夫论文学》，汝龙译，第205页。
② 同上书，第209页。

"简练",总之要注意发挥读者的主观能动性和创造性。

契诃夫尽管热爱托尔斯泰,承认陀思妥耶夫斯基的才能,然而对他们作品中枯燥说教的部分是很不客气的。他认为,托尔斯泰在《克莱采奏鸣曲》"跋"中的说教的价值"赶不上《霍尔斯托美尔》里面的一匹母马"①,而《复活》结尾"一下子把一切归结到《福音书》的文字上去,这未免太宗教气了"②。他认为陀思妥耶夫斯基的书"倒挺好",只是"很长,很不谦虚。装腔作势的地方很多"③。"他是有才能的作家,而且无疑有很大的才能",不过在《卡拉马佐夫兄弟》中"用检查官和辩护人口吻所说的那些话"损伤了作品,是"完全多余、完全多余的"④。同他们相反,契诃夫向来主张寓倾向和情感于艺术形象之中,给读者留下想象和思索的余地,让读者自己去作结论。他说:"我写的时候,充分信赖读者,认定小说所缺欠的主观成分读者会自己加进去。"⑤"在短篇小说里,留有余地要比说过头为好。"⑥

契诃夫有一句名言:"简练是才能的姐妹。"以往人们常常只是把简练当作作家的创作风格和艺术形式来看待,笔者以为简练不仅是契诃夫的创作风格,而且也是他的创作原则,它同我们所说的作家反对主观说教,主张彻底客观态度的原则是密切相关的。所谓简练并不等于简单,而是寓丰富的内容于凝练的艺术表现形式之中。这种创作原则从生理上讲是为了给读者造成强烈的印象,

---

① 《契诃夫论文学》,汝龙译,第196页。
② 同上书,第297页。
③ 同上书,第148页。
④ 同上书,第428页。
⑤ 同上书,第187页。
⑥ 《契诃夫全集》第14卷,第22页。

让小说"一下子,在一秒钟里,印进人的脑里"①,是为了不让读者的"注意力疲劳"②,"让他保持紧张"③。从心理学上讲,是为了给读者提供想象和思考的余地,充分调动读者的主观能动性和创造性。比如,契诃夫主张"自然的描写应当非常简练"。下面是一个非常有名的例子。他说:"比方说,要是你这样写:在磨坊的堤坝上,有一个破瓶子的碎片闪闪发光,像明亮的星星一样,一只狗或者一只狼的影子像球似的滚过去等等,那你就写出了月夜。"④显然,这里所描写的月夜的形象是非常简练的,也是十分含蓄的,读者不是直接感受到月夜,而是通过闪闪发光的碎片和狗或狼的影子来感受月夜,其中就有读者想象和创造的过程。

第三节　分析型的艺术思维

契诃夫曾经说过:"作家的独创精神不仅表现在文体方面,而且也表现在思想方法方面、信念方面,等等。"⑤他的这个看法是很精彩的,我们分析契诃夫创作的独创性不仅要研究他的作品,同时要深入作家的创作过程,研究作家艺术思维的特点。从创作心理学的角度来看,作家创作的独创性归根到底是由作家艺术思维的特点决定的。

---

① 《契诃夫论文学》,汝龙译,第283页。
② 同上书,第234页。
③ 同上书,第65页。
④ 同上书,第26—27页。
⑤ 同上书,第43页。

契诃夫的艺术思维属于什么类型,它有什么特点呢?苏联文艺学家梅拉赫认为契诃夫的艺术思维属于分析型,其主要特色是综合性。在这种思维类型作家的创作中,具体感性的因素和分析的因素相结合,思想和形象相结合。就契诃夫而言,梅拉赫认为其艺术思维的主要特点是"有分析地理解创作任务,解决任务时的严整逻辑同对世界高度形象的、富有诗意的观照,以及对世界充满感情的感受相结合"①。

契诃夫分析型艺术思维的特点主要体现在作家对文学创作的独特理解中和作家的创作过程中。

在契诃夫生活的年代,特别是在19世纪末和20世纪初的世纪之交的年代,当时有不少人把文学创作看成超乎客观规律之外的由作家心灵的意志而引起的活动。然而契诃夫却认为,文学创作是有客观规律的,而且是可以用科学方法加以揭示的。梅列日科夫斯基在《北方导报》1888年第11期发表文章《关于新人才的老问题》,评论契诃夫的创作,文章在最后谈到创作心理学的一般问题。他认为创作过程的任何规律是无法揭示的,原因在于创作过程是无意识的。他说:"这一活动同其他精神状态和激情不同的特点正在于它的无意识的、生物的和本能的性质。"②契诃夫在1888年11月3日写给苏沃林的信中针对梅列日科夫斯基的观点,阐明了自己对创作规律的看法,他认为创作是存在客观规律的,并且是可以用科学方法加以揭示的。他说:"那些对科学方法入迷的人,被上帝赐给稀有的才能而善于用科学方法思考的人,依我看

---

① 〔苏〕梅拉赫:《创作过程和艺术接受》,程正民、徐玉琴、张冰译,第153页。
② 同上书,第154页。

来，只有一条出路——创作的哲学。他们可以把各时代艺术家创作的最优秀的作品搜集起来，放在一起，使用科学方法来理解其中有一种什么共同的东西使得它们彼此相近，成为它们的价值的原因。这种共同的东西就是法则。那些被称为不朽的作品有很多共同点；如果从其中每个作品里把这类共同点剔除干净，作品就会丧失它的价值和魅力。这是说那些共同点是不能缺少的，是一切有志于成为不朽的作品的不可缺少的条件。"[1]

契诃夫在上面这段话里没有涉及作家的艺术个性问题，他所关注的是艺术创作的共同规律。在契诃夫论文学的其他言论中，我们还可以看到一个重要特点，这就是试图运用比较分析的方法，运用比较分析艺术和科学的异同的方法，来进一步探讨文学创作的规律。

首先，契诃夫认为艺术和科学在认识现实方面有内在的联系，它们都追求客观性、真实性，都追求生活的真理，都有认识意义，然而两者也有本质的差别：科学研究不能夹进主观色彩、主观评价，而文学创作却需要体现作家的立场、世界观和美学评价。当然他强调作家的主观倾向不能赤裸裸地表现出来，必须寓于客观描写和艺术形象之中。同时，契诃夫还看到科学的认识是概括的，而文学认识是个别的。他在1888年10月18日写给苏沃林的信中说："您和我是主观的。比方说，如果人家对我们泛泛的讲到动物，我们立刻就会想起狼和鳄鱼，或者想起夜莺和美丽的母鹿；可是对动物学家来说，狼和母鹿之间并没有区别；对他来说那点区别太不足

---

[1] 《契诃夫论文学》，汝龙译，第114页。

道了。"①

其次，契诃夫认为文学同科学一样，在认识过程中总是要提出一定问题的。他在1888年10月27日写给苏沃林的信中说："艺术家观察、选择、推测、配合——光是这些活动就预先在一开头提出了问题；如果一开头没有给自己提出问题，那就没有什么可以推测的，也没有什么要选择的……如果否认创作包含着问题和意图，那就得承认艺术家事先没有意图，没有预谋，只是一时着了魔才进行创作；因此，假如有个作家对我夸耀说，他写小说并没有事先想好的意图，而只是凭一时的兴会，那我就要说他是疯子。"②然而在他看来，科学家不只是提出问题，而且还要解决问题；而艺术家即使解决不了问题，只要能够正确提出问题也完成了自己的任务。他说，不能混淆解决问题和正确提出问题这两个概念，"只有'正确的提出问题'才是艺术家必须承担的。在《安娜·卡列尼娜》里，在《奥涅金》里，一个问题也没有解决，然而这些作品还是充分使您感到满足，这只是因为书中所有的问题都提得正确罢了"。③

契诃夫认为，艺术家的观察与学者的观察有同样的价值，有时甚至还能超过学者的发现和结论，他在给格利果罗维奇的信中举例说，他读过一篇法国小说，大概是龚古尔的长篇小说《亲爱的》，其中"作者在描写部长女儿的时候，大概自己也没有料到，创造了一幅癔病临床的忠实图画"。④

---

① 《契诃夫论文学》，汝龙译，第104页。
② 同上书，第110页。
③ 同上。
④ 转引自〔苏〕梅拉赫：《创作过程和艺术接受》，程正民、徐玉琴、张冰译，第158页。

第十章 契诃夫:童年经验、客观性和分析型艺术思维

最后,契诃夫认为文学创作应当通过有形世界的描绘力求揭示无形的世界。在他的作品中表现了从生活中观察到的生活现象,人与人的关系的有形世界、行动世界和行为世界。但更令作家感兴趣的是为旁人所不注意的无形世界——人们的思想和情感、心理世界。他在创作过程中极力想弄清生活的"迷魂阵",弄清生活之谜。当然,无形世界在作品中是通过有形世界表现出来的,但是有形世界归根到底是由无形世界决定的,是人的行为动机、人的心理决定了人的行为。契诃夫多次把自己的小说称作"精神病理学性质的随笔",例如在1890年3月16日给M.H.柴可夫斯基的信中,就把自己的小说《灰色的人们》称作"精神病理学性质的随笔"。这种称呼虽然不见得十分合适,但它还是表达了契诃夫力求深入人物心理世界的愿望。

透过契诃夫对艺术、对艺术创作规律的独特认识,我们可以看出作家艺术思维的特点,在他身上同时具有艺术家和科学家的特质,同时具有科学分析的能力和艺术想象的能力。在他看来,在一个作家身上这两者应当是结合,他本人就是如此,作为作家兼医生,他一生同时完成了科学思维和艺术思维的学业。他认为:"艺术家的感觉有时候抵得过学者的脑子,它们有同样的目的,同样的本质,也许将来有一天,方法完善了,它们会联合成现在很难想象的巨大而惊人的力量。"[①] 其实在契诃夫身上就已经体现了这种力量。人们以往常常简单地看待医生出身对契诃夫创作的影响,只是体现在有关医学内容的准确描写。实际上,在契诃夫身上文学

---

① 转引自〔苏〕梅拉赫:《创作过程和艺术接受》,程正民、徐玉琴、张冰译,第158页。

和医学这两个领域的结合更为深刻,它集中体现了两种思维的有机结合。他在1899年10月11日给格·伊·罗索里莫的信中说:"我不怀疑研读医学对我的文学活动有重大影响;它大大扩展我的观察范围,给与我丰富的知识。对作为作家的我来说,这种影响的真正价值只有作家自己兼做医生的人才能领会。医学还有指导的作用,大概多亏接近医学,我才能避免了许多错误。由于熟悉自然科学,熟悉科学方法,我总让自己小心在意,凡是在可能的地方总是尽力用科学根据考虑事情,遇到不可能的地方宁可根本不写。我要顺便说一句,艺术创作的条件不能永远容许作品中的事实跟科学根据充分符合。舞台上的服毒自尽不可能表演得跟实际情形一样。"[①]在这里,契诃夫并没有把科学对文学创作的影响简单化和庸俗化,他要求科学作为指导,但并不要求文学创作精确地表现科学原理。文学不同于科学,科学与文学的结合,归根到底是两种思维方式的结合。

契诃夫艺术思维的特点还表现在作家对复杂的心理现象的分析上。他在1887年2月12日给格里果罗维奇的信中,谈到了对格里果罗维奇小说《卡烈林的梦》的看法,其中特别分析了"梦"这种复杂的心理现象。契诃夫说:"我觉得您把睡眠的人的脑筋活动和一般感觉描写得很艺术,就生理方面来说也正确。"他认为"梦是主观现象",同时又认为梦与生活印象有关,与外部刺激有关,是一种形象联想。他说:"梦里总要看见人,而且一定是不招人喜欢的人。比方说,我觉得冷的时候就梦见在我小时候侮辱过我母亲的那个仪表优雅、颇有学问的司祭长,梦见我醒着时候从没见

[①] 《契诃夫论文学》,汝龙译,第285—286页。

过的坏人、凶狠的人、阴险的人、幸灾乐祸的笑着的人、庸俗的人。火车车厢窗子里的笑声正是卡烈林的恶梦的很有特色的征象。每逢人在梦里感到恶势力的压迫,不可避免的要在这恶势力下灭亡,那他总会看到像这种哄笑之类的东西。……我也梦见我喜爱的人,可是他们一出现,照例总是跟我一块儿受苦。……等到我的身体习惯了寒冷,或者我的家人给我盖好了被子,那么寒冷的感觉、孤独的感觉、恶势力压迫人的感觉,就渐渐消失了。随着温暖,我开始感到自己好像在柔软的地毯上或者草地上走着,看见太阳、女人、孩子。……画面不断更换,而且比醒着时候换得快,以致醒来以后很难想起这个画面怎样过渡到那个画面。这种转换的奇突在您的小说里表现得极好,加强了梦的印象。还有一种被您注意到的自然现象也有力的扑进读者的眼帘:做梦的人在表现自己的心理活动的时候总很冲动,形式尖锐,跟孩子一样。这非常真实!做梦的人远比醒着的人爱哭,爱喊叫。"①

在这封信中,契诃夫拿格里果罗维奇小说中梦境的描写同自己的体验做对比,对梦做了细致的分析。在他看来,梦是由被潜意识改造的生活印象引起的,是受外在因素影响的,梦境本身是一种形象联想,而这种形象联想有一定的连接结构,是随外界作用不断转换的。同时,梦境又是富有强烈的感情色彩的。通过契诃夫的分析,我们可以感到作家对心理现象和文学创作过程有深切的了解。实际上文学创作过程和梦的结构是有相似的因素,只不过文学创作过程的形象联想是受知觉控制的,而在梦境中形象联想则完全处于潜意识层次。

---

① 《契诃夫论文学》,汝龙译,第41—42页。

下编　从作家个性心理的新视角探寻俄罗斯文学的魅力

　　契诃夫艺术思维的特点除了体现在他对艺术、对艺术创作规律的理解中,更主要的是体现在作家的创作过程中。契诃夫的创作经历了一个演变过程,如果说他早期对待文学创作是"极其轻浮、漫不经心、马马虎虎"①(见于1886年3月28日写给格里果罗维奇的信),写的是肤浅的"琐事"(他曾这样称呼自己早期的幽默小说),那么后来他对文学创作则是"诚心诚意地写,满怀感情地写,有条有理地写,不是一个月写五张,而是五个月写一张"②(见于1889年写给苏沃林的信),这时他所关注的不是"琐事",而是生活中尖锐的有意义的题材。这种转变的关键就在于作家对生活开始采取一种分析的态度,这一点贯穿于作家观察生活、编写创作提纲和具体写作的整个过程之中。

　　首先,契诃夫在创作的最初阶段,在他对生活进行观察时就有一定的视角,就贯穿着一定的思想,这就是所谓的"问题的视角"、"契诃夫的视角"。这种"问题的视角"就是契诃夫对生活的思索和分析,就是企图弄清生活"迷魂阵"的愿望。这一点相当充分地体现在他的有数的创作札记中,例如:

　　　　当你安安静静呆在家里时,你觉得生活平平常常,一旦上了街,开始观察、询问,比如说妇女,那么生活就变得极为可怕了。巴特里阿尔什池塘四周看来又安静又和平,实际上那里的生活——是地狱。

　　　　服务公众利益的愿望一定要成为灵魂的要求,个人幸福

---

① 《契诃夫论文学》,汝龙译,第22页。
② 转引自〔苏〕梅拉赫:《创作过程和艺术接受》,程正民、徐玉琴、张冰译,第172页。

的条件；如果它不从这里产生，而是出自理论上或其他方面的考虑，那就不是那么回事了。

如果你想成为乐观主义者并懂得生活，你就不要相信人们说的话写的书，而要亲自去观察和思索。

当您描绘他，让他现出原形时，他就会变好。①

这些类似卷首语的创作札记，体现了艺术家契诃夫和分析家契诃夫的有机统一，其中对生活的观察和思索，也凝聚着作家的激情和沉思。

另一种创作札记是只用一个细节或轻轻的一笔勾勒出各种人物的面貌。例如：

这是一位小心翼翼的"好好先生"："他甚至连贺信都用有收据的挂号寄出。"

这是一位军官，他同妻子"一起走进浴室，勤务兵给他们俩擦了身，很明显，他们没有把他当人看"。

这是一个恪守格言的公公，正对儿子说："为什么你不给我看你媳妇的信？要知道咱们是一家人哪。"

（一位先生）痛恨一位聪明博学的小姐，只因为她洗澡的时候他看了她窄小的骨盆和瘦瘦的胯股。

（一个儿子）这样训示母亲："妈妈，您别在客人面前露面

---

① 转引自〔苏〕梅拉赫：《创作过程和艺术接受》，程正民、徐玉琴、张冰译，第177页。

了,您太胖了。"

　　一个未婚夫,回答他未婚妻漂亮不漂亮的问题时说,"反正她们大家都一样"。①

　　在这里每条札记几乎都构成一种社会典型,每个人物都离不开契诃夫的视角,而且在这些札记创作中,准确的特征同准确的分析又是融合在一起的。

　　不管契诃夫日后如何运用这些创作札记,但有一点是十分清楚的,作家即使在创作的最初阶段就兼有艺术家和分析家的天赋。

　　其次,契诃夫在创作之前总要进行长期周密的思考。例如关于他的剧本《未来的剧本》,他在1902年1月20日写给奥·列·克尼碧尔的信中说:"它刚刚在脑子里发出微光,好比最早的晨曦:我自己也还不知道它是什么样子,它会写成什么东西,而且它天天都在变样。假定我们见了面,我就会告诉你,然而写信告诉你却不行,因为什么都没有写,光是说种种的废话,后来就会对这题材冷淡下来了。"②关于短篇小说《高级僧正》,他也这样说过:"这个题材……已经在我头脑里转悠了十五年之久了。"③由于缺乏材料,我们很难断定契诃夫是否常用通常意义的提纲,但有一点可以肯定:契诃夫的创作常有深思熟虑的构思。例如短篇小说《新娘》留下了一份草稿、一份誊清稿和两份校样。专家指出,还在草稿时小说就

---

① 转引自〔苏〕梅拉赫:《创作过程和艺术接受》,程正民、徐玉琴、张冰译,第178—179页。
② 《契诃夫论文学》,汝龙译,第335—336页。
③ 转引自〔苏〕梅拉赫:《创作过程和艺术接受》,程正民、徐玉琴、张冰译,第173页。

"作为思想和表达完全成型的东西确定下来。主人公的性格,小说的情节、结构以及大部分叙述的形象性细节都确定下来"。①

　　契诃夫在创作过程中还非常注意作品的总体构思和布局,让作品各部分达到和谐,并服从于统一的构思。他指出:"为了构筑长篇小说,就一定得熟悉使一大堆材料保持匀称和均衡的规律。长篇小说就是一座完整的大宫殿,作者得让读者在宫殿里感到自由自在,而不是象到了博物馆里那样又吃惊又无聊。"②关于《我的婚姻》的手稿,契诃夫也曾经在写给 A. 季洪诺夫的信中说:"恳请你把我的手稿还给我。好多地方得修改,因为这还不是小说,只是粗粗钉起来的一个构架,房子完工的时候,我还要给它抹泥、刷漆。"③

　　最后,契诃夫在创作过程中十分注意想象和逻辑的相互联系。根据柯罗连科回忆,契诃夫有一次同他谈到这个问题:

　　　　"我果然在写剧本了,而且一定要完成它",他说,"这剧本叫《伊万·伊万诺维奇·伊万诺夫》……您明白吗?伊万诺夫有成千上万个……这是一个最普通的人,绝不是一个英雄……正因为如此,所以难写……您有没有这种情况,写作的时候,在想象中看得很清楚的两段情节之间忽然空洞无物了?……"

　　　　"那么,"我说,"必须在这两者之间搭一座小桥,不是用想象,而是用逻辑,是吗?……"

---

① 《文学问题》1961年第9期,第169页。
② 转引自〔苏〕梅拉赫:《创作过程和艺术接受》,程正民、徐玉琴、张冰译,第179—180页。
③ 同上。

"是啊,是啊……"

"对,往往有这种情形。可是我到了这种时候,总是丢开了工作等待着。"

"是的,在戏剧里,没有这种小桥是不行的啊……"①

在这段对话里,我们清楚地看到契诃夫不仅注重想象在创作中的重要作用,同时也很重视逻辑在创作中的重要作用,并把它看作连接想象的桥梁。这种来自创作实践的认识是很有见地的,它深刻地体现了契诃夫分析型艺术思维的重要特征。

---

① 〔俄〕柯罗连科:《文学回忆录》,丰一吟译,第103—104页。

后 记

北京师范大学跨文化研究院为了发挥人文社会科学"文化支边"的优势，支持青海师范大学文学院的建设，策划编写一套人文学科基础建设系列，董晓萍院长邀我参加。起初我有些犹疑，因为手中没有合适的存稿，后来想到大西北教育的需要，想到我同大西北教育的因缘，最后还是答应想办法编一本。

我同大西北教育是有一段因缘的。2000年宁夏北方民族大学一位老师来当我的高级访问学者，离开师大后我又尽力帮她考上博士生，并获得博士学位。我在祝贺她的时候说了一句话："把你培养成博士，也算为西北教育事业做了点事情。"这句话让她想起早年奔赴大西北支教并长眠大西北的父亲和公公，她泪流满面，决心为宁夏教育奉献一切。2006年，教育部给北师大文艺学博士点下达两个接收西北博士生的计划，学科有的老师担心考生基础差一些，不乐意接受。这时学科学术带头人童庆炳教授说，咱们两个一个人招一个，他招了一个内蒙古大学的老师，我招了一个新疆大学的老师。这两位老师经过三年学习，结果都顺利取得博士学位，回校后在教学岗位上发挥了很好的作用，这让我们感到很欣慰。

眼前这本书算不上传统意义上的讲义，只是一本专题性的、研

后　记

究性的著作。传统的俄罗斯文学史教材是按照"各时期社会文学概况，作家生平、创作道路，作品的人物形象和主题，以及写作特点"这个形式来编写的。但这本书不想全面讲述俄罗斯文学和俄罗斯作家，只是抓住形象画廊和作家个性心理这两个新视角，试图深入探寻俄罗斯文学的思想意蕴和艺术魅力。本教材不求全面，只求从新的视角给学生以新的启示。

需要说明的是，本书的"前言"是由2017年12月12日发表在《人民日报》的文章《十九世纪俄罗斯文学高峰的启示》修改、增补而成的。书中的"上编"部分是这两年新写成的一组文章，"下编"则源自百花文艺出版社1990年初版、1999年再版的《俄国作家创作心理研究》。

在本书编写过程中，吕红峰同志在完善引文出处、扫描和录入等方面付出了辛勤劳动，在此表示衷心感谢。

程正民
2021年5月